KB032369

Когда-нибудь ты всё-таки выберешь меня, да?
가끔씩 툭하고
러시아어로 부끄러워하는
Иногда Аля внезапно кокетничает по-русски
옆자리의 아랴 양
7

"왜 그래?
이제 그렇게나
신경 쓰여?"

"좋아……. 응, 정말 좋네."

"오~호호호호!
제 승리랍니다~!"

목차

가끔씩 툭하고 러시아어로 부끄러워하는 옆자리의 아랴 양 7

SUN SUN SUN 지음
모모코 일러스트
이승원 옮김

프롤로그 이건

"그럼, 좋은 시간 보내세요~."

그렇게 말한 옆트임 선배는 의미심장한 미소를 머금으며 수예부 부실을 나섰다. 어느새 해는 완전히 졌고, 실내를 비추는 건 교정에서 스며드는 전등 불빛뿐이다. 그리고 희미하게 들려오는 것은 교정에서 어렴풋이 전해져 오는 학생들의 목소리뿐이다.

"으음…… 진짜로, 교정에 안 갈 거야?"

"……당연하잖아. 그런 말을 듣고 어떻게 교정에 가. 이상한 오해를 살 게 뻔한걸."

"뭐, 그건 그래……."

어떤 오해인지는 말 안 해도 안다. 아까 옆트임 선배가 가르쳐준, 마사치카와 아리사에 관한 소문이다. 당사자 두 사람이 이렇게 신경 쓴 복장으로 등장한다면, 분명 수많은 학생이 「저 두 사람, 그렇고 그런 사이가 틀림없어」 하고 생각하리라. 아니, 「사귀는 게 아니다」 하고 말했다간 「뭐, 거짓말이지?」 하고 진지하게 되물을 것만 같았다.

"게다가…… 이 드레스, 예쁘기는 하지만 남들 앞에 나서기엔 디자인이 좀……."

아리사는 시선을 살짝 숙이면서 말끝을 흐렸다. 그 시선이 향한 곳을 쳐다본 마사치카는 커다란 두 언덕이 눈에 들어온 순간, 즉시 위쪽으로 눈길을 돌렸다.

(뭐, 맞아. 진짜 그렇긴 해.)

입 밖으로 말해선 안 될 것 같았기에, 마음속으로만 동의했다.

밴드 의상도 아리사의 기준으로는 꽤 가슴 언저리가 대담하게 노출된 디자인이었지만, 이 드레스는 그 의상을 능가한다. 솔직히 말해, 가슴 윗부분이 절반가량 훤히 보였다. 가슴골 쩔어~.

(그래. 맞아. 만화에서 섹시한 누님 캐릭터가 한 번씩 하는, 가슴골에서 스마트폰을 꺼내는 그것도 가능하겠네.)

마사치카는 반사적으로 오타쿠 망상을 펼쳐서 대피하려 했지만, 곧 머릿속에 떠올린 누님 캐릭터가 지금의 아리사로 바뀐 바람에 고개를 세차게 저었다.

(아니, 애초에 말이야! 저렇게 가슴이 드러나서야 속옷이 보여야 하거든?! 그런데 안 보인다는 건, 애초에 그런 형태의 속옷이거나…… 서, 설마 노브라—.)

무심코 다시 쳐다봐서 확인할 뻔한 마사치카는 자기 볼을 손바닥으로 찰싹 때려서 앞쪽으로 돌렸다. 그와 동시에 머릿속에서 「제가 만들었습니다」 하고 말하듯이 우쭐대는 표정의 옆트임 선배의 모습이 떠오르자, 마사치카는 어금니를 힘껏 깨물었다.

(옆트임 선배에에—!! 이런 의상을 입고 어떻게 학생들 앞에 나서냐고오오오오오오오—!! 누가 이렇게까지 하라고 했냔 말이다! 이렇게 끝내주는 옷을 만들어주셔서 감사합니다!!)

마사치카가 화풀이를 하듯 마음속으로 고함을 지르고 있을 때, 아리사가 차가운 눈길로 그를 쳐다봤다.

"이런 게, 네 취향이야?"

"아마 그건 옆트임 선배의 취향일 거야. 아니, 취향이라기보다 업(業)이려나?"

"……흐음."

오해를 사지 않기 위해 딱 잘라 그렇게 말했지만, 회의적인 시선이 볼을 찔러대는 게 느껴졌다. 하지만 그 타이밍에 교정 쪽에서 음악이 들려오자, 두 사람은 누가 먼저랄 것 없이 그쪽을 쳐다봤다. 그리고 또 누가 먼저랄 것 없이 서로의 얼굴을 쳐다봤다.

"읏."

시선이 마주치면서 아리사의 몽환적인 아름다움을 의식하게 되자 마사치카의 심장이 격렬하게 뛰었다. 어둑어둑한 어둠 속에서 새하얗게 빛나고 있는 갓 내린 눈 같은 피부. 어렴풋한 빛 속에서도 찬란히 빛나는 푸른 눈동자. 현실미가 없을 만큼 아름다운 외모를 강조하는, 마치 요정 같은 드레스. 만지기만 해도 부러질 것처럼 가녀린 아리사의 허리가 그 덧없는 인상에 박차를 가했고…… 그런 한편으로 그 인상을 박살 낼 수준의 파괴력이 깃들어 있는—.

"어험!"

헛기침으로 사념을 떨쳐낸 마사치카는 흔들리는 마음을 겉으로 드러내지 않도록 조심하며 아리사를 향해 왼손을 내밀었다.

"으음, 그럼…… 춤출까?"

"……좋아."

그 손에 아리사가 오른손을 얹은 후, 두 사람은 서로를 응시했다. 그리고 다른 한 손을 아리사의 등 뒤로 돌리자, 마사치카는 마음이 진정되는 것을 느꼈다. 숨결이 닿을 듯한 거리에 있는 아리사의 얼굴을 응시하며, 호흡에 맞춰 스텝을 밟았다.

"……올해는, 꽤 어른스러운걸?"

작년 후야제에서 보여줬던 말괄량이 같은 모습을 떠올린 마사치카가 그런 심술궂은 질문을 던지자, 아리사는 미간을 살짝 모았다.

"함부로 움직이다가 빌린 드레스가 상하면 안 되잖아? 혹시 그런 격렬한 댄스를 원하는 거야?"

"하하. 그건 신경을 많이 쏟아야 하니까, 오늘은 사양하고 싶어."

"……그래?"

서로에게 기대고 서로만을 바라보며, 평온한 마음으로 스텝을 밟았다. 그러자, 진한 그리움과 함께 어릴 적의 기억이 자극받았다.

(이 느낌……. 옛날에 받았던 사교댄스 수업이 생각나는걸. 그때 연습 상대는 아야노였, 지?!)

그 순간, 갑자기 다가온 아리사와 몸이 맞닿고 만 마사치카는 허둥지둥 뒤로 물러났다. 하지만, 거리는 벌려지지 않았다. 금방이라도 다리가 맞닿을 것 같을 정도로 거리가 가까웠다.

"아랴 양? 저기, 너무 가까운 거 아냐?"

"그래? 기분 탓 아닐까?"

"아니, 진짜로 가깝거든?!"

말을 하는 와중에도 아리사가 또 파고들자, 마사치카는 허둥지둥 회피했다. 이것은 이제 댄스도 뭐도 아니다. 마사치카는 아리사의 발을 걷어차지 않도록, 넘어지지 않도록 조심하느라 정신이 없었다.

(작년보다 어른스럽다고 생각했는데?!)

밀착한 상체에서 느껴지는 부드러운 감촉이 모든 신경을 집중한 발놀림을 방해하고 있었다.

(끄어어어, 이쪽은 확실히 어른스러워졌네!)

작년보다 존재감이 더 강해진 듯한 감촉이 가슴 언저리에서 느껴지는 탓에 의식이 흐트러지는 와중에도 마사치카는 시선을 숙이지 않았다. 숙였다간 깊디깊은 신비의 계곡에 시선이 빨려드리라는 것을 아는 것이다.

(훗. 옆트임 선배의 함정에 걸려들 순— 위험해!)

차분함과는 거리가 먼 표정으로, 마사치카는 헐레벌떡 발을 놀렸다. 그런 그를 인정사정없이 궁지로 몰면서, 아리사는 가학적인 미소를 머금었다.

(후훗. 자, 아까까지의 여유는 대체 어디로 가버린 걸까~?)

댄스 중에 다른 여자를 떠올리는 것 같아서 벌을 줄 겸 몸을 맞대자, 마사치카는 예상 이상의 반응을 보였다. 눈빛이 당황스러움으로 가득 찬 마사치카가 한순간 시선을 숙이려다 허둥지둥 다시 들어 올리자, 그 모습을 본 아리사는 점점 장난기가 샘솟았다.

(그래. 내가 이렇게 대담한 드레스를 입고 댄스 상대를 해주고 있으니까…… 나만 신경 쓰란 말이, 야!)

도망치지 못하도록, 양손으로 마사치카의 몸을 잡아당기며 파고들었다. 그러자, 마사치카는 경이적인 반응속도로 그 움직임에 반응했다.

"후훗."

아리사의 돌격을 피하는 다리에서, 상냥하게 등에 닿아 있는 오른손에서 마사치카의 강한 배려심을 느낀 아리사는 미소 지었다.

아리사의 그 어떤 무리한 짓도 마사치카는 반드시 받아준다. 그게 너무 기쁜 나머지, 아리사는 마사치카를 더욱 농락했다.

(아아, 즐거워……. 더욱 나를, 나만을 봐줘. 나만의 파트너로 있어줘. 그걸 위해서라면, 나—.)

맞잡은 손이 뜨겁다. 밀착한 상태에서 느끼고 있는 마사치카의 체온에 심장이 한없을 정도로 격렬하게 뛰었다. 눈앞에 있는 마사치카의 눈동자에 의식이 빨려 들어가듯, 아리사는 무의식적으로 얼굴을 내밀었고—.

"우—와, 앗?!"

"어, 꺄앗!"

결국, 마사치카는 균형을 잃었다. 균형을 잃으며 바닥에 엉덩방아를 찧더니, 벽에 등을 부딪쳤다. 그러자 아리사도 끌려가듯 앞쪽으로 쓰러졌고— 마사치카는 그런 그녀를 두 손으로 꼭 안으며 감쌌다.

"아야야…… 아랴, 괜찮아?"

마사치카가 쓰러진 건, 명백하게 아리사 탓이다. 그런데도 마사치카는 아리사를 비난하기는커녕 그녀를 걱정했다. 그 상냥함과 자신을 걱정해주는 시선에 아리사의 마음은 기쁨으로 가득 찼다.

원래라면 사과해야만 한다. 알고 있지만, 미소가 마음속에서 샘솟았다. 즐겁고 기뻐서…… 눈앞에 있는 소년의 표정이 흐려지는 게 싫은 나머지, 아리사는 소악마 같은 미소를 머금었다.

"왜 그래? 이게……."

마사치카의 얼굴을 올려다보면서, 오른손 검지를 가슴 사이에 집어넣은 아리사가 드레스 가장자리를 확 잡아당겼다. 그리고, 일부러 자기 가슴골을 보여주면서 달아오른 목소리로 속삭였다.

"**그렇게나** 신경 쓰여?"

"잠깐, 너, 뭐 하는—?!"

차분함과 신사적인 태도 같은 게 완전히 사라진 마사치카는 겉으로 드러날 정도로 동요했다. 그의 시선이 자신의 가슴으로 향하는 것을 느낀 아리사는 온몸이 순식간에 달아올랐다.

"후, 후훗. 변태~."

확 고함을 지르고 싶을 만큼 격렬한 수치심을 느끼면서도, 아리사는 놀리듯 마사치카를 비난했다. 그리고 마사치카의 시선에서 도망치려는 듯이, 다시 그의 품에 안겨들었다. 마사치카의 탄탄한 가슴에 귀를 대보니, 그의 심장은 아리사와 마찬가지로 격렬하게 뛰고 있었다.

(와아, 쿵쾅거리고 있네……. 후훗, 정말 밝힌다니깐.)

그래도 싫지 않다. 그의 손길도, 그의 시선도, 불쾌하지 않다.

이 감정은 대체 뭘까. 확 비명을 지르고 싶을 만큼 부끄럽지만, 마음은 기쁨으로 가득 찼다. 이 감정을, 전에도 어딘가에서—.

"어? 아, 아라—."

마사치카의 당혹스러움으로 가득 찬 목소리가 들려왔다. 그 목소리를 듣자, 어째선지 아리사는 웃음이 났다.

"아니, 뭐가 그렇게 웃긴 건데? 안 다쳤으면 슬슬 비켜주지 않겠어?"

"어머, 내가 안겨든 게 싫은 거야?"

"아, 안겨들다니—."

명백하게 동요한 탓에 말문이 막힌 마사치카에게, 아리사는 환한 미소를 지어 보이며 눈을 감았다.

(나는 마사치카를 놀리고 있을 뿐이야. 응, 그뿐이야…….)

그렇게 마음속으로 중얼거린 아리사는 마사치카에게 몸을 맡겼다. 신뢰로 가득 찬 아리사의 미소를 보자, 마사치카도 체념한 것처럼 몸에서 힘을 뺐다.

그렇게 두 사람은 교정에서 음악이 들려오지 않을 때까지, 조용히 몸을 맞대고 있었다.

제 1 화 재회

추령제가 끝나고, 대체 휴일 다음 날부터 세이레이 학원은 원래대로 수업이 재개됐다. 하지만 학생 대부분은 수업에 전혀 집중하지 못하고 있었으며, 친구들과 수다를 떨고 싶은 눈치였다. 그중에는 참다못해 스마트폰으로 채팅을 하는 학생까지 보였다.

그들의 머릿속을 가득 채우고 있는 건, 체육관에서 열린 전교 조례에서 일어난 어떤 사건이다. 아니, 사건이라기보다 사죄 회견이다.

『정말 죄송합니다.』

그렇게 말하며 무대 위에서 전교생을 향해 무릎을 꿇은 건, 이 학교에서 세 손가락 안에 들어가는 인기남인 키류인 유쇼다. 대기업 도련님이자 탁월한 피아노 솜씨와 잘생긴 얼굴 덕분에『피아노 왕자』라 불리는 그는, 그에 걸맞게 자존심도 강한 학생이다. 그런 그가 취한 행동에 전교생은 충격을 받았고, 수많은 여학생은 비명을 질렀다. 아니, 가장 충격적이었던 건…… 무릎을 꿇은 유쇼의 머리가, 눈부시게 빛나고 있었다는 점일지도 모른다.

항상 짜증스러울 정도로 깔끔하게 세팅하던, 여학생들이 교태 섞인 한숨을 내쉬게 만들던 살랑살랑 헤어가 머리에서 완전히 사라진 것이다. 게다가 머리를 밀어준 사람의 실력이 별로였던 건지 곳곳에 반창고를 붙인 탓에, 안타까우면서 우스꽝스럽다고나 할까…… 뭐, 솔직히 말해 매우 웃겼다. 얼굴은 여전히 잘생겨서 더 그랬다. 솔직히 말해, 토우야의 사태 설명이 전혀 귀에 들어오지 않을 정도였다.

하지만 학생들이 서서히 상황을 이해하면서, 예의 소동으로 피해를 본 학생들을 중심으로 분노에 찬 목소리가 터져 나오려 했다. —하지만, 유쇼와 함께 무대에 오른 스미레가 갑자기 「연대책임」을 빙자하여 가위를 꺼내서 자신의 세로 롤 머리카락을 확 잘라버리려 한 탓에 또 아비규환이 벌어졌다. 스미레를 말리려고 여자 검도부 부원 몇 명이 무대 위로 난입했고, 추령제에서 공연한 검술 연극을 방불케 하는 배틀이 벌어지더니…… 치사키의 호통에 전원이 무릎을 꿇는다고 하는 콩트 같은 소동이 벌어졌다.

전교생이 웃어야 할지 화내야 할지 알 수 없는 기묘한 상황이 벌어진 가운데, 교장이 유쇼에게 『한 달간의 정학』이라는 처분을 내리면서 전교 조례가 종료됐다. 그리고 지금은 전교생이 그 일로 시끌시끌했다. 그중에서도 유쇼의 음모를 저지한 장본인으로 추정되는 마사치카 또한 당연히 주목받고 있었다.

"쿠제! 오늘 아침의 그거 말인데, 역시 문화제에서의 피아노 대결의 결과 맞지?!"

"피아노 왕자에게 피아노 승부로 이긴 게 진짜야?!"

"대체 어떻게 그 소동의 범인이 키류인이라는 걸 안 건데?"

1교시 수업이 끝난 직후, 친구들이 한꺼번에 몰려든 탓에 마사치카는 질린 표정이 되었다. 하지만 설명을 안 해서 괜한 소문이나 억측이 퍼져나가는 건 좋지 않기에, 마사치카는 가능한 범위 안에서 질문에 답했다.

"키류인이 범인인 걸 어떻게 알았냐면 말이야. 그 소동이 현 학생회의 실각을 노린 거라면, 범인은 차기 학생회장 선거에 출마할 가능성이 있는 자식이잖아? 뭐, 전년도 회장과 부회장에게 원한이 있는 인간일 가능성도 있지만……. 어느 쪽이든 간에 그렇게 큰 소동을 일으켰다면, 내광회에 상황 설명을 하기 위해 접촉할 거라고 생각했거든. 그래서 내광회에 접근하는 녀석이 없나 싶어 감시하다 보니…… 딱 걸려든 거야."

"흐음~! 그런데 어떻게 토론회를 성립시켰어?"

"뭐, 그건 비밀이야."

"뭐~! 가르쳐달라고. 되게 궁금하단 말이야!"

"맞아! 그게 가장 궁금하거든?!"

친구들이 캐물었지만, 마사치카에게도 말할 수 없는 것…… 아니, 말하고 싶지 않은 것이 있다. 그래서, 마사치카는 쓴웃음을 머금으며 그럴듯한 핑계를 입에 담았다.

"좀 봐줘. 내광회가 얽혀 있어서, 말하고 싶어도 말 못 해."

마사치카가 그렇게 말하자, 몸을 쑥 내밀며 관심을 보이던 친구들은 일제히 당황한 표정을 지었다.

"아, 그렇게 된 거구나……."

"그렇다면, 뭐……."

그들이 하나같이 이런 반응을 보인 데는 이유가 있다. 추령제에서의 그 소동에 관해서는 당일에 함구령이 내려왔다. 추령제에 찾아온 내광회에게서 직접 말이다.

그래도 사람의 입에 지퍼를 채울 수는 없기에, 외부 손님을 비롯한 몇 명이 소동 영상과 사진을 SNS에 올렸지만…… 그것들은 1분도 채 지나기 전에 삭제됐다. 그것도 계정까지 말이다. 그리고, 미디어에서는 「추령제에 거동 수상자가 침입해서 경비원에게 구속됐다」라고 하는 소동 규모에 비해 짧고 간결한 뉴스가 보도됐을 뿐이다. 침입 직후에 바로 잡혔다는 듯한 그 짤막한 뉴스는 사람들의 관심을 거의 끌지 못했고…… 이를 통해 내광회가 어떤 조직인지 알게 된 세이레이 학원 학생들은 정색하며 「우와, 무서워」 하고 말할 수밖에 없었다.

참고로 경찰도 출동하지 않았는데…… 선도위원회실에 연행된 침입자 전원은 어느새 모습을 감췄다. 그들이 어디에 갔는지, 어떤 일을 겪었는지는 모르는 편이 나으리라.

"국가를 비밀리에 조종하는 비밀조직이 있다는 건 동서고금을 막론하고 흔하디흔한 음모론이지만……. 나, 내광회가 그런 조직 아닌가 싶은 생각이 들어."

"아니, 딱히 비밀조직은 아닌데…… 그래도 무시무시한 권력자들이 모여 있다는 건 실감했어."

"키류인은 용케 정학 한 달로 마무리됐네."

"그야 선거전에서 이기려고 벌인 일이라니까…… 좀 봐준 거 아니겠어?"

친구들은 두려움이 섞인 목소리로 그런 이야기를 나눴다. 그들에게 말없이 쓴웃음을 지어 보이던 마사치카가 교실 뒤편을 힐끔 쳐다보니…… 그쪽에도 사람들이 몰려 있었다.

"그 라이브, 정말 끝내줬어! 저기, 음원 없어? 다른 반 애들도 가지고 싶대."

"으, 음원? 아~ 그건 생각 못 했네……."

"연습용으로 녹음한 건 있는데…… 스튜디오에서 제대로 녹음한 건 없어."

""""뭐어~!""""

주변 친구들이 불만 섞인 목소리를 내자, 타케시와 히카루는 약간 당혹스러워하면서도 만족스러운 표정을 지었다.

"쿠죠 양, 감사 인사가 늦었어요……. 폭죽 소동 때, 나서줘서 정말 고마워요. 저도 패닉에 빠질 뻔했는데, 그때 쿠죠 양은 정말 믿음직했어요."

"그래? 그렇다면…… 다행이야."

"쿠죠 양의 엘프 코스프레, 또 보고 싶어……."

"그, 그건…… 문화제 한정, 이니까……."

"으~, 아쉽네."

"밴드 의상도 참 멋졌다니깐! 멀리서 본 거지만…… 그건 어디서 산 거야?"

"그건 노노아 양이 프로듀스해준 거라서, 나도 몰라……."

동경심과 친밀감이 섞인 시선 속에서, 아리사는 약간 어색한 미소를 머금었다.

그런 광경이 펼쳐지는 사이에 2교시 수업을 맡은 교사가 들어오자, 모여들었던 학생들은 아쉬워하며 자기 자리로 돌아갔다. 그와 동시에 아리사도 자리로 돌아왔다.

"수고했어."

아리사를 향해 피로가 묻어나는 미소를 짓자, 그녀는 동요한 것처럼 시선이 흔들리면서도 고개를 끄덕였다.

"……너도 말이야."

작은 목소리로 그렇게 말한 아리사가 의자에 앉아서 앞을 바라보자, 마사치카는 작게 쓴웃음을 머금었다.

(아하……. 후야제에서의 일 때문에 저러는구나. 하긴, 문화제 중에는 꽤…… 기분이 고조된 상태였잖아.)

그렇게 생각한 마사치카도 당시 일을 떠올리려다 허둥지

둥 고개를 저었다. 그렇게 잡념을 떨쳐내고 다시 수업에 임하려…… 했지만 수업 중에도 여전히 시선이 느껴진 탓에 마음이 안정되지 않았다.

(으음~, 문화제로 우리 둘 다 지명도가 상승한 건 좋지만…… 생각했던 것보다 피곤한걸…….)

선거전만 생각하면, 지금 상황은 바라던 바다. 애초에 아리사에게 밴드 참가를 권한 것은 그녀의 이미지 개혁과 사교성 강화가 주된 이유다. 실제로 이번 문화제를 통해 아리사를 향한 시선이 달라졌다. 예전에는 멀리서 바라보기만 하던 고고한 존재가 지금은 조금이라도 가까워지기를 바라는 사람들에게 둘러싸이게 됐다. 그리고 아리사 또한, 당황한 기색을 보이면서도 거기에 응하려는 자세를 보이고 있다.

(결과만 본다면 대성공……이지만, 오산인 점은 나도 주목을 받게 됐다는 거야.)

오히려, 지금은 아리사에게 향해야 할 관심을 마사치카가 가로챈 느낌마저 들었다. 결코 나쁜 일은 아니며, 선거전에 있어서는 잘된 일이지만…… 역시, 영 불편했다.

(뭐, 오늘 조례 탓에 일시적으로 화제가 됐을 뿐이겠지. 아까 내 설명이 퍼져나가면, 금방 잠잠해질 거야…….)

……하고 생각했던 게 실수였다.

“저기, 쿠죠 양에게 던져진 폭죽을 날아 차기로 걷어찼다는 게 진짜야?"

"쿠제 씨는 피아노를 참 잘 치는군요. 어디서 배웠나요?"

"문화제에 난입했던 자식들이 어떻게 됐는지 알아?"

"그것보다 퀴즈 대결 때의 이야기를 듣고 싶어!"

쉬는 시간만 됐다 하면, 사람들이 끝도 없이 몰려들었다. 자신을 향한 선망과 칭찬 속에서, 쉬는 시간인데도 전혀 쉬지 못했던 마사치카는 겨우 점심시간이 됐을 무렵에는…….

"끄아아아아~~~~."

아무도 없는 학생회실에서, 죽어가고 있었다.

"으~~~~, 그윽~~~~."

마사치카는 소파에 벌러덩 드러누운 채, 몸을 꿈틀대며 괴성을 흘리고 있었다. 어디 내놔도 부끄러운, 위험인물 그 자체였다.

실내에 자기밖에 없기에 마음껏 버둥대던 마사치카는 갑자기 움직임을 멈추며 중얼거렸다.

"……완전 오버했어."

그의 입에서, 후회와 수치로 점철된 한마디가 흘러나왔다.

주위에서는 추령제에서 마사치카가 선보인 행동을 무용담처럼 이야기하고 있다. 하지만 그 모든 것이 마사치카에게 있어서는 흑역사가 되어가고 있었다. 마음 같아서는 「보지 마. 소문내지 마. 제발 부탁이니까 나 좀 내버려 둬」 하고 외치고 싶은 기분이다.

(무대 위에서 폭죽을 날아 차기로 요격. 불량배 상대로 안면 펀치. 게다가…….)

유쇼와의 일이 뇌리에 선명하게 떠올렀다. 유쇼의 연극배우 같은 과장된 태도에 자극을 받은 건지, 여유 넘치고 멋들어진 주인공 행세를 한 자기 자신—.

"끄으으으!"

순간적으로 수치심이 폭발하자, 마사치카는 소파에 누운 채 허리를 튕겼다. 그리고 그대로 몸을 격렬하게 꼬아대기 시작했다.

(끄, 어, 어어어어어어…… 죽겠어. 진짜로, 죽겠다고오오오오.)

불행 중 다행인 것은 교정과 강당 무대 위에서의 일을 제외하면, 목격자가 적다는 점이다.

유쇼를 상대로 한 쪽팔리는~ 주인공 행세는 다행히 유쇼 본인 말고는 본 사람이 없다. 유쇼가 다른 사람에게 이야기할 리가 없으니, 개인적으로 가장 심각한 흑역사인 그 일은 아무에게도 알려지지 않을 것이다.

불량배에게 정권 지르기를 날려서 케이오시킨 일은 목격자가 꽤 있지만, 그 후에 노노아의 친구들이 불량배를 유린하던 광경이 더 임팩트가 강해서 그런지 그다지 입에 오르내리지 않는 것 같았다. 마사치카에 관해 퍼져나가고 있는 소문은 폭죽 킥과 피아노 대결 건이다. 이 두 가지는 마사치카로서도 부끄러워할 일이 아니지만…… 그 이야기를 들을 때마다 그 전후에 자기가 한 멋들어진 언동을 연상하게 된다.

(아니, 알고 있거든? 아무도 그걸 가지고 중2병스럽다고 생각 안 하고, 애초에 아는 사람도 거의 없어. 알고 있지마아아아안~~~~ 끄어어어어.)

마사치카는 같은 시기에 좋은 일과 나쁜 일이 벌어질 경우, 나쁜 일이 더 인상에 깊이 남는 타입이다. 예전에도 마아와의 추억에서 슬픈 이별만 머릿속에 남겨서, 나쁜 기억으로 치부했던 것처럼 말이다. 이번 또한, 그때와 똑같은 사태가 벌어지고 있었다.

(으그극……. 그렇게 생각하니, 시라토리한테 한 이런저런 일이나 아랴에게 한 서프라이즈까지 중2병처럼 느껴져.)

한번 그런 상태에 빠지면, 부정적 생각의 악순환이 벌어진다. 나오의 우는 얼굴이 머릿속에 떠올랐다. 그리고, 아리사의 소악마 같은 미소와 매혹적인—.

“푸우우읍!!”

발칙한 기억이 떠오르자, 마사치카는 또 소파 위에서 허리를 튕겼다. 하지만 마사치카의 의지와 달리, 뇌에 강렬하게 새겨진 기억은 연쇄적으로 자동 재생되고 말았다.

두 팔로 끌어안은 아리사의 부드러운 감촉. 마음을 빼앗아가는 듯한 고혹적인 미소와 함께 눈에 들어온, 출렁출렁

흔들리는—.

"끄으윽!!"

마사치카는 소파에 헤딩을 날려서 머릿속을 강제적으로 새하얗게 만들었다. 하지만 그런다고 해서, 오감에 새겨진 당시의 기억이 간단히 지워질 리가 없었다.

(끄으, 아랴는 무지무지 예뻤고 냄새도 되게 좋았던 데다, 가슴도 완전 밀착시켰단 말이야! 그리고 엄청 좋지 않던 표정이 확 좋아지는 걸 보니까, 엉큼한 마음에 사로잡힌 내가 보잘것없게 느껴졌달까, 그래도 가슴은 진짜 끝내줬고, 완전 귀엽게 안겨드는 걸로 모자라, 아랴는 눈치 못 챘겠지만 가슴팍의 옷을 살짝 잡아당겼을 때 언뜻, 끄아아아아아아아악!)

아까와 다른 의미에서 한동안 고통에 몸부림친 후, 마사치카는 머릿속으로 중얼거렸다.

(하아……. 그 상황에서 이성을 유지한 나를, 누가 칭찬 좀 해줘…….)

『내가 칭찬해줄까?』

(꺼져, 이 바보 악마야.)

머릿속에 고개를 슬쩍 내민 소악마 유키를 주저 없이 쳐냈다. 그러자 악마는 연기가 되어서 사라졌다. 그리고 곧 연기가 모여들면서 부활했다.

『악마는 죽지~ 않아~♪』

(짜증 나~.)

깔깔 웃으며 멀어져가는 악마 탓에 짜증이 난 마사치카는 깊디깊은 한숨을 내쉬며 축 늘어졌다.

충격적인 기억 덕분에 악순환에서 벗어나기는 했지만, 그래도 상황은 전혀 달라지지 않았다. 학생회실을 나서면, 또 길 가는 학생들이 호기심으로 가득 찬 시선을 자신에게 보낼 것이다. 그렇게 생각하니, 또 기분이 축 가라앉았다.

(아아……. 방금, 다시 깨달았어. 나, 애초에 주목받는 걸 좋아하지 않는 거야.)

어렴풋이 눈치채고 있었지만, 중등부 시절에 그림자 부회장이었던 근본적인 원인은 바로 그 점이다. 자기를 변변찮은 인간이라고 생각하기에, 주목을 받으면 본성을 간파당하는 것 같아 견딜 수가 없다. 그렇기에 주목을 받지 않도록, 몰래 행동하면서 남들 앞에 서지 않았다…….

(아랴의 옆에서 버팀목이 되어주기로 맹세했으니, 이런 일에도 익숙해져야만 하겠지만…….)

이번 선거전에서는 마사치카도 남들 앞에 서기로 결심했다. 원래 학생회장으로서의 자질을 충분히 갖추고 있던 유키와 달리, 아리사에게는 옆에서 버팀목이 되어줄 사람이 필요할 테니까…….

—정말 그럴까?

그렇게 생각한 순간, 의문의 목소리가 들려왔다. 그리

고, 최근에 아리사가 현격히 성장하며 보여준 활약이 뇌리에 떠올랐다.

퀴즈 대결에서 보여준 홀로 서려 하는 그 긍지 높은 모습. 밴드 리더로서 동료들에게 인정받는 모습. 폭죽 소동을 진정시키기 위해 무대 위에서 리더십을 발휘하던 모습. 그리고…… 아까, 몰려든 사람들을 상대하며 어색하게나마 미소 짓는 모습.

그것들을 떠올린 마사치카의 내면에서 어떤 예감이 부풀어 올랐다. 그것은, 문화제 때도 느꼈던 예감이다. 즉―.

(아랴가 나를 필요치 않게 되는 날이 생각했던 것보다 빨리 찾아올지도 모르겠는걸…….)

적어도 예전처럼, 옆에 붙어서 일일이 도와줄 필요는 이제 없을지도 모른다. 아리사의 성장 속도는 마사치카의 예상을 넘어섰다. 어쩌면 그가 과보호를 한 바람에, 아리사의 교우관계가 좁아진 것이 아닐까―.

"뭐, 자기 자신에게 변명을 늘어놓으며 직무 유기를 해서야 그저 쓰레기겠지."

자기 자신을 향해 그렇게 말한 마사치카는 힘차게 몸을 일으켰다. 그리고 소파에 깊숙이 앉으며 실내의 시계를 쳐다보니, 점심시간도 절반가량 지나 있었다.

"아~."

오늘은 도시락을 싸 오지 않았으니, 점심을 먹을 거면

학생 식당이나 매점에 갈 수밖에 없다. 하지만 또 사람들에게 둘러싸일 가능성을 생각하니, 왠지 발걸음이 무거워졌다.

(……배가 많이 고픈 건 아니니까, 점심 정도는 걸러도 되겠지…… 어차피 지금 가봤자 시간상으로 아슬아슬하잖아.)

멍하니 그런 생각을 하고 있을 때, 느닷없이 학생회실의 문이 열렸다. 마사치카가 딱히 놀라지 않으며 멍한 표정으로 입구를 쳐다보니…… 문을 연 마리야와 시선이 마주쳤다. 그 순간, 마리야는 환한 미소를 머금었다.

(우와~, 끝내주는 미소네.)

마사치카가 무심코 눈을 가늘게 뜨자, 쪼르르르 다가온 마리야가 손에 든 서류를 테이블 위에 내려뒀다. 그리고 소파에 앉은 마사치카를 자애에 찬 눈길로 내려다봤다.

"길 잃은 사아~는 여기 있나요?"

"리얼 성모님이에요?"

마리야가 마치 수녀 같은 말을 하자, 마사치카가 교과서 읽는 듯한 말투로 태클을 날렸다. 그러자 마리야는 마사치카의 옆에 앉더니, 말없이 두 팔을 벌렸다. 그 순간, 마사치카의 뇌리에 선명한 기억(모성의 폭력)이 떠올랐다.

"……저기 말이죠. 그런 포즈 취해도 안겨들지 않을 거고, 안겨드는 것도 사양할 거라고요."

경계심을 드러낸 마사치카가 가슴 앞으로 두 팔을 들면

서 마리야를 견제했지만…… 그녀는 풀이 죽은 듯이 가라앉은 표정을 지었다.

"……쿠제는 나와 볼 키스 하기 싫어?"

"어? 아, 아하. 볼 키스……. 볼 키스구나."

마리야의 슬픈 표정을 보고 죄책감이 치밀어오르는 것과 동시에 괜히 착각한 게 부끄러워진 마사치카는 거북한 표정을 지으며 손을 내렸다. 미안한 마음 탓에 마리야의 얼굴을 쳐다볼 수가 없어서 고개를 돌린— 바로 그 순간, 마리야가 움직였다.

"어?"

목과 머리에 팔이 휘감겼다……고 생각한 순간, 그대로 확 잡아당겨진 마사치카의 눈앞에는 마리야의 교복 리본이 있었다.

"……?!?!"

"저기, 무슨 일이 있었던 거야?"

머리 위편에서 상냥한 목소리가 들려왔지만, 그 말에 답할 여유가 없었다.

(볼 키스라며! 볼 키스라고 했잖아! 이 거짓말쟁이!!)

마사치카는 머릿속으로 항의했지만, 그 말을 입에 담을 수는 없었다. 왜냐하면 코 아랫부분이 부드러운 것에 파묻혀 있었던 것이다. 목소리를 내는 건 고사하고, 숨을 쉴 수도 없었다. 아니, 물리적으로 숨을 쉴 수 없는 건 아니지만 심리적으로 불가능했다.

그도 그럴 것이, 이 상황에서 코로 숨을 들이쉬었다간 마리야의 체취를 맡는 것 같아서 변태 같다. 그리고 숨을 내쉬는 것 또한, 여성과 밀착한 채 거친 콧김을 뿜는 변태 같다. 그럼 입으로 호흡……했다간, 특정 부위를 빠는 것 같아서 역시 변태 같다. 결국…….

(이 상황에서, 어떻게~ 숨을 쉬면 돼……? 피부 호흡? 피부 호흡을 하면 되는 거야?)

……란 상황이 된 것이다.

이런 위기 상황을 전하기 위해 마리야의 어깨를 두드렸지만, 그녀는 손에서 힘을 빼지 않았다. 그러는 사이, 뇌에 산소가 전해지지 않으면서—.

(이렇게 몇 번이나 터치터치를 하고 있는데…… 그렇다고 마샤 씨의 가슴을 터치터치했다간 죽음을 각오해야 할 테니까, 그야말로 죽도록 행복하다고도—.)

그대로 의식이 서서히 멀어지더니—.

"자, 다음은 이 춘권이야. 아~."

"아~ 우물."

"맛있어?"

"……네, 맛있어요."

정신을 차려보니, 마리야가 도시락을 먹여주고 있었다. 그것도 『아~』 하면서 말이다.

"어째서??"

"어?"

"어라? 응? 왜 이렇게 된 거지??"

"왜라니…… 쿠제, 배고파 보이니까 도시락 나눠줄게~라고 아까 말했잖아? 젓가락이 하나뿐이니까, 내가 먹여 주기로 했고 말이야."

"……저, 승낙했었어요?"

"고개를 끄덕였잖아?"

"맙소사……."

도저히 믿기지 않았다. 하지만 마사치카는 방금까지 거부감 없이 마리야에게 『아~』를 받고 있었다. 게다가 마리야의 도시락은 반밖에 남아 있지 않았다.

(이게…… 어떻게 된 거지? 기억이 없어……. 설마 마샤 씨의 넘칠 듯한 모성에 의해 일시적으로 유아 퇴행을 했던 건가? 모성의 폭력, 무시무시하네.)

그렇게 전율한 사이에도…….

"자, 아~."

마리야가 젓가락을 내밀자, 무심결에 입을 벌렸다. 우물우물, 꿀꺽.

"맛있어?"

"맛있어요."

완벽하게 조교당했다.

"아니, 그게 아니라……!"
"꺄아, 왜 그래?"
"왜 이러는 건지 저도 잘 모르겠어요……."
마사치카가 고개를 푹 숙이자, 마리야는 몇 번 눈을 깜빡인 후에 뭔가 알겠다는 듯이 고개를 끄덕였다.
"철학이네."
"경악인데요."
"우리 학교는 공학이긴 한데……."
"공학이 아니라 경악이에요."
"……일본어는 참 어려워."
"어학 문제가 아닌데요……."
"자, 아~."
"생각하는 게 귀찮아진 거죠?"
마사치카는 살짝 흘겨보며 태클을 날렸지만, 마리야는 개의치 않으며 그의 입에 젓가락을 집어넣었다. 우물우물, 꿀꺽.
"맛있어?"
"맛있어요……. 하지만, 저기, 충분히 먹었어요."
"어~ 괜찮겠어? 남자애니까 든든히 먹어두는 편이 좋지 않을까?"
"그럼, 마샤 씨 몫이 없잖아요."
"응~? 괜찮아~. 나는 이러고만 있어도 행복 가득~ 배가득~이거든."

그 말이 사실이라는 듯이 마리야가 순수하게 웃자, 마사치카는 무심코 고개를 돌렸다.

(저, 저런 부끄러운 말을 아무렇지 않게…….)

온몸이 간지러운 듯한 느낌이 든 마사치카는 어깨를 움츠리며 팔을 비볐다. 바로 그때, 마리야가 또 젓가락을 내밀었다.

"자, 아~."

"아니, 진짜로 괜찮아요……. 저도 다른 의미에서 배가 부르거든요."

"어머~? 그래~? 사양하는 거 아냐?"

"그런 거 아니에요. 잘 먹었어요. 남은 건 마샤 씨가 드세요."

젓가락 앞에 손을 들어 보이며 사양하자, 마리야는 불만이 약간 섞인 표정을 지으며 젓가락을 치웠다. 그리고 뭔가가 생각난 것처럼 눈을 껌뻑이더니, 방긋 웃으면서 마사치카에게 도시락을 내밀었다.

"그럼 답례 삼아, 이번에는 쿠제가 먹여줄래?"

"네?"

"도시락에 대한 답례 삼아~, 이번에는 쿠제가 나한테 아~ 해주는 거야."

그렇게 말하면서 마사치카의 무릎 위에 도시락통을 둔

마리야는 그를 향해 몸을 숙이더니, 눈을 감으며 입을 작게 벌렸다.

"자, 아~."

"어, 어? 지, 진짜로요?"

"아~."

당황한 마사치카를 개의치 않고 마리야는 음식을 받아먹는 자세를 유지했다.

(아니, 서로에게 『아~』를 해주는 건 닭살 커플이나…… 아니, 그러고 보니 이미 간접 키스를 마구 해댔잖아??)

그런 생각을 한 마사치카는 눈을 감고 있는 마리야의 얼굴을 쳐다보더니, 꿀꺽하고 마른침을 삼켰다.

감긴 눈의 긴 속눈썹, 말랑말랑하고 부드러워 보이는 볼, 앳된 느낌과 어른스러움이 공존하는 상냥한 미모…….

"응?"

"……!"

바로 그 타이밍에 마리야가 눈을 뜨자, 마사치카는 몸을 뒤편으로 젖혔다.

멀리서 볼 때는 옅은 갈색처럼 보이던 마리야의 눈동자는, 가까이에서 보니 녹색과 청색이 섞인 복잡한 빛깔을 띠고 있었다. 그 눈동자가 자신을 향하자 마사치카의 가슴이 묘하게 술렁거렸다.

"……."

마사치카는 자신을 향한 시선에서 도망치듯 문뜩 눈에 들어온 방울토마토를 젓가락으로 집더니, 왼손을 접시 삼으며 마리야를 향해 내밀었다.

"아, 아~."

"아~."

어색하게 내민 방울토마토를 마리야가 먹으려 한 바로 그 순간이었다.

"앗."

방울토마토가 젓가락과 마리야의 입술 사이에서 미끄러지더니, 마사치카의 왼손 위에 떨어졌다.

그대로 방울토마토가 소파로 굴러떨어지는 것을, 마사치카는 손을 동그랗게 말아서 막았다. 그리고 마리야가 마사치카의 손을 들어 올리더니, 자신의 입을 댔다.

"으윽?!"

마사치카의 손바닥 위에 떨어진 방울토마토를 마리야가 입에 물면서, 그의 손바닥에 입술이 닿았다.

한순간의 일이었다. 착각으로 치부할 수도 있을 듯한 그 감촉에, 마사치카는 등골이 오싹했다. 그런 마사치카의 반응을 눈치챈 건지는 모르겠지만, 마리야는 방울토마토를 씹으면서 멋쩍은 미소를 머금었다.

"우후후, 조금 버릇없는 행동이었네."

입안에 있는 것을 삼킨 마리야가 배시시 웃자, 마사치카는 아무 말 없이 도시락통을 그녀에게 넘겨줬다.

"저기, 남은 건 직접 먹어요."

"어~ 왜?"

"아니, 좀 봐달라고요."

그렇게 말하며 고개를 젓는 마사치카를 보고 뭔가를 눈치챈 건지, 더는 아무 말도 하지 않고 젓가락과 도시락통을 넘겨받은 마리야는 몸을 앞쪽으로 돌렸다. 마리야의 시선이 자신에게서 떨어지자, 마사치카는 몰래 가슴을 쓸어내렸—.

"……저기."

"왜~?"

"……좀, 가까운 거 아니에요?"

의문형으로 말하기는 했지만, 실은 의심의 여지가 없을 만큼 가까웠다. 팔과 다리가 닿아 있으니 말이다.

"쿠제가 왠지 풀이 죽은 것 같아서, 스킨십으로 위로해 주려는 거야."

"아니, 위로가 될 리가 없잖아요."

오히려, 가슴이 쿵쾅거렸다. 덕분에 풀이 죽어 있을 짬이 없긴 하지만 말이다.

"……가슴이 뛰어?"

"어, 아니, 뭐……."

마음속으로 「왜 이럴 때만 감이 좋은 걸까」 하고 생각하면서, 마사치카는 시선을 돌렸다. 그러자, 진상을 파악하려는 듯한 표정으로 쳐다보던 마리야가 방긋 웃었다.

"그래~, 다행이야. 나도 정말 가슴이 뛰었거든."

"어, 어어~? 정말요?"

무심코 회의적인 목소리로 말하자, 마리야는 토라진 어린아이처럼 입술을 삐죽 내밀었다.

"정말이야……. 확인해볼래?"

"어……."

확인이라니……. 가슴이 뛴다는 것을, 확인한다. ……어떻게?

"어, 어떻게요?"

자기도 모르게, 그런 말을 내뱉었다. 그 직후, 기대와 후회에 동시에 사로잡힌 마사치카는 머리를 감싸 쥐고 싶어졌다. 하지만, 이미 입 밖으로 내뱉은 말을 돌이킬 수는 없었다. 안절부절못하며 고개를 돌린 마사치카의 눈앞에서—마리야가 몸을 반대편으로 돌렸다.

"어?"

"들어봐."

"네??"

"심장 소리, 들어봐."

"아~."

몇 초 동안 굳은 후, 마사치카는 이해했다.

(아하? 마샤 씨 급이면, 앞에서 듣는 것보다 뒤에서 듣는 편이 더 잘 들리겠지……. 아하하하.)

머릿속으로 공허한 웃음을 흘린 마사치카는 그대로 옆쪽으로 쓰러졌다. 소파의 팔 받침대를 베개 삼으며, 소파 위에서 무릎을 끌어안는 자세로 몸을 동그랗게 말았다.

(죽고 싶어…….)

대체, 무엇을 기대한 것일까. 자신의 지조 없는 흑심 탓에, 자기 손으로 확 죽고 싶어졌다.

"쿠제? 어, 왜 그래? 밥 먹고 바로 누우면…… 으음, 가축? 가축이 될걸?"

"가축?"

"에, 에헤헤. 돼지 씨, 아니면 소 씨였던 것 같은데 말이야."

"……일반적으로는 소예요."

"그래? 그럼 소 씨! 소 씨가 되면, 내가 확 길러버릴 거야~."

"왜 갑자기 사디스트 여왕님이 된 거예요? 아니다, 여왕님이면 돼지 쪽이려나……."

"응? 여왕님이면 고양이 아닐까?"

"아무래도 뭔가 다른 것과 착각했나 보네요."

그렇게 말하면서도 왜 여왕님이면 돼지 쪽인지 질문을 받을 경우 대답하기 어렵기에, 마사치카는 더 추궁하지 않고 몸을 일으켰다. 그리고 소파에 깊이 몸을 묻으며 또 멍~

하니 있는데, 식사를 마친 마리야가 갑자기 물었다.

"그래서? 결국 쿠제는 뭐 때문에 풀이 죽었던 거야?"

"……!"

느닷없이 핵심을 찌르는 질문을 받자, 마사치카는 한순간 몸을 딱딱하게 굳혔고…… 곧 몸에서 힘을 쭉 빼면서 체념한 투로 대답했다.

"그게…… 저란 애는 참 악역 같단 생각이 들었을 뿐이에요."

될 대로 되란 투로 그렇게 말한 마사치카는 이 정도로는 설명이 부족하단 생각이 들어서 덧붙여 말했다.

"재능이 넘치는…… 주인공의 노력을 비웃는 악역, 이랄까요. 딱히 노력하지 않아도, 딱히 열정이 없는데도, 어엿한 결과를 내놓는 악역 말이에요."

"……일전의 토론회 때문에 그래?"

"뭐, 그것도 포함된다……고나 할까요."

"하지만…… 쿠제도 노력해왔잖아? 옛날에 이야기해줬는걸. 나, 똑똑히 기억해."

"윽!"

마아와의 추억이 언급되자, 마사치카는 한순간 표정을 굳혔다가……곧 빈정거리는 듯한 미소를 머금었다.

"뭐, 부모에게 사랑을 받으려고 노력했던 거죠."

"……."

“저한테는 피아노도, 공수도도, 공부도, 전부 그걸 위한 수단이었어요. 딱히 좋아서 한 게 아니고 온 힘을 다해 최선을 다한 적도 없죠.”

그저 선생님이 가르쳐준 대로 묵묵히 연습했을 뿐이다.

“고민하거나 괴로워하지 않고 재능만으로 결과를 내놔도…… 아무것도 모르는 어중이떠중이에게 칭찬을 받는데, 기뻐하라는 게 무리 아니에요?”

그렇게 투덜거린 마사치카는 곧 후회했다. 알고 있다. 주위 인간에게 악의가 없다는 것을 말이다. 그것을 솔직하게 받아들이지 못하는 건 마사치카의 문제이며, 방금 그 말은 화풀이에 지나지 않는다.

“고민하고 괴로워하는 게…… 노력이야?”

자책에 빠진 마사치카의 귀에 마리야의 차분한 질문이 스며들었다. 그 말을 듣고 미간을 살짝 찌푸린 마사치카는 신중하게 답했다.

“……뭐, 진정한 노력이란 그런 게 아닐까요? 약한 자기 자신이나 모자란 면 때문에 고뇌하고, 그러면서도 이를 악물며 앞으로 나아간다. 그런 모습이 아름답잖아요?”

“그래……. 쿠제는 그렇게 생각하는구나.”

천천히 고개를 끄덕인 마리야는 밝은 목소리로 말했다.

“그렇게 치면, 쿠제는 열심히 노력하고 있는 거네.”

“……네?”

마사치카는 그 뜻밖의 말을 듣고 「또 순진한 소리 하는 건가?」라는 무례한 생각을 했다. 하지만 마리야는 회의적인 시선을 보내는 마사치카를 똑바로 바라보며 말했다.

"안 그래? 쿠제는 지금도 이렇게 고뇌하고 있잖아."

"……!"

"잔뜩 고민하고, 괴로워하면서도…… 앞으로 나아가는 거지? 아랴의 버팀목이 되어주기 위해서 말이야. 그것이 바로 쿠제가 말하는 『진정한 노력』 아닐까?"

그 말에 반박하고 싶지만, 적당한 말이 생각나지 않았다. 입을 희미하게 연 채 굳어 있는 마사치카의 몸에, 마리야가 두 팔을 둘렀다.

"괜찮아. 충분히 힘내고 있는걸. 쿠제는…… 참 노력하고 있어."

전에도 마리야가 해줬던 말이다.

"괜찮아. 쿠제는 언젠가 자기 자신을 좋아하게 될 거야."

평소와 마찬가지로 상냥한 배려로 가득 찬 말이 마사치카의 가슴에 스며들어왔다. 마음이 거짓말처럼 가벼워지더니, 「어쩌면 진짜로 그렇게 될지도 모른다」라는, 평소와 다른 낙관적인 생각마저 떠올랐다.

"……그럴, 까요?"

속삭이듯 그렇게 말하자, 마사치카에게서 떨어진 마리야가 미소를 머금었다. 그러자 마사치카도 덩달아 옅은 미소를 머금었다. 물론 마리야에 비하면 꽤 쓰디쓴 미소지만 말이다.

"저기, 미안해요. 툭하면 어리광만 부리네요."

"괜찮아. 전에도 말했지만, 나는 좋아서 쿠제의 어리광을 받아주는 거야."

별일 아니라는 듯이, 마리야는 따뜻한 미소를 머금었다. 깨끗하고, 순수한, 고생을 모르는 소녀 같은 미소다. 하지만 마사치카의 눈에는, 그것이 그 무엇보다도 강하고 믿음직한 미소처럼 보였다.

"그러니까, 나한테는 약한 모습을 숨기지 마. 나한테는 얼마든지 어리광을 부려도 되거든?"

진실이 담긴 묵직한 한 마디다. 소녀 같은 미소에, 아주 약간 어른스러운 분위기가 감돌았다.

"아랴가 네 손을 당겨준다면, 나는 네 등을 밀어줄게. 내가 그러고 싶어."

그런 마리야의 미소가…… 왠지, 이제까지 도저히 이미지할 수 없었던 그 애의 미소와 갑자기 포개졌다.

(어, 어라? 이게 뭐야. 설마…… 어, 거짓말이지?)

머릿속으로 부정하려 하지만, 마음과 몸이 진실을 고했다. 이것이, 몇 달 전에 아리사에게 느꼈던 것과…… 그리고 몇 년 전, 그 애에게 느꼈던 것과 동일하다는 사실을 말이다.

(아니아니, 말도 안 돼. 인마, 지조가 없어도 너무 없는 거 아냐? 아니, 마샤 씨=마아니까 일편단심이라고도 할 수 있나……?)

그 생각을 한 순간, 자기 자신이 『마샤 씨=마아』라는 공식을 자연스럽게 받아들이고 있다는 사실에 놀랐다. 이유는 모른다. 하지만, 지금 이 순간에 마사치카는 처음으로 그 애와 재회한 느낌이 들었다.

눈앞의 마리야는 기억 속의 그 애와 모습도, 분위기도 완전히 다르다. 하지만…… 지금의 마사치카는 두 사람이 다른 사람으로 느껴지지 않았다.

(우, 와아…… 말도, 안 돼.)

가슴속에서, 커다란 무언가가 부풀어 오르고 있다. 익숙하지 않은 그 감각 탓에, 마사치카는 본능적으로 공포를 느꼈다.

그 애를 향한…… 마아를 향한 마음과는 얼마 전에 결판을 냈다. 그러니 그녀는 이제 과거의 존재이며, 그녀를 향한 마음이 다시 타오르는 일은 없다……고, 여겼다. 하지만, 그렇지 않았다.

작별이 존재하기에 재회가 존재한다. 제대로 마주하며 결판을 냈기에, 떠올릴 수 있는 것이 존재한다.

쭉 잊었다고 생각했던 감정이 되살아났다. 그 감정은 이제까지 잊고 있었다는 게 믿기지 않을 만큼 선명했고…….

(응, 실수했어. 첫사랑을 완전 물로 봤다고.)

자기 자신의 감정에 휘둘리고 있는 마사치카의 앞에서 마리야는 어렴풋이 장난기 섞인 미소를 머금었다.

"하지만, 그래~. 쿠제가 정 마음이 쓰인다면…… 답례 삼아, 볼 키스를 해주지 않을래?"

"네?"

"이제까지, 쿠제에게 볼 키스를 받은 적은 없잖아~? 그러니까, 어때?"

그렇게 말하자마자, 마리야는 두 팔을 가볍게 벌리면서 볼 키스를 기다렸다. 마리야의 두 눈이 어린애처럼 기대로 가득 차자, 마사치카의 표정이 살짝 질렸다.

(하, 하필 지금? 지금, 볼 키스를 했다간…… 뭔가가 넘쳐 나올 것 같은데?!)

이 상황에서는 매우 좋지 않다. 이 상황에 몸을 맡겼다간, 감정이 정리되기 전에…… 금방이라도 울음을 터뜨리게 만들 듯한, 울부짖게 만들 듯한, 이 뜨거운 무언가에 휘말리면서 말도 안 되는 짓을 벌이고만 말 것 같았다.

(그렇다고, 도망칠 수는…… 뭔가, 뭔가 이 상황을, 교묘하게 피할 방법은—.)

마음속에서 샘솟는 감정의 격류 속에서 필사적으로 머리를 굴리던 마사치카는…… 아까 있었던 일을 떠올렸다.

(맞아! 그거야!)

그와 동시에 이 상황을 벗어날 묘안이 떠오른 마사치카는 진지한 표정으로 말했다.

"알았어요……. 볼 키스죠?"

"응."

"그럼……."

마사치카는 진지한 표정으로 고개를 끄덕이더니, 소파에서 몸을 살짝 들면서…… 마리야의 머리에 두 팔을 두른 후, 자기 가슴에 꼭 끌어안았다.

(아, 큰일 났다. 이건 또 이것대로…….)

그 순간, 목 깊숙한 곳에서 「마아, 만나고 싶었어!」 하는 외침이 튀어나오려 한 바람에 마사치카는 당황했다. 하지만 어찌어찌 그 충동을 억누르면서 5초 정도 끌어안은 후, 마리야의 머리에서 손을 뗐다.

"볼 키스를 할 줄 알았어요? 하하, 아까 복수예, 요……."

그리고 한 방 먹여줬다는 듯이 마사치카는 미소를 머금으며 마리야를 내려다봤고…… 귀까지 새빨개진 그녀의 얼굴을 보더니, 그대로 굳어버렸다.

아까 전의 기대에 찬 미소는 어디 간 건지, 마리야의 얼굴에서 감정이 사라졌다. 커다란 갈색 눈을 동그랗게 뜨더니, 아래편을 쳐다보며 계속 깜빡거리고 있었다. 게다가 새빨개진 얼굴에서는 금방이라도 김이 피어오를 것만 같았다.

"으, 음……."

"……!"

예상 밖의 반응을 본 마사치카가 딱딱한 미소를 머금으며 무슨 말을 하려 하자, 마리야는 놀란 것처럼 온몸을 부르르 떨었다.

"아, 저기, 으음……."

그리고 어색한 목소리로 그렇게 말하며 서둘러 도시락통을 챙기더니, 그것을 도시락 가방에 넣으며 자리에서 일어났다.

"그, 그럼, 이만 가볼게."

"아, 네."

"응. 이만 가볼게."

딴 곳을 쳐다보며 같은 말을 두 번 한 마리야는 허둥지둥 복도로 이어지는 문 쪽으로 향했다. 그리고 문손잡이를 돌리지도 않고 문을 밀고 나가려 하다, 그대로 쿵 소리가 나게 문에 부딪혔다.

"앗."

가벼운 몸통 박치기를 맞은 문이 덜컹거리는 소리와 함께, 마리야의 작은 비명이 들려왔다. 하지만 마리야는 곧 아무 일도 없었다는 듯이 다시 문을 열더니, 그대로 학생회실 밖으로 나갔다.

그 뒷모습을 쳐다보던 마사치카는 문이 덜컹하는 소리를 내며 닫히자…… 다시 소파의 팔 받침대에 얼굴을 묻으며 목청껏 고함을 질렀다.

"방금 반응은 뭐야?!"

◇

(까, 깜짝 놀랐어…….)

마리야는 인적없는 복도를 약간 불안정한 발걸음으로 걸었다. 머릿속을 가득 채우고 있는 건, 아까 마사치카에게 와락 안겼을 때의 감각이다.

코끝과 볼로 느낀 탄탄하고 커다란 가슴팍의 감촉. 약간 거칠게 끌어안은 순간의 듬직한 두 팔의 감촉. 이대로 그가 덮치기라도 한다면 절대 저항할 수 없으리라고 여기게 하는…… 명백한 이성의 몸이었다.

(지, 진짜…… 남자애였어.)

머릿속으로 그렇게 중얼거린 마리야는 자기 체온이 상승하는 것을 느꼈다.

이상한 이야기겠지만, 마리야는 이제까지 마사치카를 『남자』라고 느낀 적이 거의 없었다. 마리야에게 마사치카는 사아의 연장선상에 위치한 존재였다. 그렇기에, 마리야의 내면에 존재하는 연모의 정 또한 어릴 적부터 간직해온 일편단심의 순수한 감정이었다.

포옹도, 볼 키스도, 좋아하기에 할 수 있는 것이다. 그것은 단순한 애정 표현이며, 약간의 부끄러움을 느끼기는 해도…… 두려움을 느낄 리가 없다. 그렇게 생각했는데…….

"……."

아까 마사치카의 품에 안긴 순간, 마리야는 불현듯이 그 후를 예감했다. 자기가 어찌할 수 없는 힘을 지닌 육체 앞에서 마리야의 심장은 격렬하게 뛰면서 두려움에 사로잡혔다. 예전과는 비교할 수 없을 만큼 마사치카를 『남자』로 의식했고…… 동시에, 자신이 『여자』라는 것을 자각했다.

(어, 어머. 왠지, 너무 부끄러워…….)

이제 와서, 이제까지 자신이 취한 행동에 수치심을 느꼈다.

마사치카의 머리를 끌어안았을 때도, 의도치 않게 속옷 차림을 보여줬을 때도, 마리야는 거기에 성적인 의미를 전혀 두지 않았다. 왜냐하면 마사치카는 사아인 것이다. 마사치카 또한 얼굴을 붉히며 부끄러워할 뿐이었으며, 그런 점은 옛날에 사아와 몸이 맞닿았을 때와 다를 게 없었다…….

(하지만…… 만약, 달랐다면 어쩌지? 호, 혹시, 흐, 흥분? 해, 했던 걸까?)

자기 몸에, 이성이 흥미를 느낀다는 것은 알고 있었다. 하지만…… 마사치카가 자신을 욕망의 대상으로 삼을 거라고는 생각조차 못 했다.

(하, 하긴, 그래. 사아…… 쿠제는, 사춘기 남자애인걸. 여자애의 몸을 만지고 싶다는 건, 단순한 호기심 같은 게

아니라 그렇고 그런 의미일 테니까…….)

그런데 자기는 꿈에도 그런 생각을 못 한 채, 마치 어린 아이를 대하듯 그렇게 몸을 맞댔…….

"으~~~~!!"

그런 자신의 행위가 조신하지 못했다는 생각이 들자, 마리야는 계단 구석에서 몸을 웅크렸다.

가슴속에서는 마사치카가 보여준 남자의 일면에 두근대는 마음과, 사아가 변하고 말았다는 사실에 침울해진 마음이 소용돌이치고 있었다.

이 순간, 마사치카와 마리야는 동시에, 정반대의 사실을 눈치챘다.

"마샤 씨는…… 진짜로, 마아였구나……."

"쿠제는…… 사아지만, 사아가 아닌 거네……."

몇 년이란 세월이 흐른 후에 다시 출발 지점에 선 두 사람은, 십여 미터 거리에서 동시에 중얼거렸다.

""다음에 만났을 때, 대체 어떤 표정을 짓지…….""

그런 고민에 잠긴 두 사람으로부터 수십 미터 떨어진 지점에서…….

"헉! 방금 오빠가 또 풀이 죽은 느낌이 들어!"

소악마
예감을 감지한 브라콤이, 몰래 기운을 끌어올리기 시작했다.

제 2 화 이런 식의 복선 회수는 됐다고

"그럼, 좀 늦었지만…… 라이브 성공을 축하하며, 건배!"

""""""건배~.""""""

아리사의 말에 맞춰, 성별에 맞춰 테이블 좌우에 나눠 앉은 여섯 명이 일제히 잔을 맞댔다. 방과 후, 마사치카를 비롯한 Fortitude의 멤버는 노래방에서 뒤풀이를 하고 있었다. 남성 쪽은 방 안쪽에서부터 마사치카, 타케시, 히카루 순서로 앉아있었다. 그리고 여성 쪽은 아리사, 사야카, 노노아 순서였다.

아직 마사치카와 아리사는 분위기가 약간 어색했고, 건배할 때도 아리사가 시선을 살짝 돌리고 있었다. 하지만 다른 네 사람은 딱히 개의치 않으며 이야기를 시작했다.

"이야. 이런저런 일이 있긴 했지만, 최종적으로는 어떻게든 되어서 다행이야!"

"맞아……. 한때는 진짜 큰일 나는 줄 알았어."

"히카루, 배는 이제 괜찮아?"

"응, 괜찮아졌어. 걱정해줘서 고마워, 아랴 양."

히카루는 교내에 침입한 불량배에게 두들겨 맞았던 배를

문지르면서 쓴웃음을 머금었다.

"정말, 난리도 아니었다니깐……. 불량배한테 얻어맞는 건 만화에서나 벌어지는 일인 줄 알았어."

"세상에는 말이 통하지 않는 인간이 있으니까요. 느닷없이 다른 학교 학생을 두들겨 패는 야만족 같은 이들이 요즘에도 있다는 사실에, 저도 놀라긴 했어요."

"맞아~. 일본은 더 평화로운 곳인 줄 알았는데……. 뭐, 그것도 장소에 따라 다른 걸까~?"

(네가 그런 소리를 하는 거냐. 초면인 상대의 눈을 다짜고짜 찌르려고 했던 네가 말이야.)

노노아의 말에 마음속으로 태클을 건 마사치카는 고개를 슬며시 돌렸다. 그러는 마사치카도 노노아를 구하는 과정에서 안면 펀치로 불량배의 앞니를 부러뜨렸으니, 남 말할 처지가 아니었다. 참고로 그 일은 아리사에게도 이야기하지 않았으며 남들에게 알려지는 것도 원치 않았기에, 마사치카는 그냥 넘어가며 다른 일을 언급했다.

"나는 돈 받고 다른 학교에 가서 문제를 일으키는 자식들이 있다는 게 놀라워."

"뭐~. 돈 욕심에 원조교제를 하는 여고생도 있는가 하면, 불법적인 아르바이트를 하는 학생도 있다잖아~. 이 세상에는 의외로 『돈만 준다면 뭐든 한다』는 인간이 있는 거 아냐?"

"……확실히 치안이 좋은 환경에서 살면 모르는 게 있을지도 몰라."

원조교제란 말을 들은 타케시가 눈썹을 살짝 찌푸리자, 마사치카는 화제를 바꿨다.

"그런데…… 결국, 시라토리 쪽과는 화해한 거야?"

마사치카가 묻자, 타케시와 히카루는 허를 찔린 듯한 표정을 지으면서 살짝 쓴웃음을 머금었다.

"응……. 뭐, 어찌어찌 말이야."

"솔직히 말해 완전히 원래대로…… 되돌아간 건 아냐. 그래도 다음에 같이 놀기로 약속하긴 했어."

"그렇구나. 잘됐네."

그렇게 말하며 고개를 끄덕인 마사치카는 더 이상 캐묻지 않으며 그 이야기를 끝냈다. 마사치카는 그들의 관계에 더 깊이 관여할 생각도, 자기가 관계 수복에 도움을 줬다는 사실을 밝힐 생각도 딱히 없었다. 문화제가 끝난 후에 타이밍을 봐서 나오에게 말이 과했다며 직접 사과했지만, 그때도 루미너즈가 어떻게 됐는지 물어보지는 않았다.

(괜히 더 끼어드는 것도 좋지 않을 테니까……. 뭐, 타케시와 히카루의 표정이 밝아진 걸로 됐어.)

그런 생각을 하면서 산더미처럼 쌓인 감자튀김을 먹고 있을 때, 뜻밖에도 노노아가 그 이야기에 끼어들었다.

"어라? 그럼~ 루미너즈? 는 부활하는 거야?"

"아, 뭐……그렇게, 되려나."

"보컬이 전학했으니까, 다른 보컬을 찾긴 해야겠지만 말이야……."

"그렇구나~."

노노아가 흥미가 있는 건지 없는 건지 도통 알 수 없는 맞장구를 치자, 타케시는 아리사를 힐끔 쳐다보며 머뭇머뭇 입을 열었다.

"혹시나 해서 묻는 건데…… 아랴 양이 계속 보컬을 맡아 줄 수는…… 없겠습까?"

"어, 그건……."

타케시가 매우 망설이며 그렇게 묻자, 아리사의 시선이 흔들렸다. 마사치카도 그녀의 심정은 이해가 됐다.

애초부터 Fortitude는 추령제까지의 기간 한정 밴드이며, 따지자면 아리사는 주전이 아니라 대타다. 그런 자기 혼자만 주전으로서 밴드에 남아달라는 부탁을 받았으니 난처할 것이다. 다른 멤버와의 관계가 복구 중이라고 하는, 미묘한 상태이니 더욱 난처하리라.

"……올해 학생회는 인원이 적어서 바쁘거든. 사라시나 선배는 다른 부에서도 활동하고 있지만, 그건 선배의 엄청난 체력 덕분이니까……. 아마 힘들지 않을까 싶네."

아리사가 난처해한다는 것을 눈치챈 마사치카가 그렇게 말해주자, 타케시는 곧 멋쩍은 듯이 쓴웃음을 머금었다.

"역시 그렇구나. 미안해, 아랴 양. 아랴 양의 보컬이 워낙 끝내줬으니까, 말을 꺼내봤어."

"아, 아냐. 저기, 미안해."

아리사도 약간 미안한 표정을 지으면서, 분위기가 살짝 무거워졌을 때…… 이 분위기에 어울리지 않는 태연한 목소리가 들려왔다.

"그럼~ 내가 계속 참가하는 건 오케이야? 나, 보컬 해보고 싶어."

""뭐?!""

손을 들며 그렇게 말한 이는 바로 노노아였다. 그 뜻밖의 입후보에, 타케시만이 아니라 히카루도 눈을 치켜떴다.

"노노아 양…… 괜찮아?"

"응~? 나는 사얏찌와 아리사처럼 위원회에 속해 있는 것도 아니고, 귀가부거든~? 딱히 문제될 건 없어~."

"아니, 그것도 그렇지만…… 저기, 타케시가 아까 그렇게 말하긴 했지만 말이야. 노노아 양 혼자만 나중에 들어온 거니까, 좀 거북하지 않을까 싶거든."

"아, 괜찮아. 나, 그런 건 신경 안 써~."

노노아가 아무렇지 않은 투로 그렇게 말하자, 히카루와 타케시는 서로의 얼굴을 쳐다봤다. 그리고, 타케시가 대표 삼아 머뭇머뭇 말했다.

"노노아 양만 괜찮다면…… 우리도 부탁하고 싶어. 뭐,

다른 두 사람한테도 물어봐야 하지만…….”

“오케이~. 그럼 결정되면 알려줘~. 아, 맞다. 이참에 내 가창력을 선보여 둘까~.”

여전히 마이페이스 그 자체인 노노아가 리모컨을 손에 쥐고 곡을 입력했다. 그것은 루미너즈가 연주한 카피곡 리스트에 있던 곡 중 하나였다.

“아, 아~.”

노노아가 마이크의 음량을 조절하면서 자리에서 일어났다. 그에 맞춰 소파에 앉아있던 사야카가 탬버린을 손에 쥐었다.

(어? 탬버린?)

마사치카가 정색하며 그쪽을 쳐다본— 직후, 엄청난 퍼포먼스가 시작됐다.

방금까지의 늘어진 분위기는 어디 간 건지, 파워풀한 가성으로 부르는 락 음악. 고속으로 펼쳐지는 절도 있는 탬버린 연주. 네 사람의 시선이 노노아와 사야카를 쉴 새 없이 오갔다.

“오, 오오~. 노노아 양, 멋져~.”

“응……. 아랴 양과는 다른 타입이지만, 노래를 참 잘 부르네.”

“칭찬 감사~.”

타케시와 히카루가 순수하게 칭찬을 보내는 와중에, 마

사치카가 헛웃음을 흘리며 태클을 걸었다.

"……아니, 확실히 대단하긴 한데 말이야. 방금 그 가창력은 뭔데? 방금 그 탬버린 연주는 뭔데? 이제 와서 정체불명의 특기 공개하지 말라고. 너희가 무슨 최종 보스 깬 후에 입수 가능한 최강 장비냐."

마사치카가 쓴웃음 섞인 태클을 걸자, 사야카는 안경을 고쳐 쓰며 담담하게 대답했다.

"그게 말이죠……. 저는 부를 수 있는 노래가 몇 곡 안 되니까, 노래방에서 노래를 안 하면서 분위기를 망치지 않기 위해 습득한 기술인데요."

"그렇구나, 미안해."

눈치가 빠른 마사치카는 부를 수 있는 노래가 몇 곡 안 되는 게 아니라 부를 수 있는 장르가 오타쿠 방면으로 편중되어 있다는 것을 정확하게 이해했다.

"괜히 말할 필요도 없었거든."

"하긴, 너는 그런 애잖아."

눈치가 빠른 마사치카는 그 말에 숨겨져 있는 「말하는 게 귀찮았거든」이라는 본심을 정확하게 이해했다.

"뭐, 일단 합격?"

노노아가 마이크를 내리며 그렇게 묻자, 타케시와 히카루는 즉시 고개를 끄덕였다.

"그래, 만점 합격이야!"

"응, 나무랄 데가 없었어."

"예이~."

눈을 반쯤 뜨며 주먹을 느릿느릿 치켜든 노노아가 교과서 읽는 듯한 말투로 환성을 질렀다. 언뜻 보기에는 진짜로 기뻐하는 건지 의심스럽지만, 마사치카는 왠지 노노아가 기뻐하고 있다는 느낌을 받았다.

"……그건 그렇고, 의외네. 노노아가 이렇게 밴드에 빠질 줄은 몰랐어."

"응~~? 그래?"

마사치카가 솔직한 감상을 입에 담자, 사야카 또한 그 말에 동의했다.

"그래요. 저도 솔직히 의외였어요. 노노아가 라이브에 그렇게 열의를 보이다니……. 메이드 카페에서 접객을 하면서도, 라이브 선전을 했다니까요?"

"뭐, 그랬어?"

"에이~ 선전한 건 아니거든~? 특별상을 노리는 반의 기획에 참가하면서, 그런 식으로 공사혼동을 할 리가 없잖아~."

손을 내저으며 사야카의 말을 부정한 노노아는 슬쩍 허공을 쳐다보며 말을 이었다.

"나는 그저……『어느 시간대에 있어?』하고 묻길래『이 시간대에는 교정에서 라이브를 하니까, 없을 거야~』하고 대답했을 뿐이야."

"……그랬구나."

"하하. 그러면 확실히…… 선전은, 아니지?"

"아니, 그래도 그건 스텔스 마케팅 아닐까?"

"그것과는 좀 다르다고 생각하는데……."

노노아가 태연한 어조로 그렇게 말하자, 사야카를 제외한 네 사람은 미묘한 미소를 머금었다. 참고로 사야카는 체념 섞인 표정을 지으며 가볍게 한숨을 내쉴 뿐이었다.

"그것보다, 너는 애초에 처음부터 공사혼동을 한 거 아냐? 사야카와 같이 기획을 하고 싶다며 억지를 부렸다고 들었거든?"

"억지 안 부렸어. 나는 슬며시 『사얏찌와 같이 하고 싶네~』 하고 말했더니, 주위에서 알아서 다 해줬을 뿐이야."

"D반이 얼마나 너를 중심으로 돌아가는지, 자~알 알겠어."

공사혼동으로 치자면 어디 사는 메이드 아가씨도 자기 주인이 속한 반의 기획을 돕고 있었으니, 마사치카도 더는 별말을 할 수가 없었다.

(너무 자연스럽게 녹아들어 있어서 그때는 그냥 넘어갔는데, 잘 생각해보니 아야노는 C반이었잖아…….)

어제 퍼뜩 그 점이 생각나서 유키에게 확인해보니, 일단 주인이 자리를 비운 동안의 대역으로 여겨졌다고 한다. 상상을 초월할 만큼 자연스러운 동화력이다.

"타케시와 히카루는 저 두 사람의 메이드 카페에 가봤어?"

"뭐, 뭐어…… 라이브가 끝난 후에, 어쩌고 있나 들렀어."

"그때는 노노아 양이 없었지만 말이야."

"아, 갔구나……. 혹시 그 제비, 뽑아봤어?"

수많은 남자를 수렁에 빠뜨린 즉석카메라 촬영 추첨권 제비를 떠올린 마사치카가 씨익 웃으면서 묻자, 타케시는 슬쩍 고개를 돌렸다. 그 떨떠름한 반응을 본 마사치카는 한동안 눈만 껌뻑였다.

"뭐, 진짜로 뽑은 거야?"

"네, 세 번 뽑았어요."

"진짜?!"

사야카가 폭로하자, 마사치카는 눈을 치켜떴다. 그러자 타케시는 「어, 아니, 뭐, 그게……」 하며 말을 제대로 잇지 못하자, 사야카가 한숨 섞인 목소리로 말을 이었다.

"그리고 세 번째에 당첨을 뽑더니…… 하필이면 저를 지명해서, 무슨 일인가 했어요."

"그, 그게~ 기념 삼아? 사야카 양이 그런 옷차림을 하는 건 드문 일이다 싶어서?"

사야카의 말을 들은 타케시가 약간 빠른 어조로 너스레를 떨었지만…… 마사치카는 그 모습을 보면서 위화감을 느꼈다.

(어라~? 그냥 멋쩍어하는 것치고는…….)

마사치카는 마음속으로 고개를 갸웃거렸지만, 아리사는

딱히 아무것도 느끼지 못한 투로 고개를 끄덕였다.

"맞아. 사야카 양의 그 복장은 신선했어. ……마사치카는 노노아 양이 더 마음에 들었던 것 같지만 말이야."

"아니, 그건 사야카가 반쯤 강요한 거나 다름없었거든?"

"어라? 혹시 마사치카는 노노아 양과 사진을 찍었던 거야?"

"아~. 뭐, 그래. 맞다, 사야카. 그때 내가 뽑았던 제비에 혹시 손을 써뒀던 거야?"

마사치카가 이야기를 다른 방향으로 돌리려고 그렇게 묻자, 사야카는 태연한 표정으로 대꾸했다.

"글쎄요? 생각이 나지 않네요."

"뭐—."

"어? 무슨 일 있었어?"

"그게…… 너무 절묘한 타이밍에 내가 당첨 제비를 뽑은 게, 마음에 걸렸거든."

"어라? 그 제비는 그렇게 당첨 확률이 낮았던 거야? 타케시는 세 번째에 당첨을 뽑았는데……."

"나만 해도, 일곱 번 넘게 꽝을 뽑은 사람을 네 명은 봤어."

"그건……."

남자 셋의 시선이 사야카에게 몰렸다. 하지만 그녀는 가볍게 어깨를 으쓱할 뿐이었다.

"문화제 실행위원회로부터 지적을 받지 않았어요. 그게 전부죠."

"하는 말이 하나같이 사기꾼 같네."

마사치카가 도끼눈을 뜨며 쳐다보고 있을 때, 아리사가 문뜩 생각난 투로 입을 열었다.

"그러고 보니, 그 소동으로 피해를 본 사람은 없었어? D반에 불량배 집단이 침입했다고 들었는데……."

"딱히 큰일은 없었어요. 반 여학생들이 기분 나쁜 일을 겪은 정도죠. 그리고 일이 심각해지기 전에 부위원장이 수습해준 것 같고요."

"부위원장……? 아, 키류인…… 바이얼릿 선배구나."

아리사가 익숙하지 않은 어조로 스미레의 본명을 입에 담자, 마사치카가 지적했다.

"틀렸어, 아랴. 바이얼릿이 아니라 바이올렛 선배야. 발음을 너무 신경 쓰면, 경의와 함께 서먹함이 묻어나. 그러니 친근함을 담아서 바이올렛 선배라고 불러."

"마사치카의 그 호칭에는 친근함보다는 놀림이 섞여 있는 것 아냐?"

"너는 참 겁이 없구나."

마사치카가 진지한 표정으로 바보 같은 소리를 늘어놓자, 절친 두 명이 어처구니없다는 듯이 쳐다보며 태클을 걸었다.

실제로 교내에서 스미레의 평가는 『다가설 수 없는 고귀한 존재』라고 해도 과언이 아니다. 가문, 외모, 인망, 전부를 갖췄으며, 본인이 「제가 언니와 어깨를 나란히 하는 건 과분한 일이랍니다!」 하고 선언하지 않았다면 2학년의 2대 미녀는 3대 미녀가 됐을 것이다.

그렇게 수많은 이에게 존경과 선망을 받는 선배를, 당당히 놀리는 후배가 바로 마사치카다. 타케시와 히카루가 어처구니없어하는 것도 무리가 아니지만, 당사자인 마사치카는 태연했다.

"그것도 바이올렛 선배의 인덕이야."

"말은 하기 나름이네……."

어처구니없다는 듯이 한숨을 내쉰 히카루는 문뜩 뭔가가 생각난 듯이 사야카에게 물었다.

"그러고 보니, 선도위원장은 키류인 선배가 이어받기로 한 거야? 카지 선배는 문화제의 경비 책임을 지며 사임한 거지?"

히카루가 그렇게 말하자, 마사치카가 한쪽 눈을 살짝 치켜떴다.

카지 타이키. 중등부 학생회장이자 마사치카에게 있어서도 친분이 깊은 선배 중 한 명이다. 문화제에서는 유쇼에게 이용당하는 형태로 외부인의 침입을 도왔지만…… 그 건은 외부로 알려지지 않았고, 타이키는 대외적으로 「외부인의 침입을 막지 못한 책임을 지기 위해 사임」하기로 했다.

타이키가 침입을 도운 결정적 증거가 없기도 했지만, 사실 이 일에는 유키의 뜻이 크게 관여했다. 타이키 본인은 자기 죄를 밝히며 잘못을 뉘우치고 싶어 했지만…… 유키가 말렸다. 그 건에 관해서는 문화제가 끝난 후에 유키가 전화로 마사치카에게 설명해줬다.

『아니, 까놓고 말해 회장…… 카지 선배가 실각한다면, 나는 얻는 게 없잖아. 나에게 진 빚을 갚고 싶다면, 경비를 허술하게 한 건을 숨기며 내 선거전에 협력하라고 말해뒀어.』

그것은 대립 후보 측에게 당당히 이야기할 내용이 아니지만…… 결국, 마사치카도 유키의 뜻에 따라 그 일은 자기 가슴속에만 담아두기로 했다. 물론 마음만 먹으면, 토론회의 내기를 이용해서 유쇼에게 협력자가 누구인지 밝히게 할 수도 있다. 순수하게 선거전에서의 승리만 생각한다면, 타이키도 유쇼와 함께 실각시키는 편이 낫다.

하지만 그러지 않은 건, 마사치카에게 있어서도 타이키는 소중한 선배이기 때문이다.

(선거에서 진 선배를 어떻게 대하면 좋을지 몰라서, 결과적으로 거리를 두고 만 나한테도 잘못이 있어……. 안 그래도 현 회장에게 진 걸로 충격을 받았을 거잖아. 사랑하는 약혼자와 찢어지고, 주위의 사람들도 떨어져 나갔을 테니…… 타락할 만도 해.)

그런 상황에서도 자신의 곁에 남아준 후배가 「저는 선배 편이에요」나 「그 선거전은 잘못됐어요」 같은 말을 계속 늘어놓더니, 결국에 「전부 다 뒤엎어버릴 방법이 있거든요?」 하고 말한다면…… 넘어선 안 되는 선을 넘고 마는 것도 무리는 아니다.

(유쇼 자식, 남의 부정적인 감정을 조종하는 쪽으로는 진짜 악마적인 재능을 지녔잖아…….)

음흉 왕자 같은 귀여운 속성으로 치부하고 넘어갈 수 없는 동급생을 떠올린 마사치카는 쓰디쓴 미소를 입가에 머금었다. 마사치카가 그런 생각에 잠긴 사이, 사야카는 가볍게 어깨를 으쓱하며 히카루의 질문에 답했다.

"원래라면 키류인 선배가 이어받겠지만…… 가족이 불상사를 일으켜서 그런지, 본인은 그다지 내키지 않나 봐요. 그렇다고 다른 사람에게 맡기려고 해도, 유력 후보가 없는 탓에 일단 보류된 상태죠."

"그렇구나……. 뭐, 키류인 선배의 위에 설 인간은 흔치 않긴 할 거야……. 카지 선배는 중등부 학생회에서 회장과 임원 관계였으니까 위화감이 없었을 테지만 말이지."

히카루가 납득이 된다는 듯이 고개를 끄덕였을 때, 노노아가 태연한 투로 입을 열었다.

"그럼~ 사얏찌가 하지 그래?"

"안 해요."

"어~ 왜?"

"키류인 선배를 따르는 사람이 많은 상황에서, 제가 입

후보를 해봤자 반감을 살 뿐이니까요."

사야카는 담담한 말투로 그렇게 말했지만, 아리사도 반박했다.

"하지만 사야카 양은 중등부 시절에 키류인 선배에게 토론회로 이겼잖아? 키류인 선배의 위에 서야 한다는 의미로 본다면, 사야카 양에게는 충분히 자격이 있지 않을까?"

"그건……."

아리사가 그런 뜻밖의 의견을 내놓자, 사야카는 시선을 돌렸다. 사야카가 평소와 다르게 미적지근한 태도를 보이자 아리사는 의아한 표정을 지었지만…… 마사치카는 그 이유를 짐작할 수 있었다.

(사실 그 토론회에서 맞붙은 건, 사야카와 스미레 선배가 아니라 노노아와 키류인이었거든……. 뒷사정을 아는 입장에서 보자면, 악당 vs 순수악 같은 느낌이라 정말 무시무시했어…….)

마사치카와 유키가 노노아의 본성을 눈치챈 것도 실은 그 토론회가 계기다. 그전에도 「겉보기처럼 무기력 날라리는 아닌 것 같네」 하고 생각했지만, 토론회가 끝난 후로는 진심으로 「완전 위험한 애구나~☆」 하고 생각하게 됐다. 그와 동시에 사야카와 노노아야말로, 선거전에서 끝까지 경쟁하게 될 상대라고 직감했지만…….

(걔들과 지금은 서로를 이름으로 부르는 사이가 되다

니…… 인생이라는 건 한 치 앞도 알 수 없는 거구나.)

마사치카가 인생 다 산 노인 같은 생각을 하고 있을 때, 생각을 정리한 듯한 사야카가 가볍게 헛기침을 했다.

"……벌써, 3년 전의 일이니까요. 그리고 1학년이 선도위원장을 맡는 게 받아들여질 리가 없어요."

"그래?"

"네. 게다가……."

사야카는 말을 끊더니, 약간 심술궂게 웃었다.

"선도위원에게 가장 필요한 건…… 전투력이라니까요."

"……그런 거야?"

"아랴, 그런 소리를 덜컥 믿지 마. 그렇지 않거든? 지금의 선도위원회가 그런 느낌인 건, 틀림없이 바이올렛 선배와 사라시나 선배 탓이야."

"뭐? 키류인 선배야 그렇다 쳐도, 왜 사라시나 선배 탓인 건데?"

"그게, 사라시나 선배는 중등부 3년 동안만이 아니라 작년에도 선도위원이었거든."

"아, 아하……. 그런 이야기를 들은 적이 있는 것 같긴 해……."

"게다가 바이올렛 선배가 지금 같은 느낌이 된 것도 사라시나 선배 탓이니까, 결국 사라시나 선배가 모든 사태의 근원인 거야."

"애초에 사라시나 선배는 무슨 생각으로 선도위원회를 그런 무투파 집단으로 바꾼 걸까……?"

"무슨 생각이 있어서라기보다……."

아리사의 의문을 들은 마사치카가 말끝을 흐렸다. 그 의문에 솔직하게 답하자면, 「치사키에게 얻어맞고 혼쭐이 난 문제아가 갱생시설 격인 선도위원회에 강제 가입되어서 몸과 마음을 단련 받았기 때문」이 된다. 하지만 그 말을 해도 될지 망설이는 마사치카의 마음을 눈치챈 건지는 모르겠지만, 타케시가 입을 열었다.

"맞다. 사라시나 선배는 이번에 침입자 상대로 완전 아수라화했다며? 뭐, 나도 소문만 들은 거긴 해."

"아수라화가 무슨 소리야."

마사치카는 타케시의 말을 듣고 쓴웃음을 머금으며 태클을 걸었지만, 실은 조금 짚이는 구석이 있었기에 식은땀을 흘렸다. 마사치카도 치사키가 얼마나 날뛰었는지는 모른다. 하지만 토론회가 끝난 후, 침입자가 어쩌고 있는지 신경 쓰여서 선도위원회실에 가보니…… 안에서 나온 선도위원 남학생이 새파랗게 질린 얼굴로 「인간이…… 인간의 몸이, 저런 식으로……우읍」 하고 중얼거린 광경을 보고, 그대로 뒤돌아섰다.

"그건 선도위원인 사야카가 더 잘 알지 않아?"

그렇게 말하며 사야카를 쳐다보니, 그녀는 슬쩍 고개를

돌리며 어깨를 으쓱했다.

“뭐…… 어두운 이야기는 그만하죠. 그것보다 히카루 씨, 마사치카 씨에게 그걸 보여줘야 하지 않을까요?”

“어? 아, 그래.”

사야카가 그렇게 말하자, 히카루는 스마트폰을 꺼내서 잠시 조작한 후에 마사치카 쪽으로 내밀었다.

“자. 나중에 모두와 공유할 거지만……”

“어? 뭔데?”

스마트폰의 스피커에서 흘러나오는 웅성거림에 고개를 갸웃거리면서, 마사치카는 스마트폰을 넘겨받았다. 그리고 그 화면을 본 순간, 눈을 치켜떴다.

거기에 비친 것은, 관중의 머리 너머로 보이는 라이브 의상 차림의 아리사였다. 관중의 웅성거림을 호쾌한 전주가 꿰뚫더니, 이어서 아리사의 노랫소리가 울려 퍼졌다.

“친구에게 부탁해서 찍은 거야. 좀 멀리서 찍은 데다, 앞 사람의 팔과 머리 때문에 좀 가리기는 했지만…….”

확실히 라이브 영상 자체는 잘 찍은 것과는 거리가 멀었다. 하지만 관객석에서 다른 관객 사이에 섞여 찍은 라이브 영상이기에, 그 자리에서의 열기가 확연하게 느껴졌다.

연주에 맞춰서 관객이 몸을 흔들고, 껑충껑충 뛰었다. 그 흥분에 맞춰, 처음에는 약간 딱딱하게 느껴지던 아리사가 점점 분위기를 타는 게 느껴졌다.

(이야, 대단해……. 멋진걸.)

무대 위를 돌아다니며 관객의 환성을 받는 아리사의 모습을 보자, 마사치카는 눈을 가늘게 떴다. 동료들과 시선과 호흡을 맞추면서 사람들을 열광시키는 그 모습에서는 『고고한 공주님』이라는 별명을 연상할 수가 없었다.

(정말…… 눈부셔.)

화면 안의 아리사를 보면서 기쁨과 자랑스러움과 함께, 일말의 쓸쓸함을 느꼈다.

(정말…… 강당 안을 정적으로 가득 채운 나와는 딴판이네.)

눈부신 무대에서 동료들과 함께 환성을 받는 아리사와, 어둑어둑한 강당에서 홀로 정적에 감싸였던 자기 자신…….

실로 대조적인 두 사람의 연주를 생각하며, 마사치카는 마음속으로 쓴웃음을 머금었다. 그러는 사이에 영상이 끝나자, 마사치카는 히카루에게 스마트폰을 돌려줬다.

"이야, 멋지네. 대성황이잖아. 교실에서 반 애들에게 둘러싸일 만한걸."

마음속의 어두운 감정을 숨긴 마사치카는 놀리는 투로 그렇게 말했다. 그러자 히카루는 아리사와 타케시와 얼굴을 마주하더니, 난처한 듯이 웃었다.

"아니, 둘러싸이는 것 자체는 좀…… 그렇긴 해."

"솔직히 말해, 부담……스럽거든."

"맞아."

타케시가 히카루와 아리사의 말에 동의하자, 마사치카는 고개를 갸웃거렸다.

“어라? 타케시라면 『나한테도 인생의 봄이?!』 하며 기뻐할 줄 알았는데 말이야.”

“읏?! 아니, 그런 소리 안 하거든?!”

마사치카의 지적을 들은 타케시가 눈을 치켜뜨더니, 어찌 된 건지 사야카를 힐끔 쳐다본 후에 고개를 세차게 좌우로 저었다.

타케시가 과잉 반응을 보이자, 마사치카만이 아니라 히카루도 눈을 껌뻑였다.

“……그러고 보니 타케시가 너무 얌전하긴 했어. 여자애들도 꽤 있었는데 말이야.”

“아니, 나는 딱히…… 아무한테나 인기 있고 싶은 건 아니거든? 좋아하는 사람한테만 인기 있으면 된달까…….”

“““……??”””

타케시가 우물쭈물하며 어울리지도 않는 순정 발언을 하자, 마사치카와 히카루는 의아한 표정을 지었다. 그런 두 사람의 시선을 더는 견딜 수가 없는 건지, 타케시는 주스를 벌컥벌컥 마신 후에 고개를 돌리며 말했다.

“그건 그렇고, 문화제 끝나자마자 중간고사라 큰일이네! 게다가 그다음에는 운동회도 있잖아…….”

타케시가 노골적으로 화제를 돌리려 하자, 마사치카는

눈을 슬쩍 치켜뜨면서도 거기에 응해줬다.

"뭐, 그렇긴 해. 이 시기에는 이벤트가 너무 몰려 있다니깐."

"학생회도 큰일 아냐? 운동회 관련 업무도 있지?"

"그렇지도 않아. 운동회는…… 기본적으로 운동회 실행위원회가 주체가 되고 학생회는 보조만 하거든. 학생회가 주체적으로 하는 건 당일에 하는 종목을 선정하는 것 정도……."

마사치카가 시선을 위편으로 슬쩍 돌리며 그렇게 말했을 때, 노노아가 끼어들었다.

"저기, 고등부에서는 그걸 하지 않아? 출마전 말이야."

"아, 뭐……. 그건 사전연습을 좀 하기만 하면 되니까……."

"출마전?"

아리사가 의아한 표정을 짓자, 마사치카는「아, 말해주는 걸 깜빡했네」하고 생각하며 설명했다.

"운동회의 점심시간에 하는 여흥이야. 간단히 말해, 차기 회장 선거 후보자 간의 기마전이지. 선거전 출마자 간의 기마전이라서,『출마전』이라고 불러. 참고로 이건 진짜로 여흥이니까, 딱히 지더라도 선거전에서 탈락하는 건 아냐."

"뭐~. 그래도 이기면 좋긴 해~."

노노아가 남일이라는 투로 그렇게 말하자, 마사치카는 작게 쓴웃음을 머금으며 진지한 표정으로 말했다.

"맞아. 이기면 좋긴 하지. 게다가, 솔직히 말해 지금은 우리 쪽으로 흐름이 넘어왔어. 1학기 학생회 임원 인사, 문화제에서의 퀴즈 대결, 그리고 문화제에서 일어난 소동의 해결. 그 모든 것에서 우리는 유키와 아야노를 능가하는 존재감을 선보였잖아. 가능하면, 이 흐름이 끊기지 않게 하고 싶어."

"그래요. 제 예상 이상으로, 선거전의 형세는 기울었다고 생각해요."

느닷없이 그런 말이 들려오자, 마사치카와 아리사는 무심코 사야카의 얼굴을 뚫어지게 쳐다봤다. 두 사람의 시선이 자신에게 쏠리자, 사야카는 살짝 미간을 찌푸렸다.

"……왜 그러죠?"

"아니, 네 입에서 그런 분석이 나올 줄은 몰라서……."

"어디까지나 사실을 말했을 뿐이에요."

사야카가 딱 잘라 그렇게 말하며 앞을 쳐다보자, 옆에 앉은 노노아가 씨익 웃으며 그녀에게 몸을 기댔다.

노노아는 슬며시 사야카와 팔짱을 끼면서 그녀의 어깨에 머리를 얹더니, 코앞에서 사야카를 올려다봤다.

"……노노아, 왜 그러죠?"

"아무것도 아냐~."

상대방이 무슨 말을 하고 싶은 건지 눈치챘으면서, 괜히 물어봤자 긁어 부스럼만 되리라는 것을 이해한 듯한 사야카는 그저 가볍게 한숨만 내쉬었다.

(백합 느낌이 물씬 나네…….)

그 광경을 말로 형용할 수 없는 감정에 사로잡혀 쳐다보던 마사치카는 다시 아리사에게 고개를 돌렸다.

"뭐, 사야카의 말이 옳아. 지금 우리는 압도적 열세인 상황에서, 기세를 타며 밀어붙이고 있는 상황까지 왔어. 이 기세를 유지하기 위해서라도, 여흥이라곤 하지만 이번 출마전에서도 이기자."

마사치카가 그렇게 말하자, 아리사도 진지한 눈빛을 머금으며 고개를 끄덕였다. 하지만 바로 그때, 분위기 파악을 못 한 타케시가 태클을 걸었다.

"아니, 하지만…… 평범하게 붙으면 아랴 양이 이기지 않겠어? 키 차이를 생각하면 말이야."

"뭐, 평범하게 붙는다면 말이지."

진지한 분위기에 찬물을 끼얹는, 그 지당한 지적을 들은 마사치카가 쓴웃음을 머금었다.

아리사 마사치카 페어와 유키 아야노 페어는 합친 키가 40센티미터 가까이 차이 난다. 기마전에서 기수가 높은 위치에 있으면 유리하다는 건 말할 필요도 없다. 게다가 기수의 팔길이 또한 크게 차이 난다. 신체적인 스펙만 생각한다면, 기마전에서는 아리사가 압도적으로 유리한 것이다.

"하지만 기마전이라면, 두 명만 참가하지는 않을 거잖아?"

“응? 그래. 기마 세 명과 기수 한 명이니까, 협력자가 두 명 필요해.”

“그렇다면 그 협력자의 체격에 따라서, 이야기가 달라지지 않을까?”

“으음…… 글쎄. 기수가 회장 후보, 기마의 선두가 부회장 후보로 정해져 있거든……. 아, 역할이 바뀌는 경우가 없진 않아. 회장 후보가 남자이고, 부회장 후보가 여자일 경우에는 부회장 후보가 기수를 맡긴 하거든.”

“이번 회장~ 씨도, 그 전 회장~ 씨도 그랬던 것 같아~.”

“응. 회장님과 사라시나 선배의 경우에는 바꿀 필요가 있었는지 의문이긴 하지만…… 진짜 장난 아니었나 보더라고.”

“응. 나, 영상으로 봤어. 장난 아니었어. 덤프트럭과 세발자전거 무리 같은 느낌이었다니깐.”

“혹은 적토마에 탄 여포 봉선과, 조랑말을 탄 잡졸이었다고나 할까요.”

“압도적으로 유린했겠네…….”

사태를 짐작한 아리사가 말끝을 흐리자, 마사치카는 쓴웃음을 지어 보이며 덧붙여 말했다.

“덕분에, 그때까지 페어가 결정되지 않았던 회장님에게는 화려한 데뷔전이 됐나 봐. 이야기가 좀 새기는 했는데, 결국은 협력자보다도 선거전 페어의 신체 능력이 훨씬 중요하다는 거야.”

"그래……."

"게다가, 그런 이유 때문에 협력자 두 명은…… 신체 능력보다 지명도를 중시하거든."

"뭐? 그게 무슨 말이야?"

아리사가 의문을 표하자, 마사치카는 잠시 생각에 잠긴 후에 답했다.

"아~. 그러니까 말이지. 관객들은 협력자로서 같은 반의 힘센 애 두 명을 데려온 후보와 현 학생회장과 부회장을 데려온 후보 중에 어느 쪽을 응원하겠느냐는 거야."

"아, 그렇구나."

"뭐. 학생회장과 부회장은 차기 선거전에 간섭하지 못하게 되어 있으니, 그런 일은 벌어지지 않아. 하지만 여흥이라고는 해도 출마전에 협력자로 참가하는 만큼, 선거전에서도 『저는 이 페어를 지지합니다!』라고 선언하는 거나 마찬가지거든. 그러니 가능하면 지명도와 영향력이 큰 사람을 데려오는 편이 좋긴 해. 출마전의 승패를 떠나서 말이지."

"그렇다면……."

마사치카의 설명을 들은 아리사는 사야카와 노노아를 돌아봤다. 그리고 의견을 구하듯이 마사치카를 힐끔 쳐다봤다.

(뭐, 인선 자체는…… 타당하겠지.)

아리사의 생각을 눈치챈 마사치카는 동의한다는 듯이 가볍게 고개를 끄덕였다. 그러자 아리사는 냉철한 눈길로 바라보는 사야카를, 똑바로 응시하며 말했다.

"사야카 양, 노노아 양. 나와 함께 출마전에 나가주지 않겠어?"

꾸밈없는, 한가운데 직구 같은 부탁이다. 하지만 마사치카는 그 말을 듣고, 아리사가 솔직하게 타인에게 협력을 요청했다는 사실에 마음속으로 감동했다. 하지만…….

"협력한다면, 저한테 어떤 메리트가 있죠?"

사야카의 대답은, 쌀쌀맞기 그지없었다.

"전에도 말했지만, 저는 선거전에서 아리사 양을 지지하지 않아요. 밴드 활동에는 개인적으로 흥미가 있어서 협력했지만, 그것과 이건 이야기가 다르죠."

사야카는 냉철한 눈동자로 담담히 이야기했다. 그리고, 아리사의 눈을 똑바로 바라보며 딱 잘라 말했다.

"제가 선거전에 있어서도 당신의 편이라고 여긴다면, 그건 착각이에요."

아리사를 매몰차게 밀어내는 사야카의 그 말에, 실내는 긴장으로 가득 찼다. 타케시와 히카루도 마른침을 삼키며 대치한 두 사람을 쳐다보고 있었다. 이 전개를 예상했던 마사치카 또한 굳은 표정으로 두 사람을 응시했다. 노노아? 여전히 사야카에게 찰싹 들러붙어 있는데요? 노노아 양은 언제 어느 때나 노노아 양이라니까요.

"같은 편이 아닌 제가, 출마전에 협력해주기를 바라는

거죠? 그렇다면 아리사 양은 저에게 어떤 메리트를 제시할 건가요?"

어쩌면 이것은 한때 학생회장 최유력 후보라 불렸던 소녀가 아리사에게 주는 과제일지도 모른다.

사람을 움직인다는 게 어떤 것인가. 정으로 어찌할 수 없는 상대를, 이해득실로 움직이는 교섭력. 사야카는 아리사의 교섭력을 가늠해보려는 걸지도 모른다. 옆에서 보고 있던 마사치카는 그런 느낌을 받았다.

(나는 오타쿠 굿즈로 낚았지만…… 이번에도 그런 걸로 낚을 수 있을까.)

그도 그럴 것이, 문화제에서 함께 밴드를 하는 것과는 경우가 다르다. 협력자로서 출마전에 나간다는 건, 전교생에게 그 후보의 지지자라는 것을 선언하는 행위다. 게다가 아리사의 기마가 된다는 것도, 사야카에게는 굴욕이리라. 보기에 따라서는 토론회에서 자기에게 이긴 상대의 휘하에 들어간 것처럼 보일 수도 있다. 이제까지 학교 안에서 무릎을 꿇은 적이 없는 사야카가, 그것을 간단히 받아들일 리가 없다.

(나라도, 이 상황에선 설득이 어려울 것 같은데…… 자, 아랴. 어떻게 할 거야?)

혹시 몰라 아리사가 설득에 실패했을 때 어떻게 할지 생각하면서도, 일단은 요즘 들어 현저하게 성장하고 있는 파트너를 믿기로 한 마사치카는 아리사의 대답을 기다렸다.

이 자리에 있는 모든 이의 주목을 받으면서, 아리사는…… 사야카의 시선에 담긴 압력에 굴한 것처럼, 슬며시 시선을 돌렸다. 그 반응을 본 사야카는 실망한 것처럼 눈을 가늘게 떴다.

더욱 긴장감이 치솟는 가운데…… 아리사는 머리카락 끝을 만지작거리면서 부끄러운 듯이 말했다.

"확실히, 같은 편은 아니지만…… 저기, 친구이기는 하잖아. 이런 부탁을 할 사람, 딱히 없으니까…… 같이 나가 준다면, 기쁠 것, 같은데……."

볼을 살짝 붉히며 그렇게 말한 아리사는 사야카의 얼굴을 힐끔 쳐다봤다. 거기에는 상대가 남성이라면 순식간에 함락되고 말았을, 계산이 섞이지 않은 애처로움과 귀여움이 담겨 있었다. 하지만…….

(아랴…… 그게 솔직한 마음이겠지만……. 『메리트를 제시해라』라는 말을 듣고 그런 소리를 해선, 정에 호소하는 거나 다름없잖아. 사야카는 정으로 어찌할 수 없다고…….)

교섭이라고 해도 될지 의심스러운 아리사의 그 말에 마사치카는 약간 난처하다는 듯이 눈을 내리깔았다. 그런 마사치카의 생각을 긍정하듯, 가볍게 한숨을 내쉰 사야카는 아리사의 얼굴에서 눈을 떼며 정면을 쳐다봤다.

그리고, 손가락으로 안경의 브리지 부분을 밀어 올리며

말했다.

“뭐, 그렇다면…… 어쩔 수 없죠. 친구니까요.”

(정이 먹혔어어어어어—?!)

사야카가 안절부절못하듯 안경을 고쳐 쓰면서 톤이 살짝 올라간 목소리로 그렇게 말하자, 마사치카는 눈을 치켜떴다.

(너너너, 너 인마, 그걸로 괜찮은 거야?! 괜찮은 거냐고, 토론회의 여왕!!)

너무나도 사야카답지 않은 반응이었기에, 마사치카는 동요를 감추지 못하며 그녀를 응시했다. 하지만 사야카는 아까까지 두르고 있던 냉철한 분위기가 전부 어디 가버린 건지, 퉁명한 표정을 지으면서도 왠지 기분 좋은 듯한 분위기를 뿜고 있었다.

“사야카 양, 괜찮겠어?”

“……뭐, 친구의 부탁을 함부로 할 수도 없지 않겠어요?”

“고마워, 사야카 양. 저기, 노노아 양은…….”

“사얏찌가 오케이라면~, 나도 오케이~.”

노노아는 사야카에게 들러붙은 채, 태연히 고개를 끄덕였다. 그리고 노노아가 히죽거리며 소꿉친구의 얼굴을 계속 쳐다보자, 사야카는 미간을 살짝 찌푸렸다.

“당신은 이제 그만 떨어지세요.”

그렇게 말하면서 자신의 팔을 끌어안고 있는 소꿉친구를 밀어낸 사야카는 컵을 손에 쥐며 자리에서 일어났다.

"마실 것 좀 가져오겠어요."

그리고, 그 말을 남긴 후에 밖으로 나갔다. 그 뒷모습을 쳐다보던 노노아는 입가에 웃음기를 머금었다.

"사얏찌는 부끄럼쟁이라니깐~."

"부끄럼쟁이라기보다…… 의외 그 자체의 일면을 봤는 걸……."

"응~? 뭐, 사얏찌도 친구가 적은 편이거든~. 그래서 기뻤던 것 아닐까?"

"그렇구나……."

자기도 어려울 거라고 생각했던 교섭을 아리사가 뜻밖의 방법으로 간단히 성공시키자, 마사치카는 약간 얼이 나갔다.

(왠지, 좀 충격이야……. 아니, 냉철한 여왕님을 계산이 섞이지 않은 한가운데 직구로 함락시켜? 아랴, 완전 주인공이네…….)

계산적으로 교섭할 생각이었던 자기가 왠지 더러운 인간이란 생각이 든 마사치카는 약간 풀이 죽었다. 바로 그때, 노노아는 허니 토스트를 향해 포크를 뻗으면서 별일 아니라는 투로 말했다.

"그런데, 타케쉬~는 사얏찌에게 반한 거야?"

""""""……?!""""""

그 뜬금없는 질문을 들은 순간, 다른 네 사람은 화들짝 놀랐다. 그리고 세 사람은 일제히 타케시를 쳐다봤고, 당황한 얼굴이 서서히 벌게지는 모습을 보자, 너무 놀란 나머지 얼이 나가고 말았다.

“어, 아, 자, 잠깐만, 잠깐만, 지, 진짜야?”

거듭된 충격에 동요할 대로 동요한 마사치카가 묻자, 타케시는 시선을 이리저리 돌리면서 우물쭈물하였다. 그 반응만으로도 충분했다.

“어어…… 아니, 어어~?”

“아니, 너무 당황하는 거 아냐?”

“그게, 너무 뜻밖이라서…….”

“이번만은 나도 마사치카에게 동의해. 타케시의 취향은, 좀 더…… 상냥함이 넘쳐흐르는 사람이라고 생각했거든.”

“아니, 사야카 양은 상냥하잖아.”

타케시가 약간 멋쩍어하면서 단언하자, 마사치카와 히카루는 그를 뚫어지게 쳐다봤다. 그 상태에서, 한동안 침묵이 흘렀다.

갑자기 연심을 폭로 당해서 무슨 말을 하면 좋을지 모르는 타케시와, 절친의 뜻밖 그 자체의 연심을 알고 동요한 마사치카와 히카루. 아리사는 남자들 사이의 사랑 이야기를 듣는다고 하는 미지의 체험을 한 바람에 굳어버렸고, 원흉인 노노아는 허니 토스트나 먹고 있었다.

노래방과는 어울리지 않는 그 정적을, 문이 열리는 소리가 깼다.

"어? 무슨 일이죠?"

돌아온 사야카는 진저에일이 담긴 컵을 든 채, 눈썹을 살짝 찌푸리며 방 안을 둘러봤다. 하지만 마사치카는 그 말에 답하지 않으며 컵 안에 남아 있던 콜라를 전부 들이켰다.

"좋아. 나도 마실 것 좀 가져올게."

"나도 같이 갈래."

그렇게 말한 마사치카와 히카루는 짜기라도 한 것처럼, 좌우에서 타케시의 어깨에 팔을 둘렀다.

"타케시도 같이 갈 거지~?"

"어, 어?"

"그래. 같이 드링크바에 가서 다양한 음료 조합을 시도해보자~."

그리고 타케시의 대답을 듣지도 않고 자리에서 일어서더니, 반쯤 연행하듯 셋이서 방을 나섰다. 타케시의 컵을 방에 두고 왔지만, 그것은 사소한 문제였다.

"너, 진짜로 사야카를 좋아하는 거야?"

드링크바 앞의 복도에 도착하자, 마사치카는 타케시에게 다시 물었다. 그리고 부정을 못 하고 눈을 돌리는 타케시의 반응을 보자, 그대로 하늘을 우러러봤다.

"진짜냐~."

진심이라는 것은 알았다. 하지만 순수하게 응원해주기에

는…… 여러 의미에서 어려운 상대였다.

우선, 가문의 격이 너무 차이 났다. 사야카는 일본 유수의 대기업 사장 영애. 타케시도 일단은 사장 아들이지만, 그곳은 중소기업 수준의 동네 공장이다. 종업원 숫자와 연 매출도 자릿수가 세 자리 정도 차이 난다.

그 시점에서 넘보지 못할 상대랄까 남자 신데렐라가 된 격이지만, 사야카 본인의 성격도 문제다. 농담으로라도 연애에 흥미가 있어 보이지 않았다……. 가문을 위해서라면 아무렇지 않게 정략결혼을 할 느낌이었다.

(게다가 걔는 오타쿠잖아……. 타케시는 그걸 모를 텐데…… 게다가, 노노아도 문제야~.)

마사치카가 여러 사정을 고려하며 표정을 굳히자, 타케시는 불만 섞인 목소리로 말했다.

"뭐야. 그렇게 이상해?"

"이상하달까…… 너, 여름 방학 전에 좋아하는 사람이 있다고 안 했어? 우리 집에서 시험공부를 할 때, 『육식남이 되어서 화끈하게 대시할 거야』 같은 소리를 했잖아."

"맞아, 그랬어. 그쪽은 어떻게 된 거야?"

"아…… 그게, 말이야."

"……설마, 이미 차였어?"

"차였, 달까……."

타케시는 말끝을 흐리며 몇 초 동안 망설이더니, 곧 체념한 투로 말했다.

"……그때 좋아했던 애는, 이름은 안 밝히겠지만 축구부 매니저였는데……."

"흐음~?"

"축구부 매니저? 아니, 어쩌다……."

"실은 한때 축구부 매니저가 야구부의 연습을 도와준 적이 있어. 그때 참 상냥하게 대해주길래, 괜찮은 애라는 생각이 들었거든."

"……어?"

타케시의 설명을 들은 순간, 마사치카는 그대로 굳어버렸다.

왠지, 어디선가 들은 적 있는 느낌이 마구마구 드는 이야기였다. 축구부 매니저가 야구부를 도왔다……? 어이쿠? 그 제안을 누가 했더라?

"그래서, 열심히 대시해봤는데……사실 그 애는 우리 부주장과 사귀고 있더라고……."

어이쿠~? 주장의 여친? 그러고 보니 야구부 주장한테는 그런 비밀 여친이 있었죠~. 아무리 몰랐다고는 해도, 무책임하게 타케시를 부추긴 게 어디 사는 누구더라~?

"뭐, 그렇게 실연했는데요……. 이번에 같이 밴드를 했고, 문화제에서 카나우를 구해준 사야카 양이…… 참 괜찮다 싶더라고. 뭐, 그렇게 된 거야."

호오, 사야카를 밴드에 끌어들인 게 대체~ 어디 사는 누구였더라~??

"……그랬, 구나."

마사치카는 눈치챘다. 모든 원흉이 자신이라는 사실을 말이다. 아무리 의도하지 않았다고는 해도…… 죄책감이 어마어마했다.

이렇게 되면, 마사치카로서는…….

"……응원, 할게."

……하고, 쥐어짜 내듯이 말할 수밖에 없었다.

©Sunsunsun,Momoco/KADOKAWA/Alya–san Partners

가끔씩 툭하고 러시아어로 부끄러워하는 옆자리의 아랴 양 7권
발매 기념 초판 한정 특전

[NOT FOR SALE]

©Sunsunsun, Momoco 2021 / KADOKAWA CORPORATION

제 3 화 잠깐만 있어 봐. 바보털이 곤두섰잖아?

"뭐, 생각했던 것보다 재미있었는걸."

"그래. 즐거웠어."

노래방에서 나온 후, 마사치카는 아리사를 집까지 배웅해주기로 했다.

결국, 노래방 모임은 두 시간 후에 해산했다. 라이브의 성공 축하 겸 밴드 해산식치고는 꽤 소소한 모임이었지만, 내일도 학교에 가야 하니 어쩔 수 없다.

원래는 휴일에 할 생각이었지만 문화제의 대체 휴일에는 시간이 안 나는 멤버가 있었고, 다음 휴일은 시험 직전이었기에 이런 형태로 모이게 됐다. 하지만 오늘 충분히 못 논 것을 만회(라는 명목)로 시험 기간이 끝난 후에 또 다 같이 놀기로 했기에, 여섯 명이 모이는 게 오늘로 끝이지는 않지만 말이다.

"친구와 함께 좋아하는 곡을 부르는 건, 생각보다 재미있었어."

"이제까지 이런 경험을 한 적 없는 거야?"

"가족과 같이 노래한 적은 있지만……."

"아하. 가족끼리 노래방에 간 거구나."

"그게 아니라, 다차…… 러시아의 별장에서, 할아버지가 연주하는 기타에 맞춰서 같이 노래한 적이 있어."

"생각보다 서정적인걸……."

두 사람은 평소와 다름없이, 별것 아닌 이야기를 평소와 다름없이 나눴다. 하지만 그 대화에서는 어렴풋이 어색함이 묻어났다.

(그래. 아직…… 후야제 때의 일을 신경 쓰는 거구나.)

후야제의 분위기에 휩쓸려서 완전히 소악마 모드가 됐던 아리사를 떠올리자마자, 마사치카는 그 생각을 머릿속에서 지웠다.

(뭐, 곧 자연스럽게 진정되겠지.)

그런 식으로 생각한 마사치카는 가능한 한 평소처럼 행동했지만…… 대화가 끊어진 타이밍에 아리사가 갑자기 멈춰 섰다.

"어? 아랴?"

의아한 표정을 지으며 돌아보니, 머뭇머뭇 지면을 내려다보던 아리사가 결심을 한 것처럼 고개를 들었다.

"마사치카…… 무슨 일 있었어?"

"뭐?"

"저기, 왠지…… 어색한 느낌이 들어."

"……."

아리사가 그렇게 말하자, 마사치카는 반사적으로 「아니, 어색한 건 너잖아」 하고 생각했다. 하지만 몇 초 생각에 잠긴 후, 「아냐……」 하고 마음속으로 중얼거렸다.

(혹시…… 그런 건가?)

어쩌면, 자기도 모르는 사이에 어색한 태도를 보인 걸지도 모른다. 어색한 태도를 보인 것을 자각하지 못했지만, 그 원인이라면 짚이는 구석이 있었다.

(마샤 씨와의 일, 이겠지.)

점심시간에 있었던 마리야와의 일. 그때 느낀, 마리야를 향한 두근거림. 그 바람에, 마사치카는 아리사에게 죄를 지은 듯한 느낌을 받고 있었다.

(뭐야. 마치 바람이라도 피운 느낌이잖아. 딱히 사귀는 건 아니니까, 바람을 피우고 자시고도 없는데…….)

마사치카가 굳은 표정을 지으며 입을 다물자, 아리사는 더 걱정스러운 표정을 지었다.

"역시, 무슨 일 있었던 거야?"

그런 아리사의 순수한 배려조차도, 죄책감을 자극했다. 하지만 들켜버린 이상, 이대로 계속 얼버무리기만 해선 태도가 더 어색해지리라고 생각한 마사치카는 잠시 고민한 후에 입을 열었다.

"응……. 좀, 고민거리가 있어."

"고민거리……."

"아, 별것 아니기는 한데……."

가볍게 헛기침을 하며 표정을 고친 마사치카는 밤하늘을 올려다보며 천천히 이야기했다.

"……최종화가 너무 슬프게 끝나서, 트라우마로 남은 애니가 있어."

"……뭐?"

"그런데, 얼마 전에 그 애니의 2기…… 속편이 몇 년 만에 만들어졌거든. 나는 1기가 트라우마가 되어서 안 볼 생각이었는데, 친구가 『그 작품의 2기, 괜찮네~』라더라. 내가 『이번 분기 패권 작품에 빠졌거든』 하며 안 보겠다니까, 그 친구도 『그 작품도 괜찮긴 해. 그럼 그걸 다 본 후라도 내키면 한번 보지 그래?』라더라고. 뭐, 거기까지는 괜찮았는데 말이야."

아리사가 영문을 모르겠다는 반응을 보이고 있다는 걸 느끼면서도, 마사치카는 말을 이었다.

"친구가 추천해준 만큼, 나는 1기를 다시 봤어. 그랬더니 최종화의 인상이 강렬하기는 해도, 전체적으로 보면 확실히 좋은 작품이어서……. 볼 생각이 없었던 2기에도 살짝 빠져버렸거든……."

거기까지 말한 마사치카는 시선을 내리더니, 지나치게 고민에 찬 표정을 지으며 고개를 좌우로 저었다.

"하지만 『패권 작품에 빠졌으니까 볼 생각 없어』 하고 전에 말한 친구에게『2기에 빠졌어☆』하고 말하기는 힘든데, 그렇다고 그냥 패권 작품 이야기만 하는 것도 좀 찝찝하달까…… 뭐, 그런 느낌이야."

"……그게 네 고민거리야?"

"응. 어떻게 생각해?"

"솔직하게 말하면 될 일 아닐까?"

"으음……. 뭐, 그렇긴 해."

아리사가 약간 어처구니없다는 눈길로 쳐다보며 그렇게 말하자, 마사치카는「뭐, 그런 반응을 보일 줄 알았어」하며 쓴웃음을 머금었다.

(애니라면 그러면 되겠지. 하지만 인간이라서…… 문제야. 뭐, 이상하게 둘러댄 내 잘못이겠지만 말이야.)

마사치카가 고개를 숙인 채 자기 자신을 비웃고 있을 때, 아리사가 의아한 표정을 지으며 말했다.

"딱히 문제 될 건 없잖아. 마음에 들었다며? 무언가를 좋아하는 건 마음의 문제니까, 함부로 관둘 수 있는 것도 아닌걸……. 그런 걸 신경 쓰느라 어색한 태도를 보이는 편이, 그 친구에게 실례 아닐까?"

아리사는 천천히, 마음속으로 음미하며 그렇게 말했다. 그 말이, 뜻밖에도 마사치카의 마음을 뒤흔들었다.

깜짝 놀란 마사치카가 눈을 치켜뜨며 고개를 들자, 약간 동요한 것처럼 눈을 깜빡이고 있는 아리사와 눈이 마주쳤다.

"……그럴, 까."

"그렇지…… 않을까? 적어도 나라면, 그렇게 생각할 거야."

"응……. 그래."

마사치카는 천천히 몇 번 고개를 끄덕인 후, 허탈한 미소를 머금었다.

"고마워. 조금 마음이 개운해졌어."

"그래? 그럼 다행이지만……."

아리사가 석연치 않은 듯이 고개를 갸웃거리자, 마사치카는 상냥한 미소를 지었다. 그리고 천천히 걸음을 내디디면서, 밝고 장난스러운 목소리로 말했다.

"이야, 설마 내가 아랴에게 고민 상담을 받는 날이 올 줄은 몰랐네."

"고민 상담이라고 할 만큼, 거창한 건 아니라고 생각하는데……."

"아냐, 사람마다 가지고 있는 고민은 다르잖아. 그리고 그 고민의 깊이 또한 사람마다 다르다고."

"그래……. 뭐, 이 정도로 괜찮다면, 또 상담해줄게. 우리는, 파트너……잖아."

아리사가 입술을 삐죽 내밀면서 퉁명한 표정으로 그렇게 말하자, 그녀가 부끄러움을 숨기려 한다는 것을 눈치챈 마사치카는 더욱 상냥한 미소를 지었다.

"응, 너만 믿을게."

"……!"

마사치카가 그렇게 말한 순간, 옆에서 걷던 아리사의 어깨가 부르르 떨렸다.

"어?"

"아무것도 아냐."

아리사는 마사치카의 의아한 시선을 떨쳐내듯 그렇게 말한 후, 앞장서서 걷기 시작했다. 그런 언동과 달리, 그녀의 뒷모습은 왠지 기분 좋아 보였다.

(왠지…… 결과적으로, 평소 느낌으로 되돌아간 걸까?)

마음속으로 가슴을 쓸어내린 마사치카는 약간 빠른 걸음으로 아리사의 옆에 섰다. 그리고 아리사의 집이 보이기 시작하자, 그녀는 문뜩 입을 열었다.

"그러고 보니, 곧 있으면 시험 기간인데……."

"으, 응."

"어떻게 할래? 지난번처럼 또 같이 공부해도 괜찮거든?"

기분이 좋아 보이는 아리사가 그런 제안을 하자, 마사치카는 잠시 생각해본 후…… 고개를 저었다.

"아냐. 이번에는 혼자서 공부할게. 매번 남과 같이 안 하면 공부도 제대로 못 해~인 것도 한심하잖아."

"……그래."

고개를 끄덕이는 아리사의 목소리에서 아쉬움이 묻어나는 것처럼 느껴지는 건 마사치카의 자의식 과잉일까. 그러는 사이에 아리사가 사는 맨션 입구에 도착했다.

"그럼, 내일 봐."

"응. 바래다줘서 고마워."

그렇게 말한 아리사는 맨션 현관으로 이어지는 계단에 발을 올리더니— 빙글 돌아보면서 그대로 마사치카의 품에 안겨든 후, 그의 볼에 자기 볼을 맞댔다. 그리고…….

【나도, 너만 믿을게.】

아리사는 작은 목소리로 그렇게 속삭인 후, 재빨리 돌아서면서 맨션 안으로 들어갔다.

그 뒷모습을 멍하니 쳐다보던 마사치카는 아리사의 모습이 시야에서 완전히 사라지자, 온몸을 부르르 떨었다.

(깜, 짝이야…….)

아리사의 볼이 닿은 부분에서 열기가 온몸으로 서서히 퍼져나가는 느낌이 들자, 몸을 부르르 떤 마사치카는 그대로 냅다 뛰었다.

아직 후덥지근한 밤거리를, 마사치카는 바람을 가르듯 내달렸다. 그리고 집에 도착할 무렵에는 숨이 턱까지 차서, 얼굴만이 아니라 온몸이 뜨거워졌지만…… 가슴속에서는 평소와 다르게 의욕이 샘솟고 있었다.

"……힘내자."

다시 그렇게 선언하자 기력이 샘솟았다. 왠지 지금이라면 얼마든지 공부를 할 수 있을 것 같은 느낌이 들었다.

(좋아……. 일단 오늘부터 컴퓨터는 금지야. 텔레비전과 스마트폰도 최소한으로만 보자!)

"그래, 좋아!"

기합에 찬 목소리로 그렇게 외치며, 마사치카는 현관문을 열었고—.

"아, 어서 와~."

포니테일을 통통 튀듯 흔들면서 맞이해주는 여동생의 모습을 보자, 기력이 빠져나가는 게 느꼈다.

"나와 할래? 아야노와 할래? 아니면…… 3, P?"

"3P는 COM(컴퓨터)인 거냐?"

"대전 게임을 하는 게 아니라고~."

유키의 품성 제로인 마중을 깔끔하게 무시한 마사치카는 「다녀왔습니다」 하고 말하며 아무 일 없었다는 듯이 세면장으로 향했다. 그리고 손을 씻고 입을 헹군 후에 거실에 가보니, 유키가 즐거운 듯이 포니테일을 흔들며 기다리고 있었다.

"그럼…… 문화제도 끝났으니, 중간고사가 시작되기 전에 밀린 애니를 몰아보자!"

환한 미소를 지으며 오빠의 결심을 악의 없이 박살 내려 하는 여동생에게, 마사치카는 약간의 미안함을 느끼며 말했다.

"저기, 놀다 들어온 내가 할 말은 아니겠지만…… 지금은 시험 기간이니까, 공부해야 하지 않겠어?"

"괜찮아! 내일부터 최선을 다할 거야!"

"으으, 설득력 넘치네."

유키가 포니테일 끝을 자신만만하게 흔들면서 그렇게 선언하자, 마사치카는 입술을 삐죽 내밀었다. 「내일부터 최선을 다한다」는 결국 안 하는 사람이 늘어놓는 상투적인 발언이지만, 유키는 그렇지 않다. 진짜로 내일부터 최선을 다하기 위해 오늘 실컷 힐링을 할 생각이리라.

(뭐, 이렇게 고대하고 있잖아. 오늘 하루쯤은 나도 어울려 줄까……. 어차피 방금까지 놀다 들어오기도 했고 말이지.)

그렇게 생각하던 마사치카는 곧 「아냐」 하며 마음을 고쳐 먹었다.

(이 바보야. 아까 내린 결단을 떠올려.)

마음속으로 자기 자신을 질책한 마사치카는 유혹을 떨쳐내기 위해 고개를 좌우로 저었다.

"미안하지만, 나는 오늘부터 최선을 다하기로 결심했어. 밀린 애니 몰아보기는 시험 끝난 후에 하자."

"뭐~. 2주 후까지 기다리란 거야~? 스포일러 회피하는 것도 큰일인데……."

포니테일을 힘없이 축 늘어뜨린 유키가 불만 섞인 어조로 그렇게 말했다.

"미안해. 이번에는 전교 30등 진입을 목표로 하고 있거든."

하지만 마사치카가 미안한 마음을 품으면서도 단호한 어조로 그렇게 말하자, 유키는 포니테일이 힘없이 축 늘어진 상태에서 고개를 끄덕였다.

"……알았어. 시험 끝난 후에 보자."

"미안해. 일부러 이렇게 와줬는데……."

"괜찮아~, 괜찮아~. 공부 방해 안 되도록, 방에서 밀린 책이나 볼게."

"그래……. 그런데, 태클을 안 날릴 생각이었는데 말이지."

도저히 무시하고 넘어갈 수 없었던 마사치카는 유키의 뒤편, 온 힘을 다해 기척을 숨기며 유키의 포니테일을 손으로 조작하는 아야노를 쳐다보며 눈을 가늘게 떴다.

"……뭐 하는 거야?"

"훗, 잘 물어봤어."

"가능하면 물어보고 싶지 않았거든?"

그 순간, 자신만만한 미소를 머금은 유키가 얼굴을 가리듯 오른손 손가락 끝을 이마에 댔다. 그런 유키의 포니테일은 아야노에 의해 섹시하게 출렁거리고 있었다. 그것을 보며 처절할 정도로 성가신 분위기를 감지한 마사치카는 눈을 더욱 가늘게 떴다.

장마기간의 찝찝한 공기를 연상케 하는 오빠의 뜨뜻미지근~한 시선을 깔끔히 무시하며, 유키는 애절함이 묻어나는 시선을 허공으로 보냈다.

"무엇부터 이야기할까……. 그래. 그건 내가—."
"30초 스킵."
"—일까? 그녀의 트레이드 마—."
"좀 더 스킵."
"—테일 캐릭터는, 저래야만 마땅하다—."
"너무 스킵했네. 10초 되감기."
"—테일이 축 힘없이 축 늘어지고, 거꾸로 마음이 들떴을 때는 포니테일이 찰랑찰랑거리는 거야. 그걸 보고, 나는 충격을 받았어……. 모든 포니테일 캐릭터는, 저래야만 마땅하다는 걸 깨달은 거야."
"너, 되게 재주 좋구나. 그리고 미안해, 아야노."
유키가 대사를 스킵하는 것에 맞춰 머리를 움직일 때마다, 아야노는 말 그대로 그녀에게 휘둘렸다. 자칫하면 주인의 머리카락을 잡아당길 수도 있기에, 아야노도 필사적이었다. —그런데도 유키는 양손을 활짝 펼치더니, 그 자리에서 몸을 한 바퀴 회전시켰다. 그러자 아야노는 몸을 웅크린 채 유키의 주위를 헐레벌떡 돌았다.
"그만 좀 멈춰드리라고."
"아아, 맞아! 포니테일이란, 그저 활발함을 표현하기 위한 머리 모양이 아니었어! 감정에 따라……."
"결론이 뭔데?"
"포니테일을 할 거면, 머리카락의 움직임으로 감정표현

L NOVEL

가끔씩 툭하고 러시아어로 부끄러워하는 옆자리의 아랴 양 7권
발매 기념 초판 한정 특전

[NOT FOR SALE]

ⓒSunsunsun, Momoco 2023 / KADOKAWA CORPORATION

마지막엔, 나를 선택해줘.

을 해야 마땅하지 않을까? 란 이야기야."

"정말 머리 나쁜 이야기는 쓸데없이 장황하게 늘어놓는구나."

"그러는 너야말로 남의 이야기를 인정사정없이 스킵했잖아. 전주 안 듣는 Z세대냐."

"Z세대가 Z세대한테 그런 태클을 날려도 되는 거야?"

"Z세대처럼 어른이 만든 카테고리에 멋대로 끼워 맞추지 말아주셨으면 좋겠군요."

"네가 말을 꺼냈잖아."

"뭐든 그렇게 틀에 맞춰 넣으려 하는 행위가, 사회의 분단을 초래한다고 생각합니다."

"오호라. 아까 『모든 포니테일 캐릭터는, 저래야만 마땅하다』 같은 소리를 늘어놓은 자식의 대사라는 게 믿기지 않는걸."

마사치카가 도끼눈을 뜨며 태클을 날린 순간, 유키는 연극배우처럼 하늘을 향해 두 손을 뻗었다.

"아아, 그래! 포니테일! 포니테일의 가능성을 알고, 나는 진정한 포니테일 캐릭터가 되기 위해 수련에 힘썼어……. 감정에 맞춰서 포니테일을 움직여 보려고 노력한 거야!"

"필살기 연습이라도 하는 편이 더 건설적이지 않을까?"

"그랬더니 말이야."

"응."

"바보털이 곤두섰어."

"정체불명의 스킬을 터득한 거냐."

"훗. 세상은 아직 몰라……. 이 꽝 스킬이, 언젠가 최강에 도달할 가능성을 지녔다는 것을……."

"바보털이~?"

"뭘 모르네……. 바보털이 곤두섰다는 건, 바로 케라틴의 수소 결합을 제어했다는 거야. 즉! 경지에 오른다면 온갖 생체분자의 분자결합을 자유자재로 조종—."

"지나친 확대 해석이야."

"꽝 스킬은 확대 해석 좀 해줘야 맛 좀 나지 않겠어~?"

"너무 심하면 막장 취급을 받는다고."

"바보털로 시작한 시점에서 완전히 막장 아닐까?"

"큭, 너한테 정론으로 반박당하는 날이 올 줄이야."

물 흐르듯 자연스럽게 만담을 주고받은 후, 마사치카는 다시 아야노를 쳐다봤다.

"그러니까…… 혼자서는 포니테일을 움직일 수 없으니까, 아야노에게 도움을 받는 거야?"

"바로 그거야! 아야노의 은밀 스킬을 완벽히 활용한, 나이스 아이디어라고—."

"아야노, 직장내 갑질로 고소하면 무조건 이길 수 있을 테니까, 언제든 말만 해."

"감사합니다. 하지만, 괜찮아요."

"갸륵함의 화신이냐~."

"단순히 마조히스트인 거 아냐?"

"바보의 화신은 입 다물어."

"바보의 화신. 줄여서 바보신……. 훗, 바보털을 조종하는 나에게 어울리는 칭호네."

"……."

"……."

"……."

"왜 그래……?"

"알면서 묻지 마. 개그 실패해놓고 남한테 태클 강요하지 말라고."

"태클 안 날려준 오빠가 잘못한 거 아냐?"

"게다가 적반하장으로 나오는 거냐? 아무리 나라도 눈에 뻔히 보이는 폭탄을 건드리진 않는다고."

"너무해! 오빠라면 함께 폭사해줄 거라고 믿었단 말이야!"

"시끄러워. 남을 끌어들이지 마. 죽을 거면 혼자 죽어."

"우엥~! 이 인간, 쓰레기야! 재난물에서 자기한테 매달리는 동료를 발로 걷어차는 타입의 쓰레기야!"

"인간의 추악함을 독자에게 보여주고 죽는 졸개 A네."

"보통 다음 컷이나 다음다음 컷쯤에, 등 뒤나 머리 위에서 콰직~ 하며 골로 갈 거야."

"거꾸로 동료를 버리지 않은 졸개한테는, 주인공 일행이

도와주러 오겠지.”

“음. 그러니 앞으로는 폭탄도 같이 처리해줘.”

“누군가가 도와주러 올 거라 믿으면서~? 내가 넘겨받은 순간, 너는 바로 도망칠 거잖아.”

“쳇, 들켰네.”

“쓰레기 주제에 계속 살아남는 어그로 요원이구나…….”

“크큭, 최후의 순간에 『오, 빠……』 하고 중얼거려서, 끝내주게 찝찝한 느낌으로 퇴장해주지.”

“그 오빠, 너 때문에 폭사했거든?”

“됐으니까 빨리 공부나 해, 오빠.”

“태클 좀 날리라고 말한 게 누구였는지 기억하십니까, 동생?”

“아야노. 오빠가 널 찾아.”

“네?!”

“그러니까 남을 끌어들이지 좀 말라고……. 하아, 정말.”

피로가 묻어나는 목소리로 그렇게 중얼거린 마사치카는 유키의 머리를 거칠게 쓰다듬어줬다.

“우, 와앗?”

그리고 눈을 껌뻑이는 유키에게서 손을 떼더니, 노고를 치하하는 의미에서 아야노의 머리도 가볍게 두드려줬다. 그러자 유키는 거칠게 쓰다듬어준 머리를 감싸더니, 마사치카를 노려보듯 올려다봤다.

"치잇……. 머리를 쓰다듬어주면 여자애가 기뻐할 거라고 생각한다면, 그건 오타쿠의 크나큰 착각이거든? 오라버니."

"딱히 그렇게 생각 안 해."

"뭐, 나는 기뻐. 자, 더 쓰다듬어. 더 쓰다듬으란 말이다."

그렇게 말한 유키는 몸을 앞으로 살짝 숙이면서 머리를 쑥 내밀었다.

"뭐야, 정말……."

마사치카는 어처구니 없다는 표정을 지으면서도, 조부모의 집에서 기르는 애완견(리르)에게 해주듯 머리를 쓰다듬어줬다.

"우와~."

연극 톤이면서 즐거운 듯한 목소리로 그렇게 말한 유키는 자기 셔츠를 걷어 올려서 배를 드러냈다. 그리고 「자, 빨리 쓰다듬어」 하고 말하듯이 씨익 웃었지만…… 마사치카는 깔끔하게 무시하며 자기 방으로 들어갔다.

『큭, 이 매혹적인 배를 보고도 무시해……? 이익, 이 찌찌별 인간 자식.』

문 너머에서 들려오는 원한에 찬 목소리를 못 들은 척하면서, 마사치카는 실내복으로 갈아입은 후에 책상으로 향했다. 그리고, 시험공부를 시작했다.

도중에 아야노가 끓여준 커피를 마시면서, 마사치카답지 않게 집중력을 선보이며 공부를 이어갔다. 그리고 커피를

다 마시고 한숨 돌리며 시계를 쳐다보니, 어느새 밤 아홉 시 반이 되어 있었다.

"……."

문뜩 방밖에 주의를 기울여봤지만, 별다른 소리는 들리지 않았다. 아무래도 유키는 아까 자기가 말한 것처럼, 공부를 방해하지 않으려고 자기 방에 틀어박혀 있는 것 같았다. 그것은 마사치카도 바라던 바지만, 그녀가 이렇게 얌전히 있으니 김이 좀 새는 것 같달까, 나쁜 짓을 한 것 같달까, 뭔가가 부족한 것 같달까…….

(아니, 무슨 생각을 하는 거야. 시스콤인데도 정도라는 게 있다고.)

평소에는 그렇게 장난스러운 동생이 실은 성실하고 배려심으로 가득한 애라는 건, 잘 알고 있다. 오빠가 진심으로 공부에 전념하고 싶어 한다면, 그 의지를 존중해주는 상냥한 애인 것이다.

하지만…… 그렇기에…….

(조금은 어리광을 부려도, 되는데 말이지.)

그런 생각을 하고 만다. 참는 것에 지나치게 익숙한 동생이, 하다못해 자신에게만은 마음껏 어리광을 부리게 해주고 싶다. 그렇게 생각하지만…… 유키는, 마사치카의 마음을 무시하면서까지 어리광을 부리지 않는다. 나이에 걸맞지 않은 그 성숙함이 마사치카의 가슴속에 쓸쓸함과 안타까움을 가져다줬다.

(시험이 끝나면, 마음껏 놀아주도록 할까.)

그렇게 결심한 마사치카는 의자에서 일어나서 기지개를 켰다.

(으응……. 일단 좀 씻을까…….)

몇 분 전에 욕조의 물이 데워졌다는 것을 알리는 소리가 들렸다. 유키와 아야노가 아직 씻을 생각이 없다면, 먼저 씻자…… 그렇게 생각한 마사치카는 방을 나선 후에 유키의 방문에 노크를 했다.

『응~?』

"먼저 씻어도 돼?"

『응~.』

문 너머로 허락을 받은 후, 방으로 돌아가서 갈아입을 옷을 챙긴 마사치카는 그대로 욕실로 향했다. 그리고 옷을 벗고 목에 붙인 파스를 뗀 그는 욕실에 들어갔다. 머리와 몸을 씻고 욕조에 들어가자, 장시간 공부를 하며 쌓인 피로가 온수에 녹아 나오는 듯한 느낌이 들었다.

"아아……."

마사치카는 만족감이 섞인 한숨을 내쉬며 욕조 안에서 완전히 축 늘어졌다. 지금만은 공부도 잊고 릴렉스하자……고 생각한 순간, 욕실 문 너머에서 세면장의 문이 열리는 소리가 들려왔다.

(어? 누가, 손을 씻으러—?)

머리 한편으로 그런 생각을 한 순간이었다.

"준비, 스타트!"

"읏?! 어어엇?!"

욕실 문을 걷어차서 열어젖히며, 알몸인 유키가 안으로 들어왔다.

"잠깐만, 너 대체 무슨 생각인 거야아앗?!"

마사치카가 상체를 벌떡 일으키며 그렇게 외치자, 유키는 당당히 가슴을 펴며 대답했다.

"공부를 방해하지 않는 대신, 목욕을 방해하기로 했어!"

"아니, 인마! 그래도 알몸이잖아!"

"목욕을 할 거니까 알몸인 게 당연하지 않아? 걱정하지 마. 빛과 김이 자기 할 일을 해줄 거야."

"안 하고 있거든?!"

"괜~찮다니까 그러네. 나중에 수정할 거야. 화이트칠 해줄걸?"

"지금 셀프로 하라고!"

얼빠진 목소리로 태클을 날린 마사치카는 일단 반대편으로 몸을 돌렸지만, 아니나다를까 유키가 문을 닫고 욕실 의자에 앉는 소리가 들려왔다.

"어, 잠깐만 있어봐. 진짜로 같이 목욕하려는 거야?"

"어? 응. 공부 방해를 안 하면서 오빠와 수다 떨려면, 이 방법밖에 없잖아."

"아, 아니, 아무리 그래도 같이 목욕하는 건 정신 나간 짓이잖아."

고등학생이나 된 남매가 같이 목욕하는 건, 아무리 생각해도 이상한 짓이다. 애초에 저 나이대 여자애는 아버지나 오빠가 들어갔던 욕조에도 들어가기 싫어하고, 옷가지를 같이 빠는 것조차 질색한다고 들었는데 말이다.

(그래도 유키는 반항기가 아니라서 그 정도는 아니더라도…… 사춘기라면 좀 부끄러워하는 게 정상 아냐?!)

실제로 마사치카는 자기 알몸을 여동생이 본 것에 수치심을 느끼고 있다. 여성이라면 더 심하지 않을까, 하고 생각하는 마사치카의 귀에…….

"나, 역시 이상한 걸까?"

유키가 중얼거린 말이 스며들어왔다. 그 목소리에 심각한 느낌이 감돌고 있었기에, 마사치카는 유키를 힐끔 쳐다봤다. 유키는 머리카락을 감으면서 자신의 하복부를 내려다보고 있었다.

"……."

그 모습에서 절박함을 느낀 마사치카는 다시 고개를 돌리면서 생각했다.

일반적으로 생각해보자면, 유키의 언동은 확실히 이상하기는 했다. 하지만 일반화를 하지 않고, 유키 개인의 사정만을 고려하며 생각해본다면…….

"딱히, 이상하다고는 생각 안 해."

……하고, 대답할 수밖에 없었다.

마사치카도 안다. 유키가 아직도, 반항기의 징후를 전혀 보이지 않는 건…… 반항기를 맞이하기도 전에, 어른이 될 수밖에 없었기 때문이다.

못난 오빠와 제멋대로인 어른에게 둘러싸인 총명한 유키는, 자기가 어린애이면서도 어린애일 수 없다는 사실을 이해했다. 그리고…… 부모에게 어리광을 부릴 권리도, 부모에게 반항할 권리도 내팽개친 그녀는 몇 단계를 건너뛰며 어른이 됐다. 가족을 지키기 위해서 말이다.

(실제로 유키는 나보다 훨씬 어른이잖아.)

진심으로 그렇게 생각한다. 하지만…….

(아직 명백하게 어린애인 부분도 있어…….)

반항기도, 사춘기도, 어린애가 어른이 되기 위한 중요한 과정인 것이 틀림없다. 그 과정을 억지로 건너뛰었을 때, 마음은 어떻게 될까? 아무리 어른스러워 보이더라도, 실은 삐뚤어진 형태로 성장하지 않을까?

『미안해, 오라버니. 나는…… 이 집에 남을래.』

유키가 보여준, 나이에 걸맞지 않은 어른스러운 모습.

『오빠에게 알몸을 보여줘도 전혀~ 부끄럽지 않아.』

그와 정반대로, 아무리 시간이 흘러도 어린애 같은 모습.

(어쩌면, 유키의 어린애 같은 부분은…….)

병실처럼, 무미건조한 방. 그 방의 침대 위에, 홀로 남겨진 유키의 일부인 건 아닐까.

정원에서 마음껏 술래잡기를 하고 싶다고 말했던 유키. 마음껏 웃으며 게임을 하고 싶다고 말했던 유키. 하지만, 어느새 그런 소소한 소망을 입에 담지 않게 되더니…… 마음속에 품은 소망을 이루지 못한 채, 유키는 스오우가의 후계자가 됐다.

그런 그녀를 그 집에 두고 떠난 이는, 다름 아닌 마사치카다…….

(여기 있는 건…… 그때 그 유키인 걸까?)

당시의 유키는, 욕실에 들어갈 때도 조심해야만 했다. 김과 온도 차로 인해 천식이 발생하기에, 오랫동안 목욕을 할 수는 없다. 침대 위에서 몸을 닦기만 할 때도 있었다. 당연히 욕실에서 장난을 치거나 논 경험 또한 없으리라. 당시에 못 했던 것을, 지금 하고 싶어 하는 거라면…….

"뭐, 좋을 대로 해."

약간의 안타까움을 느끼며 그렇게 말한 마사치카는 욕조 안의 물에 몸을 깊이 담갔다. 그러자, 머리카락을 묶은 유키가 마사치카를 돌아보면서 씨익 웃었다.

"……응."

심각함이 사라진 그 목소리를 듣고, 마사치카 또한 안노—.

"그럼, 실례하겠습니다."

"어, 어?!"

"첨~벙!"

활기찬 목소리로 그렇게 말한 유키는 마사치카에게 등을 맡기듯 그대로 몸을 날렸다. 그 효과음대로, 크게 물결친 수면이 안면을 때리자, 마사치카는 고개를 내저었다.

"너, 인마……."

마사치카가 어처구니없음과 비난이 반씩 섞인 목소리를 내자, 힘차게 욕조 안으로 뛰어든 유키가 그 가장자리에 손을 얹으며 몸을 약간 내밀었다.

"우왓, 꽤 뜨겁네."

"뜨거우면 나가라고."

"이렇게 뜨거운 물에 어떻게 들어가 있냐! 나는 방으로 돌아가겠다! ……하고 말할 줄 알았어? 유감이지만, 그런 뻔한 사망 플래그는 안 세워."

"대체 어디가 사망 플래그냐고. 오히려 욕조 안에 있는 게 더 위험하잖아."

"오빠……? 설마……."

"그런 의미의 위험이 아냐!"

"확실히 욕실은 자살로 위장하기 좋은 곳이라고 듣긴 했는데, 설마 그런……."

"아, 내가 상상한 위험과는 다른 거구나."

"이러니 오빠가 얼마나 변태인지 알 수 있네."

"화끈한 헛소리 좀 그만해. 알 수 있는 건 네가 평소에 얼마나 음담패설을 늘어놓는지, 라고."

"그래도 에레나 선배한테는 못 미치지만요~."

"그 사람은 논외야."

"좋아, 익숙해졌어."

그렇게 말한 유키는 어깨까지 물에 담그더니, 마사치카의 몸에 등을 맡겼다.

"……."

"후하하~. 막 동거를 시작한 닭살 커플 같네요."

"아니, 인마……."

"크큭, 이걸로 소꿉친구 특유의 견제기 『함께 목욕한 사이잖아요!』에 『어릴 적 이야기잖아!』로 받아칠 수 있게 됐어, 오라버니."

"……하아."

쓴소리를 해주려다가 그럴 마음도 사라진 마사치카는 한숨을 내쉬었다.

(뭐, 초등학교 저학년 여동생과 같이 씻는 거라고 생각하면 되려나…….)

그렇게 생각하며, 허공을 쳐다본 순간…….

"자, 찰싹~."

"어푸?!"

안면에 물이 끼얹어졌다. 고개를 돌려보니, 유키가 양손으로 깍지를 껴서 만든 물대포로 물을 날리고 있었다.

"한 방 더~."

"푸웁."

유키가 두 손에 힘을 준 순간, 손 사이에서 뿜어져 나온 물에 맞은 마사치카가 표정을 굳혔다.

"인마……. 진짜로 하는 행동이 초등학생 수준이네."

"훗, 욕실에서 이렇게 즐기는 내 순수함을 잘 봐둬~."

"말하면서 물대포 날리지 말라고."

등 뒤에 있는 마사치카를 향해 능숙하게 물을 날리는 여동생의 머리에 손날치기를 날린 후, 마사치카는 손으로 얼굴을 씻었다.

그러자 자연스럽게 유키의 알몸이 눈에 들어왔고, 마사치카는 이러면 안 된다고 생각하면서도 그녀의 몸을 살펴봤다.

"……."

균형 잡힌 아름다운 몸이라고 생각한다. 하지만, 마사치카의 눈길을 끈 것은…… 그 몸의 가녀림이었다.

여성스러운 굴곡은 있지만, 전체적으로 너무 가녀리고 연약했다. 몸의 두께가 토우야의 절반도 되지 않을 것 같다는 생각이 들 정도로 가녀렸다.

(제대로 식사를 하긴 하는 걸까……?)

마사치카는 진심으로 걱정됐지만, 유키는 그런 오빠의 얼굴을 올려다보며 씨익 웃었다.

"어, 왜 그래? 드디어 내 복부의 매력을 깨닫고 만 거려나?"

"아니, 아직 그 문은 안 열렸는데……."

"이 어렴풋이 드러난 복직근 라인의 에로함을 알지 못하다니, 그대도 아직 멀었구먼……."

"대체 어느 라인 말인데??"

"자, 여기야. 만져보면 알 수 있어."

"아, 사양할래."

아무리 여동생의 복부라고는 해도, 함부로 만지는 건 좀 내키지 않아서 사양했다. 하지만 유키는 상냥한 눈길을 머금더니, 자신의 복부를 천천히 쓰다듬었다.

"배를, 만져주세요……. 참 좋아한답니다……."

"네가 무슨 동물원 사육사냐?"

묘하게 자애에 찬 표정을 지은 유키가 상냥히 권하듯이 마사치카의 손을 잡았다. 만져줄 때까지 만족하지 않을 듯한 반응이었기에, 마사치카는 한숨을 내쉬면서 여동생의 가녀린 복부를 살며시 쓰다듬—.

"아하하하하하하!"

……어준 순간 들려온 웃음소리에 화들짝 놀라며 손을 뗐다. 그러자 유키는 무표정해지면서 입을 다물었다. 그리고, 다시 머뭇머뭇 손을 내밀자—.

"아하하하하!"

손을 뗐다. 조용해졌다. 쓰다듬어줬다.

"아하하하하하하!"

"무섭다고—!!"

쓰다듬을 때마다 눈을 치켜뜨면서 한껏 벌린 입으로 웃어대는 유키를 보자, 마사치카는 비명 섞인 목소리를 냈다.

"좀 더 귀엽게 즐거워할 수는 없는 거냐?! 저주받은 인형인 줄 알았네!"

"아니, 좀 멋쩍은 느낌이 들어서 말이야."

"멋쩍다고 그런 반응을 보이는 거라면, 나는 네 정신 상태가 걱정돼."

"이래 봬도 내 절반은 상냥함으로 되어 있거든?"

"남은 절반은?"

"음란함."

"딱히 재미있진 않네."

"음란하면서 상냥하다니…… 어라? 나, 혹시 러브 코미디 히로인으로서 완벽하지 않아?"

"러브 코미디의 히로인에게 음란함이 필요해? 정신적으로는 순진무구한 여자애가 더 지지받을 것 같은데 말이야."

마사치카가 그렇게 말한 순간, 유키는 한쪽 눈을 치켜뜨면서 위협하듯 오빠를 올려다봤다.

"그건 네가 처녀충이라서 그런 거라고오오오오~~!!"

"치녀도 치녀대로 좋아한다고오오오오~~!!"

"네가 좋아하는 치녀는, 동정남을 덮치는 음란한 누님이 잖아아아아—!"

"이 자시이익! 내 성적 취향을 어찌 그리 잘 아는 게냐아 아아—!"

"어, 그, 그야……."

유키는 갑자기 수줍은 듯이 시선을 피했다. 그리고 수면을 쳐다보면서 머뭇머뭇 답했다.

"나도…… 좋아한단 말이야……."

"고백하는 느낌으로 성적 취향 폭로하지 마. 그리고 네가 음란한 누님을 좋아하는 건 좀 그렇지 않아?"

"요즘, 음란한 누님이 자기는 동성애에 관심 없다고 생각하는 츤데레 여자애를 백합 타락시키는 만화에 빠졌거든……."

"……그렇구나."

생각보다 멀쩡한 이유라서 안심해야 할까. 아니면 BL에 이어 백합에도 빠지기 시작한 여동생을 걱정해야 할까.

(……뭐, 2차원에서 좋아할 뿐이라면 문제없나. 현실과 혼동하는 것도 아니니까…….)

잠시 생각을 해본 마사치카가 그런 결론을 내렸을 때, 유키가 주먹을 확 말아쥐며 말했다.

"그래서, 개인적으로 노노아 양과 사야카 양에게 매우 주목하고 있어."

"완전 혼동하고 있네."

"그 두 사람, 수상하거든. 사야카 양이 남자와 사귄단 이야기를 들은 적이 없고, 노노아 양이 사야카 양에게 보이는 집착도 범상치 않은 것 같아."

"그야, 뭐……."

"사야카 양에게 관심을 가지는 남자를 노노아 양이 은밀히 처리하고 있다는 말을 들어도, 개인적으로는 놀라지 않을 거야."

"……."

유키가 농담하듯 한 말을, 마사치카는 부정할 수 없었다. 타케시가 사야카를 좋아한다는 말을 듣고, 순수하게 응원해줄 수 없는 원인 중 하나도 바로 그 점이다.

(타이밍을 봐서, 걔의 생각도 확인해봐야겠지…….)

천장을 올려다보며 그런 결심을 하고 있을 때, 유키가 몸을 물에 담갔다. 그리고 수면 근처에서 마사치카를 올려다보며 말했다.

"그런데, 마이 스위티스트 오빠."

"왜?"

고개를 숙여보니, 씨익 웃으면서 마사치카의 목덜미를 쓰다듬은 유키가―.

"이거, 누구 이빨 자국이야?"

던진 질문에, 마사치카는 무심코 흠칫했다.

(아차, 큰일 났다.)

옷을 벗으면서 파스를 뗀 후로 까맣게 잊고 있었던 그것은…… 문화제에서 아리사에게 깨물린 자국이었다.

"……."

들켰으니 어쩔 수 없다고 생각한 마사치카는 허공을 쳐다보며 진지한 목소리로 말했다.

"좀비한테, 물렸어."

"맙소사, 큰일 났네. 하지만 좀비가 안 된 걸 보면 그거네. 오빠만 항체를 가지고 있는 패턴이지?"

"그래. 그리고 의식은 인간인 채로, 근력만 인간을 초월하는 패턴이지."

"그리고 좀비에게 물린 여자애를 구하기 위해, 항체를 넘겨준다는 명목으로 체액을 주입하는 거지?"

"맞아. 처음에는 딥 키스로 어떻게 하려고 하는데, 그 방법으로는 침투 속도가 느려서 결국— 같은 건 19금 에로틱 그로테스크 패닉물이잖아!"

"좀비에게 물린 아저씨가 나타나면 어쩔 건데……!"

"유언만 듣고 저승으로 보내줄 거야."

"좀 망설이라고~."

"자. 몸도 따뜻해졌으니 슬슬 나가야겠네."

"이대로 보내줄 것 같아?"

"훗, 네가 나를 막을 수 있을까?"

"뭐라고? 큭, 이게……."

마사치카가 욕조에서 나가려 하자, 유키가 두 손 두 발로 버티며 탈출을 막으려 했다. 하지만 그 정도로 저지할 수 있을 만큼, 마사치카는 힘이 약하지 않다. 욕조와 유키의 등 사이에 끼였지만, 몸을 빼냈다. 그러자, 유키는 초조함이 묻어나는 미소를 머금었다.

"어쩔 수 없네……. 이 방법만은 쓰고 싶지 않았지만……."

유키가 그렇게 말하면서 손발에서 힘을 빼자, 마사치카는 잘됐다는 듯이 몸을 일으켰다. 그리고, 동생이 수작을 부리기 전에 욕조에서 탈출하려 했고—.

"천사 모드, 발☆동."

그 목소리가 들려온 직후, 왼손을 잡히고 말았다. 불길한 예감을 맹렬하게 느끼며 아래편을 쳐다보니, 순수하고 초롱초롱한 눈빛을 머금은 유키와 시선이 마주쳤다.

"오라버니? 100 셀 때까지 나가면 안 되거든?"

"으극."

그 눈빛에 심장을 꿰뚫린 마사치카는 무심코 비틀거렸다. 하지만…….

(아, 안 돼! 이대로 다시 욕조에 들어갔다간 유키의 뜻대로 된다고!)

마사치카는 그렇게 생각하며 다시 욕조에서 나가려 했지만…… 마침 유키가 자기와 비슷한 눈높이에 있는 마사치카의 신체 일부를 뚫어지게 쳐다보고 있다는 눈치채자, 헐레벌떡 몸을 웅크렸다.

"인마……."

마사치카는 다리를 모으면서 원망 섞인 눈길로 유키를 노려봤지만…… 유키는 영문을 모르겠다는 듯이 마사치카의 거기와 자신의 거기를 번갈아 쳐다봤다. 그리고 고개를 살짝 갸웃거리며…….

"오라버니, 왜 거기가 덥수룩—."

"좋아! 같이 100 세자~!"

"응!"

체념한 마사치카가 자포자기한 투로 그렇게 외치자, 유키는 방긋 웃으며 고개를 끄덕였다. 그리고, 문뜩 생각난 듯이 순진한 목소리로 말했다.

"오라버니! 나, 집오리 씨 욕조에 띄우고 싶어! 노란 집오리 씨!"

"아니, 그런 건 없다고."

"그럼 오라버니가 집오리 씨가 되어줘."

"시체가 되어서 둥둥 뜨라고? 어린이 특유의 순수함(잔혹함)이냐?"

"아냐. 그냥 집오리 씨가 되어주면 돼."

"뭐? 무슨 소리야?"

"저기, 오빠는 알아? 집오리는 오리를 인간이 길들여서 만들어낸 품종이야. 즉, 가축이지."

"무슨 말이 하고 싶은 건데?!"

"오라버니, 내 집오리가 되어줄래?"

"너, 실은 천사가 아니지?"

"들켰네."

"당연히 들키지! 나는 이만 나갈 거야!"

그렇게 선언하며 욕조에서 나간 마사치카가 샤워로 몸을 씻기 시작하자, 유키는 히죽거리며 그를 쳐다봤다. 그리고, 마음속으로 가슴을 쓸어내렸다.

(뭐야~, 기운 넘치잖아.)

문화제에서 피아노를 친 데다 오늘 왠지 침울해 보이던 오빠가, 평소와 다름없다는 사실에 안도했다. 마사치카는 혼자 있게 두면, 한도 끝도 없이 가라앉을 때가 있다. 그 점을 알기에, 조금 걱정되어서 보러 온 건데…….

(누군가가 오빠를 위로해준 걸까?)

학생회의 누군가, 밴드의 누군가, 아니면 그 이외의 누군가. 오빠의 버팀목이 되어주는 사람이 자기 이외에도 잔뜩 있다는 사실에 유키는 자랑스러움과 기쁨을 느끼는 것과 동시에…… 일말의 쓸쓸함을 느꼈다.

(저 깨문 자국…… 대체 누가 낸 걸까? 뭐, 십중팔구 아랴 양일 거야.)

신경이 쓰이지만, 캐물어봤자 오빠는 대답해주지 않을 것이다.

"……."

가슴 깊은 곳에서, 거무튀튀하고 나~쁜 마음이 생겨났다. 그것을 떨쳐내듯, 유키는 힘차게 몸을 일으켰고— 그 순간, 시야가 새까맣게 변했다.

"우, 앗……?"

몸에서 핏기가 사라지는 게 느껴졌다. 갑자기 몸을 일으켰을 때 느끼는 어지러움을 몇 배로 심하게 만든 듯한 현기증과 함께, 평형감각이 사라진 유키는 고꾸라지듯 욕조 가장자리를 움켜쥐었다. 하지만 갑자기 앞으로 쓰러지는 바람에 발이 미끄러지면서 욕조 가장자리에 정강이 부분을 세게 찧었다. 그 고통이 둔탁한 느낌이 되어, 몸의 심지 부분을 뒤흔들었다.

"유키?!"

그 절박한 목소리를 듣고 고개를 살며시 들어보니, 세상의 종말에 직면한 듯한 표정을 짓고 있는 오빠와 눈이 마주쳤다. 그 심각한 표정을 보니 기쁘고 우스우면서 미안한 마음이 든 나머지…… 유키는 헛웃음을 흘렸다.

"아, 괜찮아. 욕조 안에 너무 오래 있었나 봐……."

그러니 걱정할 필요가 없다, 하고 유키는 말했다. 그리고 욕조에서 몸을 웅크린 채, 손을 가볍게 흔든…… 직후, 유키의 몸은 엄청난 힘에 의해 욕조 밖으로 끌려 나갔다.

"어, 어엇?"

공주님 안기로 들린 유키는 그대로 욕실 밖으로 옮겨졌다.

(오오오~. 울 오빠, 힘 되게 세네~.)

인생 첫 공주님 안기를 받으면서 그런 핀트가 어긋난 감상을 품고 있을 때, 유키는 바닥에 펼쳐진 목욕 수건 위에 뉘어졌다.

"아야노! 좀 와봐!"

"아니, 그럴 것까지는—."

"부르셨습— 유키 님?! 무슨 일이시죠?!"

"아니, 그냥 현기증이 좀—."

"아야노! 구급차를 불러!"

"……네!"

"저기, 진정 좀 해~."

그 후에 뜨거운 물에 목욕해서 현기증이 좀 났을 뿐이라는 것을 필사적으로 설명해서, 구급차를 부르는 건 막았지만…….

"……저기, 오빠님~? 이렇게 정성 들여서 간호 안 해도 돼~. 아야노도 있다고~."

"환자는 얌전히 있어."

"그러니까 환자가 아닌데……."

자기 방 침대에 누운 유키는 완전히 열사병 환자 취급을 받고 있었다.

이마에 냉각 시트를 붙이고, 아야노가 얼굴에 부채질을

해주는 가운데, 마사치카가 내민 스포츠 드링크를 빨대로 빨아 마셨다.

"그리고 이제 멀쩡해……. 걱정 끼쳐서 미안하긴 한데, 이렇게 호들갑을 떨면 내가 오히려 부끄럽달까……."

"그럼, 그게 걱정 끼친 벌이야."

"으윽, 맙소사."

더는 반론을 못 하게 하려는 듯이, 마사치카는 유키의 입에 빨대를 집어넣었다. 쪽쪽. 스포츠 드링크 맛있어~~. 하지만 이제 질렸어.

"하다못해 머리카락이라도 좀 제대로 말려……. 그리고 오빠는 시험공부를 해야 하는 거 아냐?"

"그런 건 아무래도 상관없어."

"아니, 상관없지는 않거든~?"

"……."

"저기, 스포츠 드링크는 이제 됐거든?!"

대화 도중에 틈만 나면 내미는 빨대를, 고개를 세차게 흔들어서 거부했다. 그래서 빨대가 치워진 덕분에 한숨 돌린 것도 잠시…….

"부딪친 건 오른 다리의 여기뿐이야?"

"뭐? 아, 응."

"그래. 그럼 나중에 병원에 가서 봐달라고 하자."

"너무 호들갑이 심하다니까 그러네!"

"아야노, 차를 수배해주겠어?"

"알겠습니다."

"됐다고!"

"……"

"그러니까 스포츠 드링크는 됐어!"

괴롭히는 게 아닐까 싶을 정도로 과보호를 받은 유키가 참다못해 몸을 벌떡 일으켰다. 그 직후, 욕조에 부딪혔던 다리가 욱신거린 탓에 약간 휘청거렸다.

(앗!)

유키가 그렇게 생각했을 때는 이미 한발 늦었다.

"아야노! 역시 구급차를 불러!"

"알겠습니다!"

"부탁이니까 그만 좀 해애앳!"

진심으로 긴급 반송을 하려고 하는 오빠와 메이드를, 유키는 온 힘을 다해 말렸다.

그러는 사이, 욕실에서 생겨났던 거무튀튀하고 나쁜 마음은 깨끗하게 사라졌다.

제 4 화 금세기 최대의 긁어 부스럼

시험 기간. 모든 중고생에게 있어 고행이라 할 수 있는 2주가 끝난 2학기 중간고사 직후의 토요일.

마사치카 일행은 타니야마가의 투박한 4륜 외제차(전속 운전사 포함)를 타고 시외에 있는 유원지에 왔다. 멤버는 밴드 동료인 여섯 명과, 거기에 낀 한 사람…….

"히카루 씨는 무서운 놀이기구도 괜찮나요~?"

"으~음, 일반적인 롤러코스터는 괜찮아……. 공중에 대롱대롱 매달리는 거나, 완전히 뒤집히는 것만 아니면……."

"그렇군요~! 저는 꽤 겁이 많아서, 그런 걸 아무렇지 않게 타는 사람을 동경해요~."

"그렇, 구나. 하하하……."

목적지에 도착하자마자 히카루에게 찰싹 들러붙은 이는 바로 노노아의 여동생, 미야마에 레아다.

아무래도 추령제에서 히카루에게 도움을 받은 후로, 그와 가까워지기를 열망하는 건지…… 오늘은 노노아를 따라서 이 모임에 참가했다.

하지만 오늘 명목은 어디까지나 시험 뒤풀이 겸 밴드 뒤풀이(제2탄)다. 거기에 외부인인 레아가 참가한 데는 그럴 만한 의도가 있다. 레아, 그리고 사야카에게 숨긴 또 하나의 목적…… 타케시의 사랑을 응원해준다는 목적을 위해, 일부러 레아를 참가시킨 것이다.

사야카에게는 레아가 히카루에게 호의를 가지고 있기에, 은근슬쩍 협력해달라고 전해뒀다. 그리고 노노아는 레아를 돕는다고 했다. 그러니 자연스럽게 히카루, 노노아, 레아는 함께 행동하게 됐으며, 마사치카와 아리사가 페어로 행동한다면…… 자연스럽게 타케시와 사야카가 페어가 되는 것이다. 그렇게, 예상했지만…….

"아리사 양은 유원지에 자주 오나요?"

"아, 실은 이번이 두 번째야……."

"그런가요?"

"사야카 양은 어때?"

"저는 비교적 이런 곳을 좋아해서, 매년 네다섯 번은 와요."

"그래? 그건 좀 의외야."

"그런 말, 자주 들어요."

자연스럽게 페어가 된 사야카와 아리사를 쳐다보며, 마사치카는 마음속으로 외쳤다.

(사야카가 아랴한테서 떨어지질 않아!!)

자연스럽게, 두 팀으로 나뉜 것까지는 좋았다. 하지만…… 사야카가 아리사에게 적극적으로 말을 거는 것은 완전히 오산이었다.

그 결과, 선두는 평균 외모 수준이 어마어마한 3인조, 그 뒤를 따르는 세련된 미소녀 두 사람, 그리고 가장 뒤에서 터벅터벅 걷고 있는 시원찮은 남정네 둘……이라는 슬픈 포메이션이 짜여졌다.

"(타케시. 이대로 있다간 놀이기구도 이 조합으로 타게 될 거야.)"

마사치카는 옆에 있는 타케시를 힐끔 쳐다보며 우려되는 점을 말했다. 그러자, 타케시도 앞을 바라보며 작은 목소리로 대답했다.

"(하지만 사야카 양도 즐거워 보이니까, 방해하는 것도 좀……. 사야카 양이 즐겁다면, 나는 그걸로 됐어.)"

"(이미 실연한 사람 같잖아!)"

작은 목소리로 고함을 지른 마사치카는 선두에 있는 히카루를 시선으로 가리켰다. 히카루는 어색한 미소를 지으면서 레아와 대화를 이어가고 있었다.

"(저기 봐. 히카루도 너를 위해 힘내고 있잖아? 너는 히카루의 헌신을 헛되이 할 거야?)"

"(미소녀 자매 사이에 끼어 있는 게 헌신이냐…….)"

"(무슨 말이 하고 싶은 건지는 알지만, 참아. 히카루는 여자애에게 대시받는 게 고행 그 자체라고.)"

"(……우선 네가 아랴 양에게 말을 걸어주면 안 돼?)"

"(인마…….)"

완전히 수줍음 모드인 타케시에게, 마사치카는 어처구니 없다는 투로 말을 건넸다.

물론, 그 부탁을 들어주는 건 어렵지 않다.

아리사 또한 타케시와 사야카의 친목을 다져준다는 숨겨진 목적을 공유하고 있는 만큼, 마사치카가 말을 걸면 적극적으로 협력해줄 것이다. 하지만…… 그런다고 해서, 타케시가 자연스럽게 사야카한테 말을 걸 수 있을 것 같지는 않았다.

(뭐, 그래도 처음 한 번 정도는 도와주도록 할까.)

그렇게 생각한 마사치카가 아리사에게 말을 걸려는 순간…….

"아, 여러분! 괜찮다면 저걸 안 탈래요?"

선두에 있는 레아가 그렇게 말한 바람에, 타이밍을 놓치고 말았다. 그리고 레아가 손가락으로 가리킨 방향을 쳐다보니, 경쾌한 음악에 맞춰 빙글빙글 도는 커피 잔이 눈에 들어왔다.

"여기 커피 잔은 엄청 빠르게 도는 걸로 유명해요! 타보지 않을래요?"

"흐음~."

"커피 잔……. 그러고 보니 어릴 적 이후로는 타본 적이 없네……."

딱히 이의를 내놓는 사람도 없었기에, 레아의 말에 따라 다 같이 커피 잔에 타기로 했다.

커피 잔 하나에는 최대 네 명이 탈 수 있기에, 자연스럽게 미야마에 자매 및 히카루와 그 외의 네 명으로 나뉘어서 타기로 했다.

아리사와 사야카가 나란히 타고, 아리사의 옆에는 마사치카, 그리고 마사치카와 사야카 사이에 타케시가 앉았다. 정원에 맞춰서 타서 그런지, 넷이 함께 앉으니 다리가 부딪칠 것 같았다. 타케시도 사야카와 다리가 부딪치려 하자, 다리를 꼭 오므렸다.

(전철에서 백 점 만점인 탑승 자세가 됐잖아…….)

타케시가 다리를 딱 모으고 등을 꼿꼿이 펴며 앉자, 마사치카는 쓴웃음을 흘렸다. 그 타이밍에 부르르르르~ 하는 소리가 들려오더니, 커피 잔이 천천히 돌기 시작했다.

"어, 한가운데에 있는 이 핸들을 돌리면 되는 거야?"

시험 삼아 핸들을 돌려보니, 커피 잔의 회전속도가 약간 빨라졌다.

"아, 빨라졌네. 어떻게 할까? 더 빨리 돌려도 되겠어?"

"저는 괜찮아요."

"그래."

"좋지."

"알았어. 그럼―."

핸들을 쥔 손에, 힘을 줬을 때…….

"꺄아~~!"

옆에서 레아의 새된 목소리가 들려왔기에, 무심코 그쪽을 쳐다봤다. 그리고, 전율했다.

"꺄아~~! 언니, 너무 빨라아~!"

커피 잔이 고속으로 빙글빙글 회전하고 있었다. 그 원심력에 밀려……난 것처럼, 레아가 히카루에게 찰싹 달라붙었다.

……아니, 실제로 상당한 관성력이 발생하고 있겠지만, 다른 두 사람을 보면 레아가 꽤 과장스럽게 몸을 기울이고 있다는 것을 알 수 있었다. 아마 말은 저렇게 하지만, 레아가 노노아에게 빨리 돌려달라고 부탁했을 것이다. 저 엄청난 뻔뻔함에 마사치카는 전율했다.

(저기까지 다 계산한 거냐……. 저게 바로 진정한 소악마 소녀……!)

그리고 눈치챘다. 이 핸들을 힘껏 돌리면, 여기서도 같은 일이 일어나리라는 것을 말이다.

(어라? 진짜로 돌려도 되는 걸까?)

소소한 이벤트가 발생하리라는 것을 알면서도, 그 길을 나아가는 게 신사다운 행동일까. 하지만 돌려도 된다는 대답을 듣고도 돌리지 않는 것 또한 이상하다는 생각이 들었다. 게다가 잊어서는 안 된다. 현재 마사치카는 타케시와 사야카를 가까워지게 만든다는 사명을 품고 있는 것이다.

(그래. 유원지에 왔으니까, 다소의 해프닝이 벌어져도 괜찮겠지.)

2초 만에 그런 결론을 내린 마사치카는 핸들을 확 돌렸다. 그리고 거침없이 핸들을 돌리자 커피 잔의 회전속도가 점점 빨라지면서, 좌석에 몸이 파묻힐 듯한 압력과 함께 옆으로 휘둘리는 듯한 관성력이 몸에 가해졌다. 그리고, 핸들을 쥐지 않은 이들은 그 관성력에 그대로 당하고 말았다.

"꺄앗."

아리사가 작게 비명을 지르면서 마사치카의 허벅지에 손을 짚자, 그 감촉을 느낀 그는 온몸을 부르르 떨었다.

(우왓, 뭐야?! 왠지―.)

여자애가 자기 허벅지를 만진다고 하는 이제까지 경험한 적 없는 감촉을 느끼자, 마사치카의 등골을 타고 묘한 감각이 흘렀다.

"앗, 미안―!"

사과하면서 그 손을 치우려던 아리사가 이번에는 마사치카의 어깨에 확 기대고 말았다.

서로의 팔이 맞닿는 감촉과 함께 달콤한 향기가 코를 찌르자, 마사치카는 고개를 치켜들었다. 그리고 정면에 앉은 사야카 또한, 아리사의 어깨에 기대고 있다는 사실을 눈치챘다.

마사치카의 어깨에 기댄 아리사, 아리사의 어깨에 기댄 사야카. 그리고 백 점 만점짜리 자세를 유지하고 있는 타케시.

(인마!)

사야카 쪽으로 쓰러지지 않기 위해 커피 잔의 가장자리를 힘껏 움켜쥐며 버티는 타케시를 향해, 마사치카는 마음속으로 태클을 날렸다.

(아니, 올바르긴 해! 신사답다고 생각하거든?! 하지만 네가 그러면 나는 뭐가 되겠냐고!)

이래서야 마치…… 마사치카만이, 이 상황을 바란 것 같았다. 그런 생각을 하는 사이에 회전속도가 줄어들자, 아리사와 사야카는 균형을 잡으며 자세를 고쳤다.

【……변태.】

(아니야…….)

그리고, 아리사가 몸을 떼면서 러시아어로 그렇게 중얼거리자, 마사치카는 마음속으로 한탄의 목소리를 읊조렸다.

◇

그 후로도 놀이기구를 몇 개 더 타다 보니, 점심시간이 됐다.

손을 씻고 오겠다는 명목으로 화장실을 향한 마사치카와 히카루는, 타케시를 벽 쪽으로 몰아넣었다.

"너. 할 마음이 있긴 한 거냐?"

"……있습니다."

"목소리가 되게 작네."

평소의 활기찬 모습은 어디 간 건지, 고개를 푹 숙이고 있는 타케시를 본 마사치카가 한숨을 내쉬었다.

오전 내내, 타케시는 사야카와 제대로 된 대화를 나누지 못했다. 기회라면 몇 번이나 있었고, 사야카와 페어가 될 수 있도록 주위에서 신경 써주기도 했는데 말이다.

귀신의 집에서는 너무 벌벌 떤 바람에 사야카가 걱정해 줄 정도였으며, 제트코스터에 탔을 때는 하도 비명을 질러 대서 사야카를 질리게 했다. 기본적으로 걱정만 끼쳐댔다.

"내가 이런 말을 하는 것도 좀 그렇지만…… 레아 양처럼 밀어붙여 봐."

"아니, 남자와 여자는 경우가 다르잖아……?"

"뭐, 그건 그래."

레아는 보는 이가 감탄할 정도로 히카루에게 마구 대시하고 있었다. 귀신의 집에서도, 제트코스터를 탔을 때도 「무서우니까 손잡아주세요……」 하며 촉촉한 눈길로 올려다봤다. 연약한 여자라는 것을 어필하면서 은근슬쩍 신체 접촉을 노리는 것이다……. 하지만 이것은 기본적으로 여자가 남자에게 쓰는 방법이다. 그게 히카루에게 먹혔는지는 일단 제쳐두겠지만 말이다.

일반적으로 남자는 믿음직한 면을 보이거나, 혹은 함께 즐기면서 거리를 좁히는 편이 낫다. 하지만 현재 타케시는 어느 쪽도 해내지 못했다.

"이제 와서 든 생각인데 말이야. 너, 유원지를 그다지 좋아하지 않는 거 아냐?"

"……!"

놀이기구 자체를 즐기지 않는 듯한 타케시에게, 마사치카는 그런 태클을 날렸다. 그러자 타케시는 고개를 돌린 채 우물쭈물 대답했다.

"아니, 그게…… 다들, 고대하는 것 같았고…… 나도 너희와 함께라면 즐길 수 있을 것 같았거든."

"……즉, 애초부터 무서운 놀이기구 같은 건 전반적으로 별로인 거구나."

"타케시의 그런 면은 장점이라고 생각하긴 하는데……."

매사에 대충대충인 것 같지만 실은 우정이 깊고 배려심이 넘치는 타케시의 그런 일면에, 마사치카와 히카루는 난처한 표정을 지었다.

(하다못해, 조금만 더 버틸 수 있다면 좋을 텐데 말이지……. 버티고 또 버티다 마지막에 가서 항복해서 『어?! 실은 놀이기구 같은 걸 잘 못 탔어?!』 하면 호감도가 상승할 거잖아…….)

전혀 버티지를 못하고 걱정만 끼쳐선, 호감도가 전혀 상승하지 않을 것이다. 게다가 타케시 본인도 자신이 너무 한심해서 풀이 죽었다. 이래서야 좋은 모습을 보일 수 있을 리가 없다.

"……좋아! 불리한 곳에서 승부해봤자 소용없어! 조금이라도 유리한 곳에서 승부하자!"

그렇게 생각을 고친 마사치카가 작전을 하나 내놨다. 그리하여, 점심을 먹은 후에 향한 곳은 축구공으로 하는 과녁 맞히기 코너다.

"밥 먹고 바로 놀이기구를 타면 속에 안 좋을 테니까, 다 같이 이런 걸로 승부라도 하지 않겠어? 페어를 짜서, 누가 가장 적은 공으로 모든 과녁을 맞히는지로 말이야."

마사치카가 제안을 하자, 미리 말을 맞춰둔 이들이 고개를 끄덕였고, 사야카와 레아도 동의한다는 듯이 고개를 끄덕였다. 그리고 미리 말을 맞춰둔 대로 타케시와 사야카, 히카루와 레아가 페어를 이루게 됐다. 단…….

"아, 그럼 꼴찌가 저 자유낙하를 타는 걸로 안 할래요~?"

레아의 제안으로, 예정에 없던 벌칙 게임이 추가됐다.

(뭐, 조금은 궁지에 몰리는 편이 타케시도 힘을 내겠지.)

완전히 남 일이라 생각한 마사치카는 아리사 노노아 페어를 남겨두고 코너에서 나가려 했다. 하지만 펜스 밖으로 나가기 직전, 등 뒤에서 아리사의 목소리가 들려왔다.

"어? 마사치카는 안 해?"

"응? 나는 공에게 미움받고 있으니까 패스할래."
"그게 무슨 소리야?"
처음부터 참가할 생각이 아니었던 마사치카가 당연하다는 투로 그렇게 대답하자, 레아가 「에이~」 하고 말했다.
"쿠제 선배~, 벌칙 게임이 있다고 자기만 빠지는 건 좀 아니잖아요~."
"아니, 진짜로 그런 게 아닌데……."
"뭐, 그건 그러네~. 그럼~ 쿠젯찌는 우리 팀이야."
"뭐~."
노노아에게 어깨를 잡힌 마사치카는 어쩔 수 없이 과녁 맞히기 코너에 남았다. 그리고 내키지 않는 눈길로 쳐다보는 가운데, 1번부터 9번까지의 번호가 붙은 과녁 앞에 선 아리사가 도움닫기를 한 후에 공을 걷어찼다.
"오오."
그 아름다운 슛을 본 마사치카는 눈을 치켜떴다. 힘차게 허공을 가른 공은 포물선을 그리면서 한가운데에 있는 5번 과녁을 향해 날아가더니— 그대로 프레임에 부딪혀 튕겨 난 공은 천장에 부딪히며 또 튕겨나더니, 안면에 정통으로 명중했다. ……마사치카의 안면에 말이다.
"꾸엑."
코안에서 섬광이 터지더니, 참다못한 마사치카는 그 자리에서 몸을 웅크렸다.

"어라라."

"아, 미, 미안해! 마사치카, 괜찮아?!"

아리사가 걱정 섞인 목소리로 말을 건네자, 고통과 눈물을 참으며 몸을 일으킨 마사치카는 별일 아니라는 투로 그녀와 노노아에게 말했다.

"봤지?"

그런 마사치카의 코에서 코피가 줄줄 흘러나오자, 아리사와 노노아는 동시에 고개를 돌렸다.

◇

"정말, 미안해……."

"아냐. 뭐, 나는 원래부터 공에게 미움을 받았거든. 그러니 사과할 필요 없어……."

게임 시작과 동시에 부상으로 퇴장한 마사치카는, 과녁 맞히기 코너에서 조금 떨어진 곳에 있는 벤치에 아리사와 나란히 앉아서 코를 부여잡은 채 하늘을 올려다보고 있었다.

"아니, 그것도 그렇지만…… 저기, 웃어버려서……."

"……뭐, 신경 쓰지 마. 콧구멍 두 군데서 동시에 코피가 흘러나오면 나라도 웃었을 거야."

오히려, 웃음을 터뜨리지 않고 어깨만 부들부들 떤 아리사는 최선을 다했다고 생각한다. 하지만 가해자인 아리사는 그 정도로는 마음이 풀리지 않는 건지, 굳은 표정으로 잠시 침묵한 후에 마사치카의 팔을 톡톡 두드렸다.

“어?”

마사치카가 고개를 든 채 시선만 돌려서 쳐다보자, 아리사는 자신의 허벅지를 손으로 두드리며 말했다.

“자…… 이리 와. 내가 식혀줄게.”

“뭐?”

“아까 산 음료가 아직 차가우니까, 이걸로 식혀줄게.”

아리사는 가방에서 보리차 페트병을 꺼내더니, 또 자기 허벅지를 손으로 두드렸다. 그것이 의미하는 바를 눈치챈 마사치카는 표정을 굳혔다.

“으음, 그건…… 흔히 무릎베개, 라고 하는 그겁니까?”

“……일부러 입에 담게 하지 마.”

“아니, 이런 공공장소에서 그러는 건 저도 좀 부끄럽다고나 할까요.”

“이건 어디까지나 의료행위야.”

“의료행위라, 되게 편리한 말이네.”

“저, 정말, 잔말 말고, 빨리 누워.”

“으, 응?”

아리사가 억지로 잡아당기자, 허를 찔린 마사치카는 그대로 그녀의 다리 위에 쓰러졌다. 그 순간, 볼을 통해 부드러운 허벅지의 감촉과 온기를 느낀 마사치카는 한순간 머릿속이 정지됐다. 그 직후, 또 코피가 흘러나오는 느낌이 들었다.

(큰일 났다. 이 상황에서 코피를 흘렸다간 다른 의미로 받아들여질 수 있달까, 아랴의 옷을 더럽히고 말 거야.)

여러 의미에서 위기감을 느낀 마사치카는 하늘을 올려다보는 방향으로 몸을 비틀었다.

그러자 왼쪽 귀가 아리사의 하복부에 닿으면서, 시야의 왼쪽 절반이 커다란 산맥에 가려졌다.

(……와우.)

그 충격적인 광경을 접한 마사치카가 지성이 제로인 발언을 머릿속으로 토했을 때, 그 산맥 너머에서 당혹감과 수치심이 반씩 섞인 아리사의 목소리가 들려왔다.

"저기, 조금만 무릎 쪽으로 이동해줄래?"

"넵."

그 말에 따라 산기슭에서 벗어나자, 아리사는 수건으로 감싼 페트병을 마사치카의 얼굴에 댔다.

그 시원한 감촉이 생각했던 것보다 기분 좋았기에, 마사치카는 눈을 가늘게 떴다. 자기도 눈치 못 챘지만, 아무래도 공에 맞은 곳이 화끈거리고 있었던 것 같았다.

"……어때?"

"아, 응. 기분 좋아."

무의식적으로 그렇게 대답한 마사치카는 이 상황에서

「기분 좋아」 하고 말하는 것 또한 다른 의미로 받아들여질 수 있다는 사실을 퍼뜩 깨달았다.

(아, 뭐, 무릎베개가 기분 좋은 건 사실이거든? 하지만 방금 한 말은 그런 의미가 아니라…….)

머릿속으로 변명을 늘어놨지만, 실제로 입에 담았다간 긁어 부스럼만 될 것이기에 입 다물고 있을 수밖에 없었다. 그리고 뒤통수로 느껴지는 허벅지 감촉을 의식하지 않기 위해서 목 안쪽에서 역류하는 피를 삼키는 데 집중하고 있을 때, 아리사가 갑자기 다리를 꿈틀거리기 시작했다.

"저기, 부끄러우면—."

"아, 괜찮아……."

페트병에 의해 시선을 가려진 마사치카는 몰라도, 주위의 시선을 확연하게 인식할 수 있는 아리사로서는 매우 부끄러울 것이다. 그렇게 생각해서 말을 건넸지만, 그녀는 바로 부정했다. 그뿐만 아니라 마사치카가 몸을 일으키려 하자, 어깨를 누르며 저지했다. 결국 체념한 마사치카는 아리사에게 몸을 맡기고 있을 수밖에 없었다.

"……그러고 보니, 몸은 이제 괜찮아?"

잠시 침묵이 이어진 후, 마사치카는 방금 받은 질문의 의미를 몰라 마음속으로 고개를 갸웃거렸다.

"무슨 소리야?"

"그게…… 시험 전에, 어딘가 좀 안 좋아 보였거든."

"그래……."

반사적으로 그렇게 대답한 마사치카는 마음속으로 아차 싶었다. 숨기려고 했는데, 방금 대답은 자백이나 다름없었다.

"역시, 안 좋았던 거구나."

"아……. 뭐, 좀 안 좋긴 했어."

더 숨겨봤자 무의미하다는 것을 눈치챈 마사치카는 아리사의 말을 긍정했다.

사실 마사치카는 시험 직전에 몸 상태가 좋지 않았다.

그 원인은 바로…… 욕실에서 현기증이 난 유키를 병간호하는데 정신이 팔려서, 자기 몸을 제대로 닦지 않은 탓이라고 하는 차마 말 못 할 내용이었다. 그래도 열이 나지는 않고 두통만 조금 나는 정도였기에, 아무렇지 않은 척했던 것이다.

"두통이 좀 났을 뿐이야……. 용케 눈치챘네."

"어떻게 눈치 못 채겠어."

당연하다는 투로 그렇게 말한 아리사는 작은 목소리로 덧붙여 말했다.

【항상, 보고 있는걸.】

(크억.)

오랜만에 노출(러시아)애어가 밀착 상태에서 투하되자, 마사치카는 하마터면 코피를 뿜을 뻔했다. 허둥지둥 코피를 손으로 훔친 마사치카는 핏덩어리를 삼키면서 진지한 어조로 말했다.

"뭐, 좀 방심했었나 봐……. 지금은 완전히 나았으니까 걱정 안 해도 돼."

"그렇구나."

"하지만, 저기…… 미안해. 변명처럼 들리겠지만, 이번에도 전교 30등 안은 좀 어려울지도 몰라……."

"뭐, 괜찮아."

마사치카가 사과하자, 아리사는 투명한 목소리로 그렇게 대답하면서 그의 얼굴을 가볍게 쓰다듬었다.

"마사치카는…… 항상, 내 파트너로서 최선을 다해주는걸. 시험 성적 정도는 사소한 일이야."

"그, 래……?"

얼굴을 마주하고 있지 않아서일까. 왠지 아리사의 말이 평소보다 솔직하고 상냥하게 느껴지자, 마사치카는 약간 당황하면서도 마음이 편안해지는 느낌을 받았다.

"고마워, 아랴."

"……."

마사치카가 또 솔직하게 고맙다는 말을 한 후, 한동안 평온한 침묵이 흐르더니…….

"저기, 마사치카—."

아리사가 뭔가를 결심한 듯한 목소리로 입을 연 타이밍에, 노노아의 목소리가 들려왔다.

가끔씩 툭하고 러시아어로 부끄러워하는
옆자리의 아랴 양 7
©Sunsunsun, Momoco 2023 / KADOKAWA CORPORATION
[NOT FOR SALE]

NOVEL

"어라라. 쿠젯찌, 왜 그래?"

"""……!"""

그 목소리를 듣고 두 사람은 흠칫하더니, 마사치카는 재빨리 얼굴 위에서 페트병을 치우면서 부리나케 몸을 일으켰다. 그리고 반쯤 뜬 눈으로 자기를 쳐다보는 노노아, 그리고 멀찍이서 이쪽을 힐끔힐끔 쳐다보는 통행인들을 겸사겸사 쳐다보면서 그들에게 들리라는 듯이 설명했다.

"아, 공에 맞았던 부분을 찜질하고 있었을 뿐이야! 그렇지?"

마사치카가 아리사를 쳐다보며 동의를 구하자, 그녀는 또 흠칫하면서 허둥지둥 고개를 끄덕였다.

"그, 그래……. 저기, 나는 새 페트병을 사올게. 이건 미지근해졌으니까……."

"뭐? 아, 저기, 이제 안 식혀도 돼~."

마사치카가 그렇게 말했지만, 허둥지둥 몸을 일으킨 아리사는 서둘러 어딘가로 가버렸다. 그 뒷모습을 마사치카가 당황한 표정으로 지켜보고 있을 때, 「으음~」 하며 고개를 갸웃거린 노노아가 그를 돌아보며 말했다.

"혹시, 방해한 거야?"

"아, 딱히 그런 건 아닌데…… 과녁 맞히기는 끝났어?"

마사치카가 화제를 돌리자, 노노아는 나른한 표정을 지으면서 피스 사인을 날렸다.

"혼자서 아릿사 몫까지 차서, 열네 번 만에 클리어~."

"뭐, 그럼 적중률이 거의 7할인 거잖아? 진짜 대단하네."

"뭐~, 구기종목은 꽤 자신 있거든~."

담담한 목소리로 그렇게 말한 노노아는 아리사가 방금까지 앉아 있었던 자리에 털썩 앉았다.

"어? 다른 애들이 어쩌는지 안 봐도 돼?"

"아~. 지금은 히카룽과 레아 차례거든. 내가 있으면 사야찌는 나와 이야기 나눌 거잖아? 그러면 타케쉬~한테 방해되지 않겠어?"

노노아가 아무렇지 않은 투로 그렇게 말하자, 마사치카는 뜻밖이라는 듯이 미간을 찌푸렸다. 그리고 일단 주위를 둘러본 후, 어느 타이밍에 물어볼지 생각해왔던 질문을 입에 담았다.

"너는 그걸로 괜찮은 거야?"

"뭐가~?"

"만약 타케시와 사야카가 잘 되어서…… 두 사람이 연인 사이가 되더라도 괜찮은 거냐고."

마사치카가 그렇게 말했지만, 노노아의 표정에는 딱히 변화가 없었다. 하지만 마사치카는 노노아의 얼굴을 주시하며, 신중히 말을 이었다.

"솔직히 말해서…… 사야카에게 연인이 생기는 걸, 너는 바라지 않을 거라고 나는 생각했어."

“좀 더 솔직히 말하지 그래~? 방해할지도 모른다고 생각했다, 하고 말이지~.”

“……그래.”

마사치카는 그 말을 부정하지 않더니, 노노아의 얼굴을 지그시 응시했다. 그러자 노노아는 여전히 무표정한 얼굴로 가볍게 어깨를 으쓱했다.

“딱히 방해할 생각은 없어. 사야찌가 행복해진다면, 그걸로 괜찮지 않을까?”

“그래?”

“응. 사야찌가 행복하면, 아마 나도 행복할 것 같거든.”

헌신적이라고도 할 수 있는 그 말을 들은 순간, 마사치카는 말문이 막혔다. 정색을 하며 눈을 치켜뜬 마사치카를 곁눈질하면서, 노노아는 작게 웃었다.

“그렇게~ 노골적인 반응 보여야겠어~?”

“……아, 미안해. 설마 네가 그런 기특한 소리를 할 거라고는 생각도 못 했거든.”

“아하하. 쿠제찌는 참 솔직하네~.”

“기분을 상하게 했다면 사과할게.”

“내 기분이 안 상할 걸 알면서 그런 소리 한 거잖아~.”

노노아는 말끝에 일부러 불만스러운 뉘앙스를 섞으면서 허공을 쳐다봤다. 그리고, 허공을 응시하면서 갑자기 뜬금없는 이야기를 시작했다.

“글라스 하프? 유리잔에 물을 넣고, 소리를 내는 악기 있잖아?”

“뭐? 그래.”

“그건 말이지~. 같은 형태의 유리잔에 같은 양의 물을 넣으면 공명해~.”

“……무슨 소리가 하고 싶은 거야?”

너무 뜬금없는 말이라서 그 안에 담긴 의도를 파악 못 한 마사치카는 고개를 갸웃거렸다. 그런 마사치카를 쳐다보지도 않으며, 노노아는 담담한 어조로 말을 이었다.

“내 잔은 말이야. 무지무지 두껍고, 엄청 괴상한 형태를 하고 있을 거야.”

“아!”

그제야 노노아가 하고 싶은 말이 뭔지 눈치챈 마사치카는 눈을 치켜떴다.

“주위의 잔이 제아무리 떨리더라도, 내 잔은 꿈쩍도 안 해. 이래 봬도 여러모로 시도를 해보긴 했거든? 그래도 틀렸어……. 아무리 잔에 충격을 가해도…… 눈앞에서 다른 잔이 깨져도, 내 수면은 물결치지 않았어. 사얏찌에게 따귀를 맞을 때까진 말이지.”

당시의 일을 떠올린 건지, 노노아는 희미한 미소를 머금었다. 그리고, 놀라울 만큼 상냥한 목소리로 말했다.

“사얏찌는, 내 수면을 흔들 수 있는 사람이야. 괴상하게 생긴 내 잔도, 사야찌의 잔과는 아주 약간 공명할 수 있어. 그러니까…… 사야찌가 행복해지면, 나도 행복해질 수 있을 거야. 틀림없어."

그것은 일종의 고백 같았다. 더럽힐 수 없는 신성함마저 감도는 노노아의 그 말을 들으며, 마사치카는 숨을 삼켰다.

하지만…… 그런 와중에도, 마사치카는 절친의 사랑을 응원하는 자로서 한 걸음 내디뎠다.

"그걸 위해서라면, 사야카에게…… 너보다 더 소중한 사람이 생겨서, 너와 함께 지내는 시간이 줄어도 괜찮다는 거야?"

"으응~? 글쎄……."

마사치카가 무례하다고도 할 수 있는 질문을 던지자, 노노아는 시선을 이리저리 돌리며 생각에 잠긴 듯한 반응을 보였다. 그리고 잠시 침묵이 이어진 후, 노노아는 작게 웃었다.

"그때는…… 나도, 쓸쓸함을 이해할 수 있을지도 몰라."

마치 즐거워 보이기까지 하는 모습이었다. 그런, 그녀의 얼굴에서…… 마사치카는, 남들처럼 기뻐하거나 슬퍼할 수 없는 노노아의 고뇌를 찾아볼 수 있었다.

그것은 단순한 착각일지도 모른다. 이 소녀에게도 그런 인간다움이 있었으면 좋겠다는 마사치카의 소망이 그렇게 보이도록 해준 것일지도 모른다. 하지만…….

"……."

마사치카는 발치의 지면을 쳐다보며 머리를 긁적였다. 그러면서 잠시 망설인 후, 마사치카는 노노아를 쳐다보지도 않으며 말했다.

"……뭐, 이야기 정도라면 들어주겠어."

퉁명한 목소리로 그렇게 말하고 몇 초 기다려봤지만, 노노아는 대답하지 않았다. 옆을 힐끔 쳐다본 마사치카는 뜻밖이라는 듯이 눈을 치켜뜬 노노아와 시선이 마주치자, 고개를 반대쪽으로 돌렸다.

"너를 내버려뒀다가…… 타케시한테 트라우마가 생기기라도 하면 곤란하거든."

자기가 생각하기에도 참 어설픈 변명이라고 생각하면서, 반대편을 쳐다본 순간…… 갑자기, 옆에서 기척이 느껴졌다. 그 직후에 누군가가 자신의 팔을 끌어안았기에, 마사치카는 화들짝 놀라며 그쪽을 쳐다봤다. 그러자 숨결이 닿을 만큼 밀착된 거리에서 즐거운 표정을 짓고 있는 노노아와 눈이 마주쳤기에, 마사치카는 또 화들짝 놀랐다. 반사적으로 몸을 젖혔지만, 팔을 꽉 잡힌 탓에 그다지 의미가 없었다.

눈앞에는 연예계에서도 흔히 볼 수 없는 수준의 미소녀가 있었다. 오른팔은 그 미소녀에게 꽉 잡혀 있었으며, 팔뚝에서는 그 미소녀의 가슴 감촉마저 확연하게 느껴졌다. 그런데도…… 마사치카의 심장이 뛰게 만든 것은 청소년의 건전한 충동이 아니라, 생물로서의 순수한 위기감이었다.
(뭐, 뭐야? 큰일 났다, 잡아먹히겠어?!)
끝내주는 미소녀에게 팔을 잡혔는데도 불구하고, 심정적으로는 맹수에게 깔린 소시민이었다. 몸이 달아오르기는커녕, 차갑게 식었다. 그런 와중에 등은 식은땀에 축축하게 젖었다.
"좋아……. 응, 정말 좋네."
전율하는 마사치카의 앞에서, 눈동자가 찬란히 빛나는 노노아가 혀로 입술을 핥았다. 그 모습은 육식 짐승이 군침을 삼키는 것처럼만 보였기에, 마사치카는 더욱 위기감에 사로잡혔다. 하지만 그 타이밍에 노노아가 얼굴을 더욱 내밀더니, 약간 달아오른 목소리로 마사치카에게 속삭였다.
"저기, 쿠젯찌. 시험 삼아 나를 때려보지 않을래? 어쩌면, 내 수면이 흔들릴지도 몰라."
"어째서?!"
느닷없이 애브노멀한 요구를 받은 마사치카가 반쯤 비명에 가까운 목소리를 냈다. 그리고, 곧 그 의도를 이해한 그는 전율했다.
"잠깐만 있어 봐. 좀 봐달라고. 나는 네 집착을 받아줄 자신이 없어."
"괜찮겠어? 안 때리면 이대로 확 키스해버릴 거야."
"잠깐, 인마, 진짜로 그만해!"

마사치카는 다급히 왼손으로 입가를 가렸지만, 노노아는 여전히 요염한 미소를 머금고 있었다. 그것을 본 마사치카가 강렬한 위기감에 휩싸였을 때—.

"뭐, 하는 거야?"

아리사의 목소리가 들려오자, 오그라들어 있던 심장이 펄쩍 뛰었다. 고개를 돌려보니, 주스가 든 페트병을 손에 쥔 아리사가 망연자실한 표정으로 쳐다보고 있었다. 도저히 변명할 수 없는 상황이기에, 마사치카도 말문이 막히고 말았다. 하지만 노노아는 개의치 않는 투로 아리사에게 대답했다.

"응? 지금 쿠젯찌를 꼬시는 중이야."

"꼬, 꼬셔……?!"

"문제 될 건 없잖아? 쿠젯찌는 솔로인걸."

"……."

아리사는 무슨 말을 하려다 입을 다물었다. 목에 말이 걸린 것처럼 아리사가 표정을 굳히자, 마사치카는 약간 냉정함을 되찾았다.

(아냐……. 무심코 당황했지만, 생각해보면 내가 딱 잘라 거절하면 되는 일 아냐?)

머릿속에서 이제까지 접한 수많은 러브 코미디 작품의 수라장 장면이 떠올랐다. 그런 장면에서 주인공이 우물쭈물하면, 여자애들은 언짢아했다.

(그래……. 이럴 때 수라장이 펼쳐지는 건, 남자가 미적지근한 태도를 보여서야. 남자가 딱 잘라 NO라고 하면, 마무리될 이야기라고.)

그렇게 생각한 마사치카는 가볍게 숨을 들이마신 후, 노노아를 향해 고개를 돌렸다.

"노노아."

"응?"

"미안하지만, 내가 너를 연애 대상으로 보는 건 무리야. 솔직하게 말하겠는데, 나는 너한테서 이성으로서의 매력을 전혀 느끼지 못해."

"그렇구나. 하지만 그건 내가 쿠젯찌를 꼬시지 않을 이유가 못 돼."

"그래. 이유가 못 되는구나."

수라장이 끝나기는커녕, 속행됐다.

(얘, 진짜 강하네……. 대체 뭐가 어떻게 된 거야. 완전 무적이잖아.)

진심으로 어떠면 좋을지 생각해본 마사치카는 일단 생각나는 대로 입 밖으로 말을 토해냈다.

"노노아, 일단 진정해. 이번 목적은 타케시와 사야카, 그리고 히카루와 레아 양이 가까워지게 해주는 거잖아? 우리가 이러고 있으면, 걔들도 난처할 거야. 특히 사야카와 레아 양이 말이지."

사야카의 이름을 언급하면 멈출지도 모른다는 생각에서 비롯된 어설픈 설득이지만, 의외로 노노아는 움직임을 멈췄다. 그리고 천천히 눈을 깜빡이더니, 허공을 향해 시선을 돌렸다.

"맞, 아……. 약속했는걸."

그리고 혼잣말을 하듯 그렇게 중얼거리더니, 마사치카의 팔을 놔줬다. 그 타이밍을 놓치지 않고 몸을 일으킨 마사치카는 아리사를 향해 걸어갔다.

"일부러 사와줬구나. 하지만 코피는 이미 멎었어……."

"아, 응……."

"그래도 고마워. 얼마야?"

"아, 그건 괜찮은데……."

"아냐. 이런 건 의외로 중요하잖아."

"따지자면 내가 찬 공에 맞아서 그렇게 된 거니까……."

"그건 아까 무릎베개를 해준 걸로 충분해."

마사치카가 그렇게 말하자, 아리사는 미간을 살짝 찌푸리며 토라진 듯한 표정을 지었다. 그 얼굴을 보고 말실수를 했다는 것을 눈치챈 마사치카는 말문이 막혔다.

"정말, 바보."

흥 하며 코웃음을 친 아리사는 페트병을 마사치카에게 떠넘긴 후에 돌아섰다.

"……자, 다른 애들과 합류하자."

"아, 응. 그래."

"오케이~."

아리사가 그렇게 말한 후, 세 사람은 미묘하게 거북한 분위기에 휩싸인 채 다른 네 사람이 있는 과녁 맞히기 코너 쪽으로 걸어갔다. 그러자…….

"히카루 씨, 대단해요~. 축구도 참 잘하시네요~."

"아하하, 고마워……."

"미안해, 사야카 양. 나, 오늘 컨디션이 안 좋나 봐……."

"저도 전혀 못 맞혔으니까, 사과할 필요 없어요."

그러자 히카루의 팔을 잡아끄는 레아와, 고개를 푹 숙이며 사야카에게 사과하는 타케시의 모습이 보였다. 그 모습을 본 마사치카는 마음속으로 목청껏 외쳤다.

(진 거냐고!!)

그리하여, 패배한 타케시와 사야카는 자유낙하 벌칙을 받으러 갔고— 타케시는 사망했다.

◇

"정말…… 이렇게 될 것 같았으면, 아무리 벌칙 게임이라도 사양하지 그랬어요."

벤치에 털썩 주저앉아서 고개를 푹 숙인 타케시에게, 사야카가 어처구니없다는 투로 말했다.

자유낙하 놀이기구를 타고 완전히 혼이 빠져나간 타케시가 부활하기를 기다리는 동안, 다른 이들은 근처에 있는 관람차를 탔다. 타케시와 함께 이 자리에 남은 사야카는 아까부터 생각해왔던 말을 이참에 하기로 했다.

"애초에…… 무서운 놀이기구를 좋아하지 않는다면, 미리 말을 하지 그랬어요. 유원지 말고도 놀러 갈 곳이라면 얼마든지 있으니까요."

"아니, 다들 반기는 것 같았고…… 나도 고등학생이 됐으니까 탈 수 있을 거라고 생각했는데……."

타케시가 고개를 겨우 들면서 힘없이 웃자, 사야카는 한숨을 내쉬었다.

"정말, 항상 주위 사람을 우선하는 건가요……. 손해 보는 성격이군요."

"……그건, 사야카 양도 마찬가지 아니에요?"

"네?"

뜻밖의 대답을 들은 사야카가 미간을 살짝 찌푸렸다. 그러자 천천히 몸을 일으킨 타케시가 사야카를 똑바로 쳐다보며 말했다.

"사야카 양은 항상 주위 사람을 이끄는 걸 우선하며…… 자신의 감정을 드러내지 않으니까."

사야카는 그 뜻밖의 말을 듣고 눈을 치켜떴다.

그런 사야카는 타케시의 시선에서 눈을 돌리며 안경을

고쳐 쓰더니, 앞을 바라보며 말했다.

"……그편이 사람들을 이끄는 데 편리하기 때문이에요. 사심으로 주위 사람을 조종하려 하는 이를 사람들은 신용하지 않으니까요."

사야카에게 있어, 남을 움직이게 하는 것은 합리와 이익이다. 합리와 이익, 이 두 가지를 추구하기에, 사야카는 집단 안에서 리더십을 발휘해왔다.

감정이라고 하는, 합리와 상반되는 것은 필요 없다. 고려는 하지만, 중시하지는 않는다. 남들이 차갑다고 말할지라도, 사야카는 그 스타일을 바꿀 생각이 없었다.

(뭐, 그 바람에 마음으로 사람을 움직이는 아리사 양에게 졌죠……. 저란 애는 참 삼류 악역이군요.)

마음속으로 그렇게 자조한 사야카는 비아냥거리는 듯한 웃음을 흘렸다. 그런 그녀의 귀에, 생각도 못한 말이 전해졌다.

"대단해……."

진심에서 우러난 그 말을 들은 사야카가 미간을 좁히며 고개를 돌려보자, 타케시가 허둥지둥 변명했다.

"아니, 저기……! 그런 식으로 자기 자신을 철저하게 억누르며, 주위의 조화를 소중히 하는 건…… 웬만해선 할 수 없는 거라고 생각함다. 그래서, 저기, 대단하다고나 할까……. 사야카 양이, 참 상냥하다는, 생각이 들어서……."

"……."

타케시가 부끄러운 듯이 볼을 긁적이면서 한 말에, 사야카는 눈을 치켜떴다. 그리고 타케시를 뚫어지게 쳐다보자, 그는 부끄러움을 못 참겠다는 듯이 고개를 앞쪽으로 돌렸다. 덩달아 앞쪽으로 고개를 돌린 사야카는 타케시가 한 말을 되짚어본 후에 입을 열었다.

"……그런 말은, 처음 들었어요."

생각해보니 주위 사람은 자신의 성격을 「차갑다」 혹은 「재미없다」는 식으로만 평가했다. 능력을 칭찬받은 적은 있지만, 성격을 칭찬받은 적은 거의 없었다.

그래서 사야카로서는 타케시의 말이 신선하게 느껴졌고, 정신이 번쩍 드는 듯한 충격을 받았다. 바로 그때, 타케시가 머뭇머뭇 말을 이었다.

"문화제에서 한 메이드 카페도 사야카 양은 내키지 않는 기획일 텐데, 싫은 기색 전혀 보이지 않으며 열심히 했잖아요……. 정말 대단해……."

"……."

타케시가 그렇게 말하자, 사야카는 말없이 안경을 고쳐 썼다. 왜냐하면, 마음속으로는 즐거워했다. 실은 메이드장을 엄청나게 즐겼다. 싫은 기색? 낼 리가 없다. 오타쿠니까 말이다.

그런 사야카의 마음을 눈치채지 못한 타케시는 마른침을

삼킨 후에 말했다.

"하지만, 우리는 저기, 친구니까…… 이 멤버로 모였을 때는 자신의 감정을 드러내도 된달까, 고집? 을 부려도 된다고 생각해요……."

"고집, 인가요……."

"그, 그래요. 사야카 양이 하고 싶은 게 있다면, 적극적으로 어필해도 된다고나 할까, 뭐, 여기에는 나뿐이고? 사야카 양이 하고 싶은 게 있다면 얼마든지 어울려줄 수 있달까."

타케시가 약간 장난스러운 투로 그런 말을 늘어놓자, 사야카는 작게 웃었다. 그리고 평소와 다르게 미소를 머금은 채, 벤치에서 몸을 일으키며 타케시에게 말했다.

"그럼 어울려주겠어요? 모처럼 이런 곳에 왔으니까요."

"아, 조, 좋습다! 맡겨만 달라고요~."

사야카의 미소를 보고 몇 초 동안 굳어 있던 타케시가 벤치에서 몸을 일으켰다. 그런 두 사람은 평소보다 좀 더 가까워진 분위기 속에서, 나란히 걷기 시작했다.

◇

"어라? 저쪽에서 단둘이 걷는 사람…… 타케시와 사야카 아냐?"

관람차의 창문을 통해 아래를 내려다보던 마사치카가 그렇게 말했다. 마사치카의 맞은편에 앉아 있던 아리사가 그 말을 듣고 아래편을 쳐다보니, 타케시와 사야카처럼 보이는 사람이 함께 어딘가로 걸어가고 있었다.

"흐음, 걱정하긴 했는데…… 의외로 잘 풀렸나 보네."

"……."

약간 뜻밖이지만 안심이 된 듯한 투로 그렇게 말하는 마사치카를 아리사는 지그시 응시했다. 그런 그녀의 머릿속에 떠오른 것은 히카루에게 대시하는 레아, 그리고 아까 마사치카의 팔을 끌어안고 있던 노노아의 모습이었다.

(연애라는 건 그렇게 좋은 걸까.)

무시하는 것도, 어처구니없어하는 것도 아니라, 순수한 마음으로 그렇게 생각했다.

지금까지도, 연애를 하는 사람이 주위에 없었던 것은 아니다. 토우야와 치사키는 말할 필요도 없다. 추렁제 전후에는 아리사도 알 수 있을 만큼 학교 안이 연애 무드였으며, 몇 년 전에 헤어진 상대를 아직도 마음에 품고 있는 언니도 곁에 있다.

그런데도 아리사는 연애에 흥미를 느끼지 않았다. 하지만, 이렇게 친구들까지 연애에 열을 올리는 모습을 보니…… 왠지 자기만 홀로 남겨진 듯한 느낌이 들었다.

(무슨 생각을 하는 거야……. 나는 나, 남은 남이잖아?

연애 같은 건 초조한 마음에 하는 게 아냐.)

애초에 아리사는 이제까지, 연애 자체를 하려고 생각해본 적이 없었다.

자기가 남에게 마음을 빼앗기는 일이 있을 것 같지 않았고, 연인을 만들고 싶다고 생각해본 적도 없는 것이다.

(하지만…….)

쭉 혼자라도 괜찮다고 여겨왔던 자신이, 지금은 이렇게 친구들과 함께 놀러왔다. 그리고, 그것을 즐겁게 느끼고 있다. 그렇다면…… 연애라는 것도, 아리사의 생각 이상으로 멋진 것일지도 모른다.

(나도…… 사랑, 이라는 것을 알게 되는 날이 올까.)

가능하다면, 알고 싶다. 그것이 얼마나, 멋진 것인지를…….

이런 식으로 생각하게 된 것은 분명…… 노노아에게 대시를 받는, 마사치카의 모습을 봤기 때문이리라.

타케시와 사야카, 히카루와 레아, 마사치카와 노노아. 이들이 사귀게 된다면 아리사만 홀로 남게 된다. 그렇게 생각하니, 말로 형용할 수 없는 초조함이 몰려들었다.

(마사치카는, 노노아 양에게 딱 잘라 거절하긴 했지만…….)

하지만 그것은…… 마사치카에게도, 진심으로 연모하는 상대가 있기 때문이다.

그 사실을, 아리사는 추령제에서 마사치카가 연주하는 피아노를 듣고 깨달았다.

(아—.)

불현듯, 친구들을 내려다보는 마사치카의 얼굴에 그때 봤던 마사치카의 표정이 포개졌다.

상냥하고, 슬픈…… 가슴이 옥죄어들게 만드는 그 표정을 보자, 아리사는 무심코 몸을 내밀었고—.

"어이, 쿠?!"

"아!"

관람차가 흔들리자, 아리사는 정신이 번쩍 들었다. 그리고, 내밀려던 몸을 다시 의자에 앉혔다.

"갑자기 움직이지 마……. 깜짝 놀랐잖아."

마사치카가 난처한 듯이 헛웃음을 흘리며 그렇게 말하자, 아리사는 곧 평소처럼 심술궂은 미소를 머금었다.

"……어머, 겨우 이 정도로 놀란 거야? 에잇."

"우왓."

체중을 뒤편으로 실으면서 관람차를 흔들자, 마사치카는 두 팔과 두 다리를 뻗어서 균형을 잡았다. 그 모습이 우스운지, 아리사는 또 관람차를 흔들었다.

"그만, 위험하다고!"

"후훗, 아하하."

그 후로 관람차가 지상에 도착할 때까지, 어린애 같은…… 왠지 무리하는 듯한, 그런 아리사의 장난은 계속됐다.

◇

"자, 그 두 사람은 어디로 갔으려나……."

"스마트폰에 연락은 와 있지 않네."

"나도~."

"그럼 그렇게 멀리 가지는 않았을 것 같은데……."

관람차에서 내린 다섯 사람은 어딘가로 가버린 타케시와 사야카를 찾기 위해 유원지 안을 돌아다녔다. 어쩌면 단둘이 좋은 분위기일 수도 있기에 전화는 걸지 않고, 걸어 다니며 두 사람을 찾았다. 그리고, 마사치카가 관람차 안에서 본 두 사람이 이동 방향으로 몇 분 정도 걸어가자…….

"아, 저기 있어."

두 사람을 발견한 건…… 푸드코트 한편에 줄지어 놓여 있는 캡슐 토이 코너였다.

"다음은 핑크……? 아냐, 이건 녹색…… 으음~. 앞으로 두 번, 아니, 세 번……."

캡슐 토이의 옆면에 찰싹 붙은 사야카가 안을 들여다보면서 혼잣말을 중얼거리고 있었다. 그녀의 발치에는 대량의 캡슐이 들어 있는 바구니가 있었다. 완전히 오타쿠 모드인 사야카를 본 아리사와 히카루는 얼이 나갔다. 마사치카 또한 잠시 의식을 잃었다.

(……아니!)

하지만 곧 정신을 차리더니, 허둥지둥 타케시를 향해 뛰어갔다.

“타, 타케시. 이게 대체…….”

좋아하는 사람의 숨겨진 일면을 보고 만 절친에게 다가간 마사치카는, 무슨 말을 하면 좋을지 고민하며 그의 얼굴을 들여다봤고—.

“아. 저기 좀 봐, 마사치카……. 사야카 양, 참 즐거워 보여.”

“……너는 진짜 대단한 녀석이야.”

타케시가 투명한 미소를 지으며 사야카를 응시하자, 마사치카는 진심으로 경의를 표하며 그의 어깨에 손을 얹었다.

제 5 화 캐릭터 만들 거면 수치심을 버리자고

"그럼 앙케트로 교내에서 모은 의견을 참고해 운동회 종목을 선정……하기 전에, 보고할 게 있어."

중간고사 이후의 첫 학생회 회의에서, 토우야가 그렇게 말하며 치사키를 힐끔 쳐다봤다.

"추령제에서의 일로 공석이 된 선도위원장 자리에…… 치사키가 취임하게 됐어. 다음 조례 때 정식으로 발표될 예정이지."

토우야가 그렇게 말하자, 미리 들은 듯한 마리야를 제외한 네 사람은 눈을 치켜떴다. 그 와중에 유키가 오른손을 들어 보이며 물었다.

"그것은 사라시나 선배가 학생회 부회장과 선도위원장을 겸임한다……는 건가요?"

"그렇게 되는 거야. 꽤 이례적인 일이지만, 다른 적임자가 없으니 어쩔 수 없어."

토우야는 진심으로「어쩔 수 없다」는 듯이 어깨를 으쓱…… 아니, 어깨가 축 늘어졌다. 마사치카도 놀라기는 했지만, 냉정하게 생각해보니 납득이 안 되는 건 아니었다.

문화제에서 일어난 소동을 솔선해서 진압한 선도위원회는 현재 학생 사이에서 영웅 취급을 받고 있었다. 그들의 선두에 섰던 스미레는 원래부터 인기가 있었기에 완전히 구세주로 여겨지고 있다. 그녀가 선도위원장이 된다면, 학교의 질서와 평화는 지켜질 거라고, 많은 학생이 생각하고 있으리라.

하지만, 그 소동의 주범은 다름 아닌 스미레의 친척인 유쇼였다. 실제로 그 점을 문제시하는 학생은 매우 적지만, 스미레 본인은 그 점을 이유로 선도위원장 취임을 사양하고 있다. 그런 한편으로, 스미레를 제쳐두고 선도위원장에 취임해서 납득이 될 만한 인물도 없었다. 딱 한 사람을 제외하고 말이다.

(그래……. 학생회 부회장이라서 후보에서 제외했지만, 사라시나 선배라면 다들 납득할 거야.)

치사키 본인이 그 소동에서 크게 활약하기도 했지만, 선도위원회를 지금의 무투파 집단으로 만든 이는 바로 그녀다. 원래라면 중등부 시절처럼 고등부 2학년에 선도위원장이 됐겠지만, 치사키는 토우야의 권유로 학생회에 들어갔다. 그리고 그녀의 뜻을 이어받은 이가 스미레다. 그러니 치사키가 선도위원장이 되면서, 원래의 선도위원회로 되돌아갔다고 볼 수도 있을 것이다.

"그렇다면…… 으음, 축하드립니다? 라고, 말하면 될까요?"

마사치카는 박수를 칠지 말지 망설이면서, 치사키와 토우야를 번갈아 쳐다봤다. 그러자 치사키 또한 어떤 반응을 보이면 좋을지 모르겠다는 듯한 미소를 지으며 고개를 갸웃거렸다.

"으음~~. 글쎄? 뭐, 실제로 나는 명예 고문? 같은 느낌이고, 실무는 스미레에게 맡기게 되겠지만…… 그래도, 학생회에 오는 빈도가 좀 줄어들지도 몰라."

"아, 그래서 회장님이 복잡한 표정을……."

"아하. 맞아. 정말 귀엽다니깐."

치사키는 씨익 웃으면서 기운이 없어 보이는 토우야의 어깨를 주먹으로 꾹꾹 눌렀다. 그러자 토우야의 교복이 부직부직하며 비명을 질렀다.

"으윽, 아무튼 그렇게 됐어……. 그럼 이제 종목을 정해볼까."

소용돌이를 그리듯 구겨진 교복을 다시 편 토우야가 그렇게 말하자, 학생회 임원들은 눈앞에 있는 자료를 쳐다봤다. 거기에는 교내 앙케트로 받은 운동회 종목명과 개요가 실려 있었다.

"100미터 달리기와 400미터 릴레이처럼, 매년 포함되는 정석적인 경기는 화이트보드에 적어뒀어. 그것들과 겹치지 않으면서 약간 독특한 경기가 있으면 좋겠는데……."

"약간 수준을 벗어나는 종목이 눈길을 끄네요."

마사치카가 태클을 날리자, 다들 일제히 쓴웃음을 머금었다. 그리고 장난삼아 넣은 듯한 경기를 언급하기 시작했다.

"이 『폭포 수행』은 뭐야. 대체 어디서 폭포를 가져올 건데?!"

"『검무』는 문화제의 영향이겠지?"

"『빙수 빨리 먹기 경쟁』은 뭘까……?"

"『물구나무 20미터 달리기』…… 골인할 수 있는 사람이 있긴 할까요……?"

"이 『스모』 같은 경기가 차라리 괜찮아 보이는군요……."

"뭐, 그런 건 그나마 낫지만……."

다들 시끄럽게 떠들어대는 가운데, 토우야가 당혹스러운 표정을 지으며 말했다.

"이 『대련』이나 『백병전』처럼, 경기라기보다 훈련에 가까운 후보는…… 역시……."

토우야가 언급한 것 말고도 「군대냐」 싶은 종목이 꽤 있었기에, 다른 이들도 미묘한 표정을 지었다. 이런 종목이 나온 이유도, 짐작이 되기는 했다.

실은 추령제 이후로 학생들이 무술에 관심을 가지게 됐다. 특히 눈에 띄는 활약을 보였던 검도부에는 2학기인데도 불구하고 입부 희망자가 쇄도해서 난리라고 한다. 그만큼 그 소동은 여러 의미에서 큰 영향을 끼친 것이다.

즐거운 문화제에서 벌어진 폭력 사건. 섬세한 학생이라

면 트라우마로 남을 수도 있는 그 사건에서, 같은 학생이면서도 용감히 침입자 제압에 나선 선도위원의 모습은 많은 학생에게 강렬한 인상을 남겼다. 자신의 무력함을 실감한 학생일수록 그 충격은 컸고, 현재 세이레이 학원에서는 공전절후의 호신술 붐이 일어난 것이다.

"이것도, 그 영향인가……. 으음~. 뭐, 정신적으로 충격을 받아서 학교생활에 지장이 있는 것보다는 훨씬 건전하겠지."

토우야가 그렇게 말하며 고개를 약간 갸웃거리자, 치사키는 어깨를 으쓱하며 덧붙여 말했다.

"뭐, 운동 자체는 보건 선생님과 상담사 선생님도 권하고 있잖아. 그 덕분인지, 육체적으로나 정신적으로 문제가 생겼다며 호소하는 학생은 없어졌나 봐."

"그래. 그건 다행인걸……. 뭐, 건전한 정신은 건전한 육체에 깃든다니까 말이지."

"맞아."

치사키는 만족한 듯이 고개를 끄덕였다. 마사치카는 그 모습을 곁눈질하면서 작게 중얼거렸다.

"불안을 호소하던 섬세하고 가녀린 여친이, 여자 검도부에 들어가서 멘탈 전투민족이 되어버렸다는 남자들의 한탄은 들리지만 말이에요."

"여친의 새로운 일면을 발견해서 다행 아냐……?"

“원래 있던 일면이 사라진 게 문제 아니려나요.”

치사키가 시선을 피하자, 마사치카는 도끼눈으로 그녀를 쳐다봤다. 실제로 「원래는 꽃을 아끼는 상냥한 애였어. 장미의 가시를 보고 『약해빠졌군……. 그 정도로 자기 몸을 지킬 수 있을 것 같으냐? 가소롭구나』 같은 말을 하는 애가 아니었다고」라는 안타까운 말을 실제로 들었던 사람으로서는, 어째서 그렇게 된 건지 물어보고 싶은 지경이었다.

“아니, 나는 부장이 아닌데…… 부원의 지도는 스미레가 하고 있거든? 나한테 그런 걸 묻지 마…….”

“스미레 선배를 그렇게 만든 건 사라시나 선배잖아요? 알고 있거든요? 이 학교에 갓 입학했던 시절의 스미레 선배는 폭력과 거리가 먼 전형적인 상류층 아가씨였다는걸요.”

“아, 아하하~. ……뭐, 맞아.”

자각은 하고 있는 건지, 치사키는 거북하다는 듯이 고개를 돌리더니…… 자료를 쳐다보면서, 티 나게 화제 전환을 시작했다.

“아, 『강철 꿰매기 수행』도 있네. 반가워라~.”

“어? 그게 뭐야?”

“아, 그건 『종말의 패도전』이라는 유명한 만화에 나오는 수행법인데…….”

“만화? 흐음~. 그렇구나.”

마사치카가 답해주자, 마리야는 별생각 없이 고개를 들었고…… 그와 시선이 마주치자, 허둥지둥 자료를 향해 눈길을 놀렸다. 그런 반응을 보자, 마사치카도 당황스러워졌다.

(젠장, 의식하지 않으려고 했는데…….)

마음이 술렁이는 것을 느낀 마사치카도 다시 자료를 향해 시선을 돌렸다. 그런 두 사람의 반응을 전혀 눈치채지 못한 듯한 치사키가 맞은편에서 진지한 목소리로 말했다.

"이야, 진짜로 반갑네. 나도 해보려고 했거든."

"어, 정말요?"

화제를 돌릴 기회라고 생각한 마사치카가 그렇게 말하자, 치사키는 웃으며 고개를 끄덕였다.

"응, 정말이야. 프라이팬과 바느질 세트를 가지고 말이지~."

그렇게 말한 치사키는 머리 위에 물음표가 떠 있는 듯한 마리야를 보더니, 설명을 해줬다.

"이『강철 꿰매기 수행』이라는 건 말이야. 그 만화의 주인공이 힘의 흐름을 보려고 했던 수행법인데……『세상 만물에는 기의 흐름이 있다. 그것을 간파해서 올바른 장소에 올바른 방향으로 힘을 가한다면, 그 이상의 힘은 필요 없다. 강철판을 바늘로 꿰매는 것조차 손쉽다』라고 하는……."

"유행했었죠~. 저도 연재분을 보던 세대는 아니지만요. 그 스승의 갑옷에 호랑이 자수를 넣는 걸 보고, 정말 멋지다고 생각했던 게 기억나요."

"나도 그런 생각을 했어. 내가 그걸 읽은 건, 한창 자기 자신을 바꾸려고 하던 시기여서…… 완전 영향을 받았다고."

"아, 마개조…… 수행? 하던 시기에 본 거군요."

"맞아. 마침 그건 덩치가 왜소하고 근력이 약한 주인공이 강해지기 위한 전투법이었잖아? 힘이 약했던 당시의 나에게 딱 맞는 것 같아서…… 그 후로 기의 흐름을 볼 수 있게 되려고, 프라이팬을 뚫어지게 쳐다보며 살았다니깐."

"그렇게 오랫동안 한 거예요?"

"중학생 때까지 했어."

"예상보다 훨씬 오래 했네요?!"

"응. 그리고 중학교에 들어간 나는 충격적인 사실을 알게 됐어……. 무기물에는 기의 흐름 같은 건 존재하지 않고, 인간의 눈으로 그걸 보는 건 불가능하다는 거야."

"아니, 그것도 모르면서 용케 세이레이 학원에 입학했네요."

"나는 그 사실을 알고 충격을 받았어……. 『그럼 지금 내 눈에 보이는 **이것**은 대체 뭔데!』 싶었거든."

"보였던 거예요?!"

"설마 사라시나 선배가 기동투법(氣洞鬪法)을 터득했을 줄이야……."

"어라? 유키도 알아?"

"아, 초등학교에서 같은 반 남자들이 이야기하는 걸 들었을 뿐이랍니다."

충격을 받은 나머지 하마터면 오타쿠인 게 들통날 뻔한 유키를 본 마사치카는 슬쩍 이야기를 돌렸다.

"뭐, 사라시나 선배 말고는 무리일 것 같으니까, 이 경기는 역시 제외하죠."

"아, 나도 강철판을 바늘로 꿰매는 건 무리야."

"아, 역시 그래요?"

"응. 바늘 자체를 찔러넣을 순 있는데, 바늘귀 부분에서 실이 뭉치는 바람에 걸려버려. 어떻게 하면 될까?"

"바늘귀 부분에 실이 일체화된 것 아닐까요~?"

"아하, 그렇구나."

"다른 이야기이긴 한데, 이 『반 대항 도미노』는 재미있을 것 같지 않아?"

"재미있긴 한데…… 밖에서 도미노를 세우는 건 어렵지 않을까요? 바람에 쓰러질 테고요."

"게다가 지면의 모래 탓에 도미노를 세울 수 없지 않으려나요?"

"흠, 그것도 그래."

토우야의 그 말을 신호 삼아, 다른 임원은 짜기라도 한 것처럼 진지한 논의를 시작했다. 더 이상의 태클은 됐다는 듯이 말이다.

"이 『지압판 경주』는 어떨까~?"

"그건 장애물 경주의 장애물로 채용하면 되지 않을까?"

"그래요. 하지만 그러려면 레이스 도중에 신발을 벗어야 할 텐데…… 어떻게 하면 좋을까요?"

"세세한 건 운동회 실행위원회에 떠넘겨버려도 돼. 『지압판 경주』는 나도 개인적으로 흥미가 있지만, 수십 미터나 지압판을 까는 건 무리일 테니까…… 장애물 경주에 채용하자는 아이디어에는 나도 찬성이야."

"그렇구나~. 알았어~."

"『모래포대 들기』는 작년에도 반응이 꽤 좋았으니까, 넣어도 괜찮지 않을까?"

"그래. 그거라면 다른 경기와 병행할 수 있겠지."

"그래요."

"이 『웨이터 달리기』는 어떻겠습니까?"

"웨이터…… 아, 이거구나. 유리잔이 놓인 쟁반을 들고 달린다…… 이거면 네 독무대겠네."

"아하하. 그건 그래. 그래도 재미있을 것 같지 않아? 준비도 간단하잖아."

"맞아~. 경주 형식의 경기가 부족하면, 넣는 것도 괜찮지 않을까?"

그렇게 대체적인 종목이 결정되어서, 일단락됐을 때…… 유키가 갑자기 입을 열었다.

"그런데, 올해 출마전은……."

유키가 가벼운 어조로 입에 담은 그 단어를 듣자, 마사치카와 아리사는 반사적으로 경계심을 품었다.

유키는 동시에 눈썹이 움직인 두 사람을 향해 고아한 미소를 지어 보이더니, 토우야에게 물었다.

"출전자는 저와 아랴 양뿐인 거죠?"

"응? 아, 그래."

"그럼…… 말이죠."

서론을 마친 유키는 방긋 웃더니, 손뼉을 치며 말했다.

"일대일로 붙는다면 승부가 금방 끝나버릴 테니, 올해 출마전은 3 대 3 단체전으로 꾸미는 건 어떨까요?"

마치 운동회의 열기를 고조시키는 것만을 순수하게 생각하는 듯한 제안이다. 실제로 「일대일로는 그다지 재미가 없을 테니 단체전으로 하자」라는 제안 자체는 지당하다고 할 수 있다. 하지만…… 그 제안은, 마사치카와 아리사에게 득될 것이 없었다.

(이 자식……! 우리가 열 명이나 협력자를 모을 수 없다는 걸 알고 저런 소리를 하는 거구나!)

기마를 셋이나 짜야 한다면, 각 팀의 참가자는 열두 명이 필요하다. 이미 승낙을 받은 사야카와 노노아를 제외하더라도, 최소한 여덟 명은 협력자를 모아야만 한다. 그 정도 숫자의 유력한 지지자를 모으는 건 중등부 학생회장 출신인 유키에게는 손쉬울지 모르지만, 전학생인 아리사에게는 쉬운 일이 아니다.

(내 인맥으로 모으는 것도 가능하지만…… 그래선 의미가 없어. 치사한 수작을 부리는걸!)

마음속으로 이를 갈면서도, 마사치카는 태연한 표정을 지으며 재빨리 반박했다.

"확실히 일대일로는 금방 결판이 나겠지만, 그렇다면 3회전으로 하면 되지 않아? 3판 2선승제로 하면 승패도 확실하게 갈릴 테고, 분위기도 충분히 달아오를 거야."

"하지만 3회전을 하면 체력적으로 힘들지 않을까요? 낙마 등으로 다치기라도 한다면 승부를 이어가기 힘들 테고요. 게다가……."

마사치카의 제안에 즉시 반박한 유키는 볼에 손을 대면서 약간 가라앉은 표정을 지었다.

"……저와 아야노, 아랴 양과 마사치카 씨가 붙는다면 체격이 너무 차이나서 대등한 승부를 벌일 수 없을 거예요. 일방적인 시합이어선, 분위기도 식지 않을까요? 단체전이라면 전술로 승리를 거둘 수도 있을 테니, 괜찮은 아이디어라고 생각한답니다."

(크윽, 자기 입으로 그런 소리를 하는 거냐!)

유키가 신체적 불리함을 방패로 삼자, 마사치카는 마음속으로 이를 갈았다. 이렇게 되면, 마사치카와 아리사가 어떤 반론을 하더라도 약자를 괴롭히는 게 되고 만다. 게

다가…… 「대등한 승부가 안 된다」라는 말이 나오면, 이 자리에 있는 스포츠맨이 입 다물고 있을 리가 없다.

"확실히, 유키의 말이 옳긴 해. 키 차이가 너무 나니, 공평하다고 할 수 없어."

마사치카의…… 그리고 유키의 예상대로, 치사키가 고개를 끄덕이며 입을 열었다. 선거전에는 『학생회장 및 부회장은 후배의 회장 선거에 간섭해선 안 된다』는 불문율이 있으며, 실제로 토우야는 그에 따라 침묵하고 있다. 하지만 치사키는 순수하게 스포츠맨십에 따라 발언했을 것이다. ……단순히 불문율을 신경 쓰지 않는다, 혹은 이 발언이 차기 회장 선거에 대한 간섭이 되리라고는 의식조차 하고 있지 않을 가능성도 있지만 말이다.

아무튼, 부회장이 유키의 제안을 지지한 것은 큰 의미를 지녔다.

(큰일 났다. 변칙적인 제안을 한 건 상대방인데, 우리가 악역으로 몰리게 생겼어.)

위기감을 느낀 마사치카가 초조함에 사로잡힌 바로 그 때, 이제까지 입을 다물고 있던 아리사가 입을 열었다.

"마샤는 어떻게 생각해?"

마사치카는 그 말을 듣고 화들짝 놀랐다.

(그래. 마샤 씨를 우리 편으로 끌어들이는 거야. 마샤 씨만 같은 편으로 만든다면…….)

기대에 찬 눈길로 마리야를 쳐다보니, 그녀는 느긋하게 입가에 손가락을 대고 있었다.

"출마전이라면, 그거지? 회장 선거에 나가는 후보자가 기마전을 하는…… 아랴는 누구와 같이 나갈 거야?"

"……일단, 사야카 양과 노노아 양에게 부탁해뒀어."

아리사가 유키와 아야노를 좀 신경 쓰며 그렇게 답하자, 마리야는 볼을 부풀렸다.

"뭐~! 왜 나한테 말 안 한 거야~? 나도 기마전을 해보고 싶어~!"

"윽?!"

마사치카와 아리사의 의도를 완전히 망쳐버리는 발언이었기에, 마사치카는 움찔했다. 그리고 유키는 그 기회를 놓치지 않겠다는 듯이, 마리야를 포섭하려 했다.

"어머, 마샤 선배도 저렇게 말하잖아요. 역시 단체전으로 하는 편이 좋을 것 같아요. 그러면 마샤 선배도 참가할 수 있을 테니까요."

"아, 그래~. 나는 괜찮은 생각 같아. 두 사람도 괜찮지~?"

의기양양한 미소를 머금은 유키와 진지한 표정으로 고개를 끄덕이는 치사키, 그리고 순진무구한 미소를 머금은 마리야. 그런 세 사람을 본 마사치카와 아리사는 패배를 직감했다.

◇

"젠장, 당했네……."

"어쩔 수 없어……. 단체전이란 제안 자체는 충분히 합리적이긴 하잖아."

학생회가 끝난 후, 교실에 남은 마사치카와 아리사는 각자의 자리에 앉아서 출마전 관련 긴급회의를 개최했다.

"하지만, 어쩌지? 이렇게 됐으니 타케시와 히카루한테도 부탁해서 Fortitude의 네 명이서 기마 하나를 짠다고 치더라도…… 마샤 씨 외에 다섯 명은 더 필요해."

"그래……."

"혹시 부탁할 만한 사람은……."

"……."

혹시나 해서 물어봤지만, 아리사는 말없이 고개를 돌렸다. 마사치카도 짐작 못 했던 것은 아니기에, 더는 아무 말도 하지 않으며 생각에 잠겼다.

"……이렇게 된 거, 확 진심 멤버로 짤까?"

"진심 멤버?"

"상대방이 누구를 데려오든 지지 않도록, 운동부에서 키가 큰 남자를 데려오는 거야. 지명도는 도외시할 수밖에 없겠지만, 농구부라도 괜찮다면 협력해줄 만한 녀석이—."

"싫어."

아리사가 말을 끝까지 들어보지도 않고 단호하게 끊자, 마사치카는 무심코 눈을 껌뻑였다.

"……왜?"

"왜, 냐니……."

마사치카가 순수하게 묻자, 아리사는 말끝을 흐리며 시선을 피했다. 그리고 슬쩍 아래편을 쳐다보면서 불만 섞인 목소리로 말했다.

【왜 너 말고 다른 남자가 내 몸을 더듬게 해야 하는 건데?】

"윽?!"

허를 찌르는 듯한 러시아어를 들은 순간, 마사치카는 하마터면 소리를 낼 뻔했다. 마사치카는 겨우겨우 참더니, 아리사가 시선을 돌린 사이에 필사적으로 표정 근육을 굳혔다.

(너, 너, 인마아아아아—!! 무, 무슨 소리를 늘어놓는 거냐고오오오—!!)

머릿속으로 어휘력 제로의 고함을 지르면서, 마사치카는 이를 필사적으로 악물었다. 그리고, 어찌어찌 영문을 모르겠다는 표정을 지으면서 아리사에게 물었다.

"뭐라고 한 거야?"

"……잘 모르는 남자와 기마를 짜는 게 싫다고 했어."

"……아니, 그래도 말이야. 토대를 맡는 세 사람을 남자로 구성한다면, 그건 우리에게 어드밴티지……."

“나, 조사해봤거든? 기마전에서 4인 기마는 뒤편에 있는 두 사람의 팔이나 어깨 위에, 기수가 앉아야 하는 거지? 그, 그건 즉…… 뒤편에 있는 두 사람이, 내, 어, 엉덩이를 만지는…….”

거기까지 말한 아리사는 소름이 돋은 것처럼 두 손으로 자신의 몸을 감싸 안았다. 그리고, 날카로운 시선을 보내면서 물어뜯는 듯한 어조로 외쳤다.

“싫어! 저어어얼대로 싫어!!”

“(결벽증이냐~.)”

이 학교 남학생들이 듣는다면「그렇게 말할 것까진……」하며 풀이 죽을 정도의 격렬한 거부였기에, 마사치카는 작은 목소리로 태클을 날렸다. 하지만, 실제로 그 점이 문제가 될 것 같기는 했다.

(확실히, 웬만한 남자는 아랴 때문에 해롱대느라 도움이 안 될 가능성도 있어……. 아무튼, 아랴가 이렇게 거부한다면 강요는 못 하겠네.)

마사치카는 가볍게 어깨를 으쓱하며 다시 생각에 잠겼다.

“그럼, 무난하게 마샤 씨를 우리 기마에 참가시킬까……. 마샤 씨도 그럴 생각일 거잖아. 그럼 남은 다섯 명은…….”

그 후로 둘이서 이야기해서, 일단 후보 네 사람을 정했다.

“응. 일단 타케시와 히카루를 비롯해 이 여섯 명한테는 내일이라도 말해보기로 하고…… 우리 쪽 기마를 담당해줄 또 한 명의 여자애는 누구로 하지……."

마사치카는 교내에서 지명도와 영향력이 뛰어난 여학생을 몇 명 언급했다.

"뭐, 유명한 사람은 이 정도이긴 한데…… 아는 사람 있어……?"

"학생회 활동을 하며 만난 적이 있는 사람도 있지만…… 친분은 없다고 해도 과언이 아냐."

"뭐, 상급생이니 그럴 만도 해."

전혀 기대하지 않았기에, 마사치카도 고개를 끄덕이며 그렇게 말했다. 그리고 의자 위에서 축 늘어지면서 천장을 올려다보더니, 고민하듯 고개를 갸웃거렸다.

"으음~, 어떻게 한다……."

"……그 사람은 어때?"

"응?"

마사치카가 아리사를 향해 고개를 돌려보니, 그녀는 머뭇거리며 말을 이었다.

"저기, 수예부의……."

"……아, 옆트임 선배?"

"응……. 저기, 나는 그녀의 본명을 모르거든?"

"굳이 따지자면 열여덟 번째야."

"뭐?"

"아무것도 아냐. 뭐, 옆트임 선배는 옆트임 선배니까 그걸로 괜찮아."

"괜찮지 않거든?"

아리사가 도끼눈을 뜨며 날린 태클을 깔끔하게 무시한 마사치카는 팔짱을 꼈다.

"으음~, 그래……. 부탁하면 오케이해줄 것 같지만, 그래도 옆트임 선배는 상급생 사이에선 지명도가 그렇게 좋지 않거든. 하급생 사이에서는 꽤 알려졌지만…… 역시 지명도나 키를 생각하면 2학년, 가능하면 3학년 여학생이……."

"나, 상급생 중에는 아는 사람이 거의 없거든? 하물며 나를 지지해줄 만한 사람은……."

"뭐, 내 인맥으로 어떻게 하면 되겠지만……."

"그건—."

"한 명 정도는『내 지지자』가 있어도 괜찮지 않겠어? 마샤 씨를 비롯해, 다른 협력자는 네 지지자인걸."

불만을 표시하려는 아리사에게 그렇게 말하자, 그녀는 십 초 정도 말없이 생각해본 후에 내키지 않는 듯이 고개를 끄덕였다.

"그래. 뭐, 한 명 정도라면……."

"응. 하지만 너와 일면식도 없는 사람인 것도 좀 그러니까……. 으~음, 너와 면식이 있고, 나를 지지해줄 만한 사람…… 그것도, 어느 정도 지명도가 있는 여자애라면……."

잠시 생각에 잠겼던 마사치카는 그 조건이 얼마나 혹독

한지를 깨닫고 낮은 신음을 흘렸다.

“어렵네……. 기본적으로 내 지지자는 유키의 지지자거든……. 유키가 아니라 나를 지지해줄 만한 사람은…….”

“역시, 그렇구나…….”

“응…… 맞다. 꽃꽂이부 부장인 키타가와 선배는 알아?”

“뭐? ……몰라. 어쩌면 만난 적이 있을지도 모르지만…….”

“그렇구나……그럼 배구부 3학년인 카나자와 선배는 어때? 키가 엄청 큰 사람이야.”

“본 적은 있지만……이야기를 나눠본 적은 없어.”

“그럼…… 문예부 2학년인 미나미하마 선배는? 단발머리에 키가 작고, 빨간 안경을 쓴 사람인데…….”

“……몰라.”

“으음~, 그렇구나…….”

바로 그때, 마사치카는 아리사의 시선이 순식간에 차가워지고 있다는 것을 눈치챘다.

“……아랴? 왜, 그래?”

“뭐가?”

“아니…… 네 시선이, 무시무시하거든.”

“네 착각 아닐까? 네가 참 믿음직한 파트너라고 생각했을 뿐이야.”

그렇게 말한 아리사는 천천히 팔짱을 끼더니, 다리를 꼬았다. 그리고 웃음기가 전혀 느껴지지 않는 냉소를 머금으며 재촉했다.

"자, 계속 말해봐. 부탁을 해볼 만한 여학생이 더 있어?"

"……아니, 일단 방금 말한 세 사람뿐이야."

거짓말이다. 실은 한 명 더 생각났다. 하지만 언급했다간 위험하다는 것을 직감한 마사치카는 이쯤에서 끝내기로 했다.

"흐음?"

미심쩍은 눈길로 마사치카를 응시하던 아리사는 몇 초 후, 어깨를 으쓱했다.

"뭐, 좋아."

마사치카는 그 말을 듣고 가슴을 쓸어내리려다—.

"그럼 그 세 사람과 어떻게 해서 친해진 건지 가르쳐주겠어?"

"뭐?"

"방금 언급한 세 사람과 어떤 계기로, 어떻게 친해진 거야?"

"……그게, 중요해?"

"응. 지지자를 늘리는 방법 삼아, 참고할까 해."

실로 근면하고 성실한 발언이었다. 눈빛이 용의자를 심문하는 경찰관 같지 않다면 말이다.

"으음, 키타가와 선배와는…… 뭐, 우연히 꽃꽂이를 할 기회가 있었거든. 그때 내가 꽂은 꽃을 마음에 들어 해서……

이야기를 나눌 기회가 있었어."

"그랬구나."

"카나자와 선배는 내가 학생회 일로 체육관에 갔을 때, 그 사람이 어택을 날린 공이 내 머리에 정통으로 꽂혀서……."

"흐……음?"

"그래서, 가벼운 뇌진탕 증세가 나타났는데…… 그 사람은 책임감이 강해서, 나를 엄청나게 걱정해줬거든……. 그렇게 이야기를 나누다 보니, 친해진 느낌이야."

"으, 응."

"미나미하마 선배는 나와 라이트노벨(책) 취향이 맞아서, 친해졌어."

"……흐~음."

마사치카의 대략적인 설명을 들은 후, 어찌된 건지 아리사는 의기양양한 미소를 머금었다.

【내가 더 드라마틱했네.】

(뭐가??)

마사치카는 진지한 표정을 유지한 채 의아해하면서, 일단 말을 이어갔다.

"그런데, 어떻게 할래? 일단 이 세 사람에게 말을 꺼내볼까?"

마사치카가 그렇게 묻자, 아리사는 움직임을 멈추면서 표정을 굳혔다. 그리고 십 초 정도 고민한 후, 앙다문 이빨 사이로 쥐어짜 내는 듯한 목소리로 물었다.

"혹시나 해서 묻는 건데, 남자 중에도 적당한 후보가 있긴 해?"

"응? 뭐, 없진 않은데…… 너, 아까 남자는 싫다고……."

"혹시나 해서 묻는 거야, 혹시나 해서!"

"뭐어~. 그럼 아까 말했던, 농구부 선배가 있는데……."

질문을 받고 후보 몇 명을 언급해봤지만, 역시 아리사가 아는 사람은 없었다. 결국 아리사는 쓰디쓴 표정을 지으며 침묵했다.

"그래서…… 어떻게 할래?"

심각하게 갈등하고 있는 듯한 아리사에게 머뭇머뭇 묻자, 그녀가 이를 갈면서 천천히 입을 연— 바로 그때였다.

"아, 여기 있네. 쿳제~♪"

드르륵하며 미닫이문이 열리는 소리에 이어, 노골적으로 아양 떠는 목소리가 들려왔다.

두 사람이 고개를 돌려보니, 긴 흑발을 사이드 테일 스타일로 묶은 여학생이 손을 흔들면서 다가오고 있었다. 들어갈 곳은 들어가고 나올 곳은 나온 끝내주는 몸매를 지녔고, 왠지 짧아 보이는 치마 아래로 아낌없이 드러나 있는 긴 다리를 지닌 그녀의 교복 리본은 3학년임을 알리는 파란색이었다. 그녀의 외모는 아이돌을 연상케 하는 활기참과 귀여움으로 가득 차 있어서, 언뜻 보기에는 쾌활하고 스스럼없는 미소녀 같지만…… 어찌 된 건지 마사치카는 그런 그녀를 쳐다보며 피곤하다는 듯이 쓴웃음을 흘렸다.

"어어~, 반응이 왜 그 모양이야~. 이 에레나 선배, 상처 받겠거든~?"

"아니…… 선배의 인싸 분위기 탓에 HP가 확 줄어버려서요……."

"아하하, 무슨 소리를 하는 거야! 쿠제는 그런 거 신경 안 쓰잖아~!"

"하하하. 일단은 오타쿠인 만큼, 인싸 상대로는 주눅 좀 드는 게 기본이랄까요……."

상대방이 찰싹찰싹 소리 나게 어깨를 두드려대자, 마사치카는 교과서 읽는 듯한 투로 그렇게 답했다. 그러자, 그 여학생은 아리사를 향해 고개를 돌리면서 사람 좋은 미소를 지어 보였다.

"아 참. 아리사, 갑자기 미안한데 말이야. 쿠제 좀 빌려도 돼?"

"아, 네. 나라하시 선배……."

"에이, 에레나 선배라고 불러줘."

"으, 음……."

"선배, 아랴는 진짜로 인싸 상대로 주눅 드는 타입이니까, 좀 봐달라고요."

"정말? 미안해~. 너무 친한 척 굴었어?"

"아뇨, 괜찮아요…… 에레나 선배."

"뭐야~. 아리사는 전혀 주눅 안 들었네~. 좋아, 그럼 확 이름만으로 불러볼래?"

"치근덕 좀 자제해요."

"오, 좋네~. 태클이 여전히 매서운걸."

마사치카가 차가운 시선을 보내며 강렬한 태클을 날리자, 그 여학생은 깔깔 웃으며 엄지를 치켜들었다.

그녀의 이름은 나라하시 에레나. 세이레이 학원 3학년이자 관악부 부장이며…… 전대 학생회 부회장이기도 했다. 그 인연으로 요즘에도 때때로 학생회실에 찾아와서, 후배들을 놀리거나 업무를 돕거나 차를 얻어 마시고 돌아갔다. 지난 추령제에서는 문화제 실행위원회 부위원장으로서 활약했다.

(붙임성도 좋고 남도 잘 챙겨주니까, 관악부 후배들이 잘 따른다던데……. 하긴, 애초에 전대 부회장이잖아. 인망은 확실히 있는 사람이지만…….)

"이야, 이 학교에서 이 에레나 선배에게 날카로운 태클을 날리는 학생은 희소하거든~. 좋아, 좋아, 더 날려! 선배라고 사정 봐주지 말고 팍팍 날려봐! 아, 그래도 팍팍 박아대는 건 노땡큐야."

"품성 제로네요."

"아, 큰일 났다. 후배의 차가운 시선을 받으니, 뭔가에

눈뜰 것 같아.”

“자신의 어리석음에 말인가요?”

“이게, 해탈……? 지금 이 순간, 저는 눈떴습니다…… 는 무슨, 해탈할까 보냐~! 나한테서 성욕을 빼면 뭐가 남는데!”

“식욕과 수면욕.”

“나, 3대 욕구의 화신이구나…….”

“농담이에요. 부와 인망과 아름다운 에레나 선배가 남겠죠.”

“크으, 맙소사……! 어라? 나쁘지 않네?”

“오히려 괜찮은 편이죠.”

“그렇구나. 그럼…… 아, 해탈 안 되네?”

“해탈까지는 안 해도 되니까, 진정 좀 하는 게 어때요?”

“싫~어~, 나도 여성과 놀아나고 싶어.”

“놀아나긴 무슨.”

“으응~, 멋진 태클이야. 끝내주네~.”

여동생 모드인 유키도 깜짝 놀랄 정도의 성희롱 대마신다움을 발휘하는 에레나에게, 마사치카는 뜨뜻미지근한 시선을 보냈다.

“그렇게 박히고 싶어요?”

마사치카가 차가운 목소리로 그렇게 말하자, 에레나는 헤실헤실 웃으면서 몸을 배배 꼬았다.

“어어~? 그, 그렇게 말하니~, 이 에레나 선배가 욕구

불만인 것처럼…….”

“그쪽이 아니거든요?”

“아하하……. 아니, 그게 말이야.”

에레나는 멋쩍은 듯이 머리를 긁적이더니, 억지 미소를 지으며 밝은 목소리로 말했다.

“이 학교에는 개그를 웃으며 무시해버리는 신사 숙녀 아니면, 내가 태클 담당이 되어야 할 만큼 괴짜 천지잖아. 내가 마음 편히 개그를 날릴 수 있는 상대는 얼마 안 돼.”

“그냥 개의치 말고 개그를 날려대면 될 텐데…… 심성이 하도 성실하니까…….”

“아니, 누가 성실하다는 거야! 그렇지 않아요~. 이 에레나 선배…… 아니, 에로나 선배는 제멋대로에 음란한 누님이에요~.”

“그런 것치고는 그렇고 그런 이야기가 전혀 안 들리던데요.”

“그야 이 에로나 선배는 특정 상대에게 속박되는 여자가 아니거든~.”

“하아, 그런 캐릭터로 밀어붙이고 있는 거죠? 에로나 선배.”

“캐릭터 같은 소리 하지 마~!”

발끈하는 에레나를 더욱 뜨뜻미지근한 시선으로 쳐다보며, 마사치카는 본론에 들어갔다.

"……그런데, 용건은 뭔가요?"

"아, 맞다~. 깜빡했네."

그제야 본론이 생각난 것처럼 표정을 고친 에레나는 어험하고 헛기침을 한 후, 반짝☆ 하는 효과음이 어울릴 듯한 미소를 지으며 마사치카에게 손을 내밀었다.

"쿠제. 나와 계약해서, 하렘왕이 되어줘☆"

"싫어."

"왜~!"

마사치카가 즉시 퇴거 권고를 하자, 에레나는 그의 책상을 두 손으로 내려쳤다.

"하렘왕이야, 하렘왕! 남자 고등학생이라면 듣자마자 고개를 끄덕여야 하는 거 아냐?!"

"당신이 말하는 하렘은 관악부일 거 아냐! 거기 왕이라는 건 부장이지? 내가 그런 걸 맡을 이유 없어!"

"뭐야~. 잘 아네, 쿠제."

「에이에이~」하며 찌르는 팔꿈치를 손으로 막자, 에레나는 약간 진지한 표정을 지었다.

"으음, 미안해. 처음부터 차근차근 설명할게."

"……하아."

"하렘왕은 농담이야. 쿠제가 관악부에서 피아노를 맡아줬으면 해."

"""……!"""

그 말을 들은 순간, 마사치카만이 아니라 아리사도 표정을 약간 굳혔다. 에레나는 두 사람의 반응을 개의치 않으며 두 손을 들어 올렸다.

"원래는 3학년이 피아노를 담당하고 있었는데~. 그 애가 다른 대학에 수험하게 되어서 얼마 전에 관뒀거든? 즉, 관악부에는 피아노가 없어. 모든 곡에 피아노가 필요한 건 아니고, 다들 관악기를 연주하고 싶어서 관악부에 들어오니까…… 다들 후임을 맡으려고 안 해."

"뭐, 피아노를 치고 싶다면 피아노부에 들어갔을 테니까요……."

"그래. 그래서 이제 어쩌지~ 하며 고민하고 있을 때……말이지?"

에레나는 상냥한 표정으로 고개를 끄떡이더니, 마사치카의 어깨에 팔을 둘렀다.

"이야…… 전율했다니까. 이렇게 가까운 곳에 이런 인재가 있는 줄 몰랐어."

"하아."

"그렇게 됐으니까, 나와 계약해서 하렘왕이 되어줘."

"안 될 건데요."

"어째서!"

"이렇게 계약을 강요하는 상대에게는 나쁜 이미지밖에 없어서 그런데요. 그리고 하렘왕은 고사하고 노예계약 냄

새가 풀풀 나서 그런데요."

"노예계약이라니, 말이 너무 심하네……. 헤헷, 같이 부 활동하자☆ 하고 말하는 것뿐이잖아."

"한 번도 그런 말 안 했거든요??"

"으으, 만만치 않네……. 이렇게 거부할 줄은 몰랐어……."

"오히려 제가 거부하지 않을 거라고 생각한 게 놀랍네요."

마사치카가 어처구니없다는 듯한 시선을 보내자, 에레나는 약간 표정을 굳히면서 목소리 톤을 바꿔서 말했다.

"사장님, 귀여운 애, 많이 있어요~."

"대체 무슨 권유를 하는 거예요?"

"본게임도, 할 수 있어요."

"연주회의 본무대에 설 수 있단 소리지?!"

아리사 앞에서 무슨 소리를 하는 거냐고 생각한 마사치카가 쌍심지를 켜자, 에레나는 미심쩍은 표정을 지었다.

"혹시 쿠제는 하렘에 흥미 없어……?"

"그런 문제가 아니에요."

"그럼 왜! 이렇게 성의를 보이고 있는데~."

"성의란 대체……."

마사치카가 진지한 표정으로 되묻자, 에레나는 유감스러운 표정을 지으며 두 손으로 자기 몸을 끌어안았다.

"그 눈빛은…… 더 노골적인 성의를 보이라는 거구나?! 끄응! 알았어……. 이렇게 되면, 부장인 내가 희생하는 수밖에……!"

"아니, 그건 진짜로 됐어요."

"몸에 대한 대가는 몸으로 갚으라는 거지?! 자, 마음대로 해. 나의 이 농익은 몸에 너의 풋내나는 욕망을 쏟아내란 말이야!"

"농익은……?"

"피아노를 연주하듯, 이 에레나 선배를 연주해봐! 에레나 선배의 몸으로 『고양이 춤』을 연주하면 될 거 아냐!"

"""……."""

"아, 응. 말없이 『얘가 무슨 소리를 하는 거지?』란 눈으로 쳐다보는 건…… 에헤헤, 봐주면 안 될까요?"

차가운 시선의 십자포화가 쏟아지자, 에레나는 비굴한 미소를 흘리며 머리를 긁적였다. 그 얼굴을 본 마사치카는 한숨을 내쉬며 말했다.

"그렇게 생각한다면, 좀 평범하게 부탁하라고요……."

단 한 번도 멀쩡하게 권유하지 않는 선배를 쳐다보며, 마사치카는 지친 듯한 표정을 지었다. 그 말을 듣고 눈썹이 부르르 떨린 에레나는 장난스러운 태도를 집어던지더니, 섬뜩할 만큼 진지한 표정으로 마사치카를 내려다봤다.

"그 말은…… 나한테 고개를 숙이라는 거야?"

"아니, 그냥 평범하게 부탁을—."

"흥! 얕보지 마. 전 학생회 부회장인 나한테, 1학년 임원

따위가 고개를 숙이라고 강요하는 거야?"

비아냥거리듯 입술 가장자리를 말아 올린 에레나는 내뱉듯이 그렇게 말한 후— 물 흐르듯 무릎을 꿇으며 고개를 조아렸다.

"부탁입니다. 관악부에 도우미로 들어와주세요."

"저, 정말 자존심이 없네……."

"저기~~ 부탁이야~. 내 고등학교 마지막 연주회에 쿠제의 피아노가 필요해~~! 내가 할 수 있는 일이라면 뭐든 할게~!"

에리카가 자신의 발치에 무릎을 꿇고 손에 매달리며 애걸하자, 마사치카도 죄책감을 느끼고 말았다.

"뭐든 한다고 해도…… 전 부회장은, 선거전에—."

협력할 수도 없는데, 하고 말하려던 마사치카는 퍼뜩 눈치챘다.

(어라? 하지만…… 출마전은, 어디까지나 여흥이지?)

당사자가 어떻게 생각하더라도, 그리고 그것을 보는 이들이 어떻게 느끼더라도…….

출마전은 어디까지나 여흥이기에, 엄밀하게 참가 조건이 정해져 있지는 않다. 그렇다면…….

(전 부회장이라도 참가는…… 아슬아슬하게 가능하려나. 뭐, 불문율은 어디까지나 불문율이잖아. 문서화되어 있는 규칙도 아니니까…….)

즉, 끌어들이는 데 성공한 사람의 승리다.

(게다가…….)

피아노라는 말을 들은 후로 머릿속에 자리하고 있는 어머니의 환상을 향해 마사치카는 빈정거리듯 웃었다.

(마아와의 과거와도 결판을 냈잖아……. 이쪽도, 슬슬 털어버려야겠지.)

그렇게 생각한 마사치카는 아리사와 얼굴을 마주했다. 그리고 눈빛을 통해 최소한의 의사소통을 마친 후, 마사치카는 천천히 에레나에게 물었다.

"뭐든 하겠다고, 말했죠?"

"뭐?"

에레나가 허를 찔린 표정을 지으며 고개를 들자, 마사치카는 옅은 미소를 머금으며 그녀를 내려다봤다.

"몸으로 갚겠다고…… 아까 말했죠?"

"어, 어…… 어?"

불온한 기운이 감도는 후배를 본 에레나는 몸을 벌떡 일으키더니, 마사치카와 아리사를 번갈아 쳐다보며 점점 표정을 굳혔다. 그런 그녀의 볼이 빨개지고, 눈동자가 촉촉이 젖어 들어가더니—.

"오……."

"어?"

"오늘 속옷은, 귀여운 게 아냐아아아아아—!!"

"오해 살 소리 외치며 도망치지 마아아앗—!!"

양손으로 몸을 감싼 에레나가 울먹거리며 쏜살같이 도망치자, 마사치카의 고함이 그런 그녀를 쫓아갔다.

◇

"……괜찮겠어?"

도망친 에레나를 붙잡아서 협상을 마친 후, 자기 자리에 다시 앉은 아리사가 머뭇머뭇 마사치카에게 물었다.

"응? 뭐, 무릎까지 꿇었잖아……. 게다가 도우미로 관악부에 참가하는 건 운동회 후부터 12월에 열리는 연주회까지니까…… 그 조건으로 에레나 선배의 협력을 얻을 수 있다면, 싸게 치이는 거야."

아리사가 그렇게 묻자, 마사치카는 쓴웃음을 머금으며 어깨를 으쓱했다.

결국 에레나는 조건부로 출마전에 참가하는 것을 승낙했다. 물론 그 조건 자체도 마사치카가 제안한 양보였기에, 에레나는 그의 조건을 그대로 받아들인 것이나 다름없다. 그리고 그 대가로, 마사치카는 에레나의 요청대로 관악부의 도우미가 되기로 했다.

"하지만, 운동회가 끝난 후라도 괜찮다니…… 정말 성실한 상식인이라니까……. 문화제 직후가 아니라 오늘 찾아온 것도, 시험 기간이 끝나는 걸 기다린 게 분명해."

겉보기에는 괴짜 같지만 실은 세심하고 배려심이 깊은 선배를 떠올리며, 마사치카는 웃음을 흘렸다. 하지만, 아리사는 재차 물었다.

"정말, 괜찮겠어?"

"응?"

"저기…… 피아노 연주를 맡기로 한 것 말이야."

마사치카가 피아노를 연주한다. 아리사는 그게 마음에 걸렸다. 의아한 눈길로 쳐다보는 마사치카의 표정을 보고 자신감이 줄어들었지만, 마음을 굳힌 아리사는 어떤 추측을 입에 담았다.

"마사치카가…… 피아노를 그다지 좋아하지 않는다고 느꼈거든."

그것은, 추령제에서 마사치카의 피아노 연주를 듣고 직감적으로 든 생각이다.

마사치카의 연주를 듣고, 아리사는 처음에 「왜?」 하고 반감을 품었다.

왜, 피아노를 칠 줄 안다는 걸 숨겼을까. 왜, 이렇게 뛰어난 기술을 지녔는데 밴드에 참가하지 않은 걸까. 왜, 이런 데서 실력을 뽐내고 있는 것일까.

그런 어리광쟁이 같은 반발심은, 마사치카의 연주를 듣다 보니 천천히 잦아들었고…… 그 끝에 문뜩 떠오른,

「왜?」에 대한 대답이 바로 그것이었다.

마사치카는, 피아노를 좋아하지 않는다. 어쩌면, 싫어하는 걸지도 모른다.

단순한 직감에 가까운 아리사의 추측을 듣고…… 마사치카는 놀란 것처럼 눈을 치켜떴다.

(역시, 그랬구나.)

그 반응을 보고 확신을 가진 아리사가 말했다.

"네가 하기 싫은 걸 억지로 하는 거라면…… 지금이라도 관둬. 출마전의 협력자라면, 다른 사람을 찾아보자."

아리사가 그렇게 말하자, 마사치카는 생각에 잠긴 듯한 표정을 지으며 고개를 돌렸다. 그리고, 몇 초 동안 침묵을 지킨 후, 천천히 입을 열었다.

"……딱히 피아노를 싫어하는 것도 아니고, 무리하는 것도 아냐."

심사숙고 끝에 내놓은 그 대답을, 아리사는 직감적으로 진심에서 우러나온 말이라고 느꼈다. 하지만…… 그와 동시에, 그것이 얼버무림에 지나지 않는다는 것도 눈치채고 말았다.

(아아, 또…….)

또 그랬다. 마사치카는 또 중요한 부분을 얼버무리며 둘러대고 있다. 아리사가 더 다가오는 것을 거부하듯이…….

마사치카가 저렇게 나오자, 아리사는 아무 말도 할 수

없었다.

(말하면 되잖아. 『그럼 뭐가 싫은 건데?』라고, 『그럼 왜 같이 밴드를 안 한 거야?』라고 말이야. 지금 물어보면 되잖아.)

마음속으로 그렇게 생각하면서도 말이 입에서 나오지 않았다. 그 말을 하면 마사치카와 멀어지고 말 것 같은 느낌이 들었다. 아무것도 하지 못하고 굳어 있는 아리사의 앞에서 마사치카는 비아냥거리듯 입술 가장자리를 말아 올렸다.

"뭐, 거꾸로 말하자면 딱히 정열이 있는 것도 아니거든……. 그게 좀 걱정이긴 해."

"걱정?"

"합창이나 합주에서는 전원의 호흡을 맞추는 게 중요하다고 하잖아? 아무리 기술이 뛰어나도, 마음이 따로 놀면 좋은 결과를 거둘 수 없다~ 같은 느낌으로 말이야."

마사치카는 평소처럼 장난스러운 어조로 그렇게 말했다.

"그러니 나처럼 관현악이나 합주에 관심이 없는 애가 들어가봤자 실망스러운 결과만 나오지 않을까 싶어. 아까 에레나 선배한테는 굳이 말하지 않았지만 말이지."

그렇게 말하며 위선적인 미소를 짓는 마사치카를 보며, 아리사는 눈치챘다.

(그래서, 너는…….)

음악에 대한 정열이 없다. 그것이 마사치카가 함께 밴드를 하지 않은 이유다. 자기만 정열을 가지고 있지 않으니, 주위 사람의 발목을 잡을 거라고 여겼다. 그 점을 눈치챈 아리사는 자신이 최근에 비슷한 감정을 품었다는 것을 떠올렸다.

(나는, 연애를 몰라…….)

주위 사람과 다르게, 자신은 뜨거운 감정을 지니지 않았다. 마치, 자신만이 차가운 인간인 듯한 고독감과 소외감…….

(그걸…… 너도 느끼고 있는 거야?)

그렇게 생각한 순간, 아리사의 입이 움직였다.

"나는, 그렇게 생각하지 않아."

아리사가 굳은 어조로 그렇게 말하자, 마사치카는 허를 찔린 것처럼 아리사를 쳐다봤다. 그런 그의 눈을 똑바로 쳐다보며, 아리사는 말했다.

"어쩌면 너는 음악에 정열을 가지고 있지 않을지도 몰라. 하지만……."

마사치카의 과거에 무슨 일이 있었는지는 모른다. 하지만, 마사치카를 곁에서 봐온 아리사이기에, 확신을 품으며 할 수 있는 말이 있다.

"너는, 정열을 가진 사람의 버팀목이 되기 위해, 정열을 불태울 수 있는 사람이라고 생각해. Fortitude의 멤버의 버팀목이 되기 위해 노력했던 것처럼, 그리고 나와…… 입

후보하기로, 결정했을 때처럼 말이야.”

의자에서 몸을 내민 아리사는 마사치카의 손을 움켜쥐었다. 자신의 마음이 전해지기를 바라며, 마사치카의 눈동자를 응시했다.

“그러니까…… 분명 괜찮을 거야. 너라면, 분명 나라하시 선배의 소망을 이뤄줄 수 있어. 그러니까…… 괴로워하지 마.”

어째서 마지막 그 말을 한 건지는 자신도 알 수 없었다. 하지만 마사치카를 응시하고 있으니, 자연스럽게 마음속에서 그 말이 샘솟았다.

하지만 그 말을 들은 마사치카의 눈동자가 흔들리자…… 아리사는 자기 말이 옳다는 것을 눈치챘다. 마사치카는 괴로워하고 있다. 저 가볍고 장난스러우며 느긋한 태도의 이면에서. 아마, 이제까지 쭉…….

“……!”

그것을 깨달은 순간, 아리사는 참을 수 없었다. 가슴 깊은 곳이 옥죄어드는 것처럼 괴로워지더니…… 정신을 차리고 보니, 마사치카를 정면에서 힘껏 끌어안고 있었다.

그리고 자신의 입가에 있는 마사치카의 귀를 향해, 목 깊은 곳에서 쥐어짜 낸 목소리로 말했다.

“언젠가…….”

말이, 끊어지려 했다. 가슴 깊은 곳에 자리한 두려움

이…… 더는 파고들지 말라고 외쳤다. 자신의 목을 졸라, 말을 잇지 못하게 막으려 했다.

그런데도, 아리사는 필사적으로 그 두려움에 저항하며, 가녀린 목소리로 마사치카에게 속삭였다.

"언젠가…… 나에게, 네 괴로움을 가르쳐주지 않겠어?"

아리사가 용기를 쥐어짜 내 그렇게 말했지만, 마사치카는 바로 반응을 보이지 않았다. 그렇게, 아리사에게 있어서는 심장이 깎여나가는 듯한 기나긴 침묵이 이어진 후…… 마사치카는 살며시 고개를 끄덕였다.

그 말 없는 허락에, 아리사의 가슴에는 안도와 기쁨이 퍼져나갔다. 다시 두 손에 힘을 꼭 주며, 마사치카를 끌어안더니…… 마음이 만족감으로 가득 차자, 확 「이참에 말해버릴까」 하고 생각했다.

(아…… 지금이라면, 말할 수 있지 않을까?)

요즘 들어 어떻게 전할지 쭉 고민해왔던 것을, 지금 이 자리에서 말하자……고 생각했지만, 입을 열기 직전에 「아냐」 하면서 생각을 고쳤다.

(기왕이면…… 출마전이 끝난 후가, 좋을 거야.)

그렇다. 출마전에서 이긴 후…… 당당히 가슴을 펴며 전하는 편이 낫다. 그러기 위해서라도…….

(출마전에서, 꼭 이겨야 해.)

새롭게 결의를 품으며 앞쪽을 쳐다보니, 교실 입구에서

이쪽을 쳐다보고 있는 에레나와 시선이 마주쳤다.

""……!""

시선이 마주치자, 두 사람 다 흠칫하며 몸을 부르르 떨었다. 그리고 잠시 굳어 있었지만…… 먼저 재기동된 이는 에레나였다.

"아, 저기, 구체적으로 이런저런 이야기를 안 한 것 가, 같아서—."

격렬하게 시선이 흔들리며 허둥지둥 말을 늘어놓던 에레나는 점점 얼굴이 벌게지더니…….

"아, 아무것도 못 봤어! 아무한테도, 말 안 할게에에엣—!!"

살인 현장이라도 본 듯한 고함을 지르더니, 쏜살같이 뛰쳐나갔다. 그런 그녀를 향해…….

"그러니까 오해 살 소리 외치며 도망치지 말아주세요!"

재기동한 아리사가 분노에 찬 고함을 토했다.

"그런가요. 스오우 양이 그런 말을……."

"응. 그렇게 됐으니 사야카 양은 타케시, 히카루와 함께 기마를 짜줬으면 하는데……."

다음 날. 타케시와 히카루에게 출마전 참가 허락을 받은 아리사와 마사치카는 쉬는 시간에 F반인 사야카를 찾아갔다.

아리사에게서 경위를 들은 사야카는 천천히 안경을 고쳐 쓰며 말했다.

"그건 괜찮지만…… 그래도 조심성이 부족했군요. 스오우 양이 원하는 시합 형식으로 변경되고 말았어요."

"맞, 아……. 그 점에 있어서는 완전히 한 방 먹었어……."

아리사가 고개를 푹 숙이자, 사야카는 그런 그녀를 힐끔 쳐다보며 말했다.

"낙심 같은 건 누구나 할 수 있어요. 지금은 앞으로 비슷한 상황이 벌어졌을 경우에 대비해 대책을 세워야 하지 않을까요?"

"……맞아."

사야카가 인정사정없이 신랄한 말을 던지자, 아리사는

반론을 못 하며 고개를 푹 숙였다. 바로 그때, 보다 못한 마사치카가 도움의 손길을 내밀었다.

"뭐, 이번에는 유키가 머리를 잘 썼어. 그런 정론을 정면에서 제시하면, 불리할 수밖에 없잖아."

마사치카가 감싸주듯이 그렇게 말했지만, 사야카는 흥 하고 코웃음을 쳤다.

"그래도, 상대의 제안에 순순히 따라줄 필요는 없죠. 상대방이 체격 차이로 불리하다는 카드를 꺼내 든다면, 『그럼 이쪽은 협력자를 여자만으로 제한하겠어』 라고 말하면 되지 않을까요. 어차피 저희 쪽의 협력자는 저와 노노아였으니까, 아무런 리스크도 없으니까요."

"……그 생각은 못 했네."

"설령 단체전이라는 제안을 받아들여야 하더라도, 그 대신에 서로의 참가자를 사전에 밝힌다던가…… 머리를 쓸 여지라면 얼마든지 있었어요."

""……""

사야카가 담담한 어조로 그렇게 말하자, 마사치카와 아리사는 아무 말 없이 눈을 치켜떴다.

확실히, 사야카의 말이 옳았다.

당시에는 치사키와 마리야까지 유키의 의견에 찬동하면서 흐름이 완전히 넘어간 탓에 거기까지 생각이 미치지 않았다.

마사치카는 바로 누구를 섭외할지 궁리하기 시작했지만……지금 차분히 생각해보니, 유키의 제안을 무조건 받아들일 필요는 없었다.

"……네 말이 맞아. 반성해야겠네."

"응……."

마사치카와 아리사가 순순히 백기를 들자, 사야카는 또 코웃음을 치며 고개를 돌렸다. 왠지 평소보다 더 냉철……한 정도가 아니라 언짢아 보이는 사야카를 보고 마사치카는 고개를 갸웃거렸다.

한편 아리사는 진지하게 고개를 끄덕이더니, 사야카를 응시하며 말했다.

"정말 참고가 됐어. 네가 출마전에 협력해주니, 정말 믿음직해."

"……그런가요."

아리사의 말에 퉁명하게 대꾸한 사야카는 안경을 고쳐 썼다. 그 모습을 보며…… 어떤 추측이 머릿속에 떠오른 마사치카는 표정을 굳혔다.

(아니, 그래도 설마…….)

불쑥 머릿속을 스쳐 지나간 자기 추측을 부정하려 했지만, 도저히 부정할 수가 없었다.

(얘…… 아랴의 팀 멤버 자리를 다른 사람한테 빼앗겨서, 토라졌을 뿐인 거 아냐?!)

안경을 고쳐 쓰는 손으로 표정을 숨기고 있지만, 왠지 표정이 좋아진 듯한 사야카를 보며…… 중학생 시절부터 가지고 있던 그녀에 대한 이미지가 무너져내리는 것을 느낀 마사치카는 몰래 충격을 받았다.

◇

"오래 기다렸나요?"
"아, 그렇지 않아~."
점심시간. 마사치카는 마리야의 연락을 받고 혼자서 학생회실을 찾았다.
문을 열고 안에 들어가 보니, 조용한 학생회실의 소파에 마리야가 홀로 앉아있었다.
"……."
일전에 마리야와 있었던 일을 떠올리게 하는 상황을 보자, 마사치카는 마음속이 약간 술렁이는 느낌을 받으며 소파로 다가갔다.
"저기, 무슨 일인가요?"
"으음…… 일단 앉지 않을래?"
마리야가 가리킨 곳은 자신의 옆이었다. 시험 전에 있었던 일을 떠올리고 만 마사치카는 마른침을 삼켰다.
(하지만…… 이렇게 나를 불렀다는 건, 아마도 그때 일

때문일 거야.)

그 일 이후로, 마리야가 마사치카를 대하는 태도가 약간 어색해졌다. 마사치카가 마리야를 대하는 태도가 어색해진 것은 어릴 적 첫사랑의 불꽃이 다시 타오르기 시작해서지만…… 마리야가 어색해진 이유를 마사치카는 알지 못했다.

(그 일에 관해 이야기하려는 거라면…… 도망칠 수 없어. 나도 마음을 정리하고 싶긴 하잖아.)

그렇게 각오를 다진 마사치카는 마리야의 옆에 앉았다. 그리고 무슨 말을 할지 망설이는 것처럼 자기 무릎을 쳐다보는 마리야가 입을 열기를 끈기 있게 기다렸다.

그리고 시계의 초침이 한 바퀴 돌았을 무렵, 마리야가 드디어 입을 열었다.

"저기, 쿠제는……."

"네."

진지한 표정으로 자세를 바로 고치는 마사치카를 쳐다보며, 마리야는 결심한 투로 물었다.

"나를…… 엉큼한 눈길로 본 적, 있지?"

"……네?"

너무 뜻밖의 질문이었기에, 마사치카는 머릿속이 새하얗게 변했다. 마사치카가 고개를 갸웃거린 자세로 딱딱하게 굳어버리자, 마리야는 허둥지둥 두 손을 내저었다.

"오, 오해하지 마! 비난하는 게 아니라…… 저기, 사춘기 남자애들이 원래 그렇다는 걸 알고 있어! 그러니 그게 나쁘다는 게 아니라……"

목소리가 점점 작아지는 마리야가 거북한 듯이 고개를 숙이더니…… 갑자기 머리를 확 숙였다.

"미안해! 이제까지 생각 없이, 저기, 신체 접촉을 했었어……."

천천히 고개를 든 마리야는 부끄러운 듯이 시선을 돌린 채 말했다.

"쿠제도, 그런 짓을 당하면…… 참 곤란하잖아? 저기, 참아야만 하니까…… 눈치 없이 무신경한 짓을 해서, 정말 미안해!"

그렇게 말하며 다시 고개를 숙인 마리야의 머리를 쳐다보며…… 마사치카는 생각했다.

(뭐, 뭐라고 말하면 되지……?!)

지옥이었다. 사춘기 남자애에게 있어, 이것이야말로 지옥이나 다름없다.

심정적으로는, 어머니에게 음란서적을 들킨 남자 고등학생이 된 기분이다. 물론 마사치카에게는 그런 경험이 없지만…… 가까운 이성에게 흑심과 욕망 같은 것을 대놓고 지적당했다는 점에서 본다면, 이 상황은 그것과 매우 비슷하다.

(으음, 사과를 받아들이면 될까? 하지만 그랬다간 마샤 씨를 엉큼한 눈길로 봤다는 걸 인정하는 게 되는데…… 아

니, 보긴 했어. 보긴 했다고! 하지만 그건 마샤 씨가 방금 말한 것처럼 사춘기 남자애들에게는 어쩔 수 없는…….)

거기까지 생각한 마사치카는 「아냐」 하며 자기가 한 생각을 부정했다.

(사춘기 남자애 같은 건, 변명이 못 돼……. 실제로 노노아나 에레나 선배 상대로는 전혀 흑심을 느끼지 못했는걸…….)

이제까지는 자각하지 못했다.

하지만, 마리야에게 흑심을 품고 있다. 그 사실 자체가, 마사치카가 마리야를 연애 대상으로 인식하고 있다는 명백한 증거다. 하지만…….

(응. 그렇긴 하지만…… 어째서일까. 마샤 씨=마아가 된 지금, 왠지 엄청난 죄책감이…….)

아름다운 기억 속에 있는 그 소녀를, 음탕한 욕망으로 더럽히고 있는 듯한…… 이제 와서, 자기 자신의 음탕한 마음에 엄청난 죄책감을 느끼고 만 마사치카는 살짝 죽고 싶어졌다.

"아뇨. 마샤 씨가 사과할 일이 아니니까 고개를 드세요."

죄책감 탓에 가슴이 아프기 시작한 마사치카는 일단 이 이야기를 끝내려 했다. 하지만 마리야가 갑자기 고개를 치켜들자, 마사치카는 약간 움찔했다.

"그래서 말인데! 쿠제!"

"아, 네."

몸을 살짝 뒤편으로 젖힌 마사치카를 향해, 마리야는 두 팔을 벌렸다. 그리고, 볼을 살짝 붉히면서 진지한 표정으로 말했다.

"사과 삼아서…… 나를 마음껏 만져도 돼!"

"……네?"

"이제까지 참게 한 만큼…… 참지 말고, 마음껏 만져."

"아니, 왜 이야기가 그런 방향으로 꺾인 건데요?!"

보통 이럴 때는 「앞으로는 신체 접촉을 자제할게」 하고 말해야 하는 게 아닐까. 왜 더 적극적인 방향으로 나아가는 걸까. 그리고 왜 하필이면, 마사치카의 욕망을 전부 긍정하는 듯한 짓을 벌이는 걸까.

"괘, 괜찮아! 상대가 쿠제라면, 나는 괜찮거든! 부끄럽긴 하지만, 힘낼게!"

"아니, 제가 괜찮지 않으니까, 힘내지 마세요!"

어째선지 얼굴이 새빨개진 채 눈이 빙글빙글 돌고 있는 마리야를 향해, 마사치카는 비명에 가까운 목소리로 그렇게 외쳤다.

(틀렸어. 이 사람, 생각을 너무 해서 머릿속이 펑크난 거야.)

완전히 이상한 방향으로 폭주하고 있는 마리야를 보자, 마사치카도 머릿속이 빙글빙글 돌기 시작했고…….

"아, 알았어요! 마샤 씨의 마음은, 잘 알았다고요!"

마사치카는 생각이 전혀 정리되지 않았지만, 일단 마리야를 말리기 위해 두 손을 앞으로 쑥 내밀며 자기 마음을 입에 담았다.

"그래도, 좀 참아 주세요! 마샤 씨를, 저기, 그런 눈길로 보기는 하지만, 그때마다 어마어마하게 자기혐오에 빠진다고나 할까, 아무튼 지금 마샤 씨를 만졌다간 저는 자기혐오로 확 죽어버릴 거라고요!!"

자기가 무슨 말을 하는지 모르는 채, 마사치카가 눈을 감은 상태에서 필사적으로 고함을 지르자…… 어마어마한 침묵이 학생회실 안을 가득 채웠다. 시곗바늘이 째깍째깍 하며 시간을 새기는 소리만이 들려오는 가운데…… 곧 희미한 웃음소리가 마사치카의 귀에 전해졌다.

그 목소리를 듣고 천천히 눈을 떠보니, 왠지 안심한 것처럼 웃음을 흘리고 있는 마리야의 모습이 눈에 들어왔다.

"……마샤 씨?"

"아, 저기, 미안해. 역시 쿠제가 사아라는 생각이 들어서 웃은 거야."

"네?"

영문을 모르겠다는 표정을 지으면서도, 일단 폭주가 멎은 것 같다고 판단한 마사치카는 천천히 두 손을 내렸다. 그러자 마리야는 이성적인 표정을 지으면서 마사치카를 향해 다시 고개를 숙였다.

"미안해. 나, 쿠제가 남자라는 걸 인식했더니 왠지 무서워졌어."

"하아…… 으음, 그건……."

흑심을 느꼈다는 말이죠? 자기를 향한 음탕한 욕망을 느끼고, 무서워졌다는 말이죠?

거기까지 생각이 미친 마사치카는 다시 죽고 싶어졌다. 두 무릎에 팔꿈치를 얹으며, 고개를 떨구기…… 전에, 마리야가 웃으며 말했다.

"하지만, 이제 괜찮아. 쿠제는, 나를 상처입히는 짓은 안 해. 사아가 여전히 상냥한 애라는 걸, 이제 알았는걸."

"으, 음……."

마리야의 말을 되짚어본 마사치카는 여전히 혼란에 빠져 있는 뇌로, 어떤 추측에 도달했다.

"혹시…… 저를, 시험해본 거예요?"

"저기…… 미안해. 결과적으로 그렇게 되어버렸네."

"결과적으로……."

마사치카의 질문에, 마리야는 미안한 투로 답하며 고개를 살며시 숙였다.

"쿠제를…… 남자애라 여기지 않으며, 신체 접촉을 했던 걸 미안하게 생각한 건 사실이야. 쿠제라면, 내 몸에 손을 대도 된다고 생각한 것도 사실이야. 하지만…… 나보다 더 당황한 쿠제를 보니, 왠지 안심됐어."

마리야는 의미심장한 웃음을 흘리면서, 마사치카가 사랑스럽다는 듯이 두 눈을 가늘게 떴다.

"쿠제는 역시 변함없는데…… 그런 너를 무섭다고 생각한 게 참 우스워."

"하아…… 아니, 하지만……."

마리야한테서 시선을 돌린 마사치카는 머리를 긁적이며 우물쭈물했다.

"아까 말한 것처럼, 진짜로 곤란한 건 사실이니까…… 앞으로는, 저기, 신체 접촉을 조금 자제해줬으면 해요."

"후훗. 네~. 선처할게요~."

"그건 선처 안 하겠단 소리 아니에요?"

"하지만, 좋아하는 사람과는 몸을 맞대고 싶어진단 말이야~."

평소처럼 부드러운 미소를 머금으며 그렇게 말한 마리야는 말투를 약간 차분한 느낌으로 바꾸며 말을 이었다.

"하지만…… 그래~. 앞으로는 가능하면 미리 말한 후에 신체 접촉을 할게."

"신체 접촉 자체를 관두진 않는 거네요……."

"응. 그럼……."

그리고 마리야는 가볍게 두 손을 벌렸다. 왠지 데자뷔가 느껴지는 광경이었기에, 마사치카의 표정이 굳은 가운데…… 마리야는 방긋 웃으며 말했다.

"화해의 허그, 하지 않을래?"

"……."

마리야가 그런 제안을 하자, 마사치카의 뇌리에서는 가장 먼저 「왜 화해?」라는 의문이 떠올랐다. 하지만 그것도 마리야의…… 천사 같은 미소를 보고 있으니, 아무래도 상관없어졌다.

(그래……. 내가 사아인 것처럼, 마샤 씨도 마아인 거야.)

분명, 이 포옹에 깊은 의미는 없다. 다툰 어린아이가 화해하려고 하는 행위와 마찬가지다. 흑심 같은 건 전혀 없던 그 시절처럼, 순수하고 가벼운 마음으로 하면 된다.

"하아. 네, 화해의 허그군요."

그렇게 생각하니 마음이 가벼워진 마사치카는 작게 웃으며 몸을 내밀더니, 마리야와 가볍게 포옹했다. 마리야 또한 마사치카를 상냥히 끌어안았다. 그리고 마사치카의 귓가에서 만족한 듯이 「우후후」 하고 웃었다.

【역시, 안 무서워.】

마리야는 안심한 것처럼 작은 목소리로 그렇게 중얼거리더니…….

쪽.

"어, 잠깐만……."

볼에서 어떤 감촉이 느껴지자, 마사치카는 화들짝 놀라며 몸을 뗐다.

그러자, 마리야는…… 그 시절에는 보여주지 않았던 장난꾸러기 같은 미소를 머금으며 몸을 일으키더니, 입술 앞에 검지를 세우며 말했다.

"가능하면, 이라고 말했잖아~."

그렇게 말하며 가볍게 윙크한 마리야는 춤추는 듯한 발걸음으로 학생회실에서 나갔다.

그 뒷모습을 쳐다보던…… 마사치카는 소파에 털썩 쓰러지더니, 팔걸이에 얼굴을 묻으며 고함을 질렀다.

"죽겠네!!"

◇

그날 방과 후. 학생회 업무를 마친 마사치카와 아리사는 체육복으로 갈아입고 학교 건물 뒤편으로 향했다.

두 사람이 도착하고 얼마 후에 마리야가 오더니, 그로부터 몇 분 후에 에레나가 나타났다.

"수고 많네~. 이야, 좀 쌀쌀한걸~."

그렇게 말하며 반소매 상의 아래로 드러난 두 팔을 손으로 문지르는 에레나에게, 마사치카는 약간 걱정스러운 투로 말했다.

"괜찮으세요? 오늘은 가볍게 연습만 해볼 거니까, 체육복을 안 입어도……."

"그래도 연습하다 보면 몸이 달아오르지 않겠어?"

"그런가요? 아랴와 마샤 씨도, 추우면 옷 갈아입어도 돼요."

"나는 괜찮아."

"나도, 이 정도 날씨는 아무렇지 않아~."

"……무리는 하지 마세요."

여성에게 배려가 부족했다고 여긴 마사치카는 좀 반성했다. 그런 그의 옆에 선 에레나는 아리사와 마리야를 쳐다보며 말했다.

"그건 그렇고, 이야…… 체육복은 끝내주네."

에레나가 구구절절한 목소리로 그렇게 말하자, 마사치카는 말없이 그녀를 쳐다봤다. 그러자 에레나는 입가를 씰룩이면서 눈가가 축 늘어진, 금방이라도「우헤헤」하고 웃을 듯한 표정으로 말했다.

"이야, 완전 끌리네요……. 진짜 불끈불끈—."

"에레나 선배. 미리 물어보는 건데, 물리적으로 쥐어박는 것도 오케이인가요?"

"어, 물리적으로 박는다는 건 너무 노골적—."

부끄러운 척하는 에레나의 눈앞을, 마사치카의 손날이 바람 소리를 내며 가르고 지나갔다.

"……."

"아, 죄송해요. 무심코 손을 휘둘러버렸네요."

"손이 미끄러진 게 아니라?"

에레나가 정색을 하며 그렇게 말하자, 마사치카는 말없이 손날을 들어 보였다. 그러자 에레나는 입가에 손을 대더니, 마사치카를 올려다보며 말했다.

"나, 처음이니까…… 상냥하게, 부탁해."

그렇게 말하는 에레나의 머리에, 마사치카의 손날이 꽂혔다.

"으으……. 너무해, 쿠제. 여자애를 때리다니…… 에레나 선배가 마조히즘에 눈뜨면 어쩔 건데?"

"그때는 책임감을 가지고 마조히스트로 만들어드릴게요."

"우와! 이 후배, 완전 쓰레기야! 에레나 선배를 마조히스트로 만들 생각이야?!"

"방치."

"뭐…… 실컷 가지고 논 후, 버리는 거야?!"

자연스럽게 음담패설을 늘어놓는 에레나의 뒤통수를, 마사치카가 때렸다. 손목의 스냅으로 동작이 커 보이기는 하지만, 실은 손가락 끝으로 가볍게 때렸을 뿐이다. 그래도 이쪽 계통 전문가인 에레나는 머리를 감싸 쥐며 과장스럽게 아픈 척을 했다.

"으으……. 에레나 선배의 핑크빛 뇌세포가……."

"잔말 말고 기마나 만들라고요."

뇌가 번뇌로 물든 선배를 내버려두기로 한 마사치카는

아리사와 마리야에게 눈길을 보냈다. 그러자 두 사람은 말로 형용하기 어려운 표정으로 마사치카와 에레나를 쳐다보고 있었다.

"……왜 그래요?"

마사치카가 약간 움찔하며 그렇게 말하자, 입술에 검지를 댄 마리야가 고개를 갸웃거리며 말했다.

"두 사람…… 꽤 친해 보이네~."

"네? 아, 친하다기보다……."

"쿠제가 여자애와 이렇게 편하게 이야기 나누는 모습은 처음 봤어……."

"아니, 그런 건……."

유키와도 평소에는 이런 느낌이다.

마사치카는 바로 그렇게 생각했지만, 그게 여동생 모드일 때의 이야기라는 걸 떠올렸다. 그러니 학교에서 이렇게 편하게…… 아니, 거침없이 대하는 여자애는 에레나뿐일지도 모른다.

"으음. 뭐, 중요한 일은 아니잖아요……. 그것보다 마샤 씨, 배가 드러났어요."

"뭐? 아……."

체육복 아래로 배꼽이 언뜻 드러났기에, 마사치카는 고개를 돌리며 지적했다. 그리고 마리야가 옷을 고쳐 입으려 하자, 마사치카는 뒤돌아섰다.

"그럼 우선 기마를 짜보죠. 마샤 씨와 에레나 선배는 저와 한 손으로 깍지를 끼고, 다른 손을 제 어깨에…… 바로 그거예요."

마사치카는 앞을 바라보며 등 뒤로 손을 돌려서 마리야, 에레나와 깍지를 꼈다. 그리고 눈치챘다.

(어라? 이건 실질적으로 연인끼리 손잡는 느낌이잖아…….)

그렇게 생각했을 때, 왼쪽 뒤편에서 같은 지적이 들려왔다.

"어, 어라? 어머나…… 이건, 연인끼리 손잡는 느낌이잖아요~. 부끄럽네요~."

"어머, 정말이네~."

왼손 손가락 사이에서, 에레나의 손가락이 부끄러운 듯이 꼼지락거렸다. 마리야는 맞잡은 손을, 의미심장하게 꼭 쥐었다. 그리고 볼에, 아리사의 차가운 시선이 꽂혔다.

"……아랴, 준비됐어. 올라타."

"……."

마사치카는 그 모든 것을 눈치 못 챈 척하더니, 다른 두 사람과 함께 몸을 숙이면서 기수인 아리사를 태울 준비를 했다. 그러자, 아리사는 마리야와 에레나의 팔 위에 몸을 걸치면서 천천히 체중을 실었다.

"오우~, 팔에 아리사의 엉덩이 감촉이이이잇?!"

"올라탔어? 그럼 발을 손에……."

"아니, 잠깐만 있어 봐?! 이건 대체 무슨 기술이야?!"

깍지 낀 손가락이 으스러질 듯이 조여들자, 에레나는 비명을 질렀다. 그걸 들은 마사치카가 작게 한숨을 내쉬면서 손에 들어간 힘을 빼자, 에레나는 휴우 하고 한숨을 내쉬었다.

"아야야……. 하마터면 쿠제의 손가락 테크닉에 농락당할 뻐어어언?!"

"선배는 정말 질리지도 않나 보네요."

"헤헤…… 이 에레나 님은 개그 날릴 기회가 생기면 무조건 날리고 보는 타입이거든……."

"……시작해도 될까?"

"아, 응."

"아, 넵."

어처구니없다는 듯이 차가운 목소리로 그렇게 말한 아리사가 발끝으로 두드리자, 마사치카와 에레나는 깍지 낀 손을 벌렸다. 그러자, 구두와 양말을 벗은 아리사가 맨발을 그 위에 얹었다.

(으음…… 아랴의 맨발이 손에 닿으니, 뭐랄까—.)

"오우~, 아리사의 발이이잇?!"

에레나의 바보 같은 발언을 듣고 번뇌가 사라진 마사치카는 냉정한 마음으로 손의 위치를 조절했다. 자기보다 더 당황한 사람이 곁에 있으면 오히려 차분해진다고 하는데, 아무래도 자기보다 더 엉큼한 사람이 곁에 있을 경우에도 사람은 차분해지는 것 같았다.

“그럼 일어설게요~. 하나, 둘~, 셋!”

셋이서 호흡을 맞추며, 동시에 자리에서 일어났다.

그러자 마리야와 에레나의 손을 얹어둔 마사치카의 두 어깨에 아리사가 손을 얹으며 체중을 실었다.

(으음. 이거, 꽤…….)

“아. 저기, 이건…….”

“윽, 무겁…… 아니, 무겁다는 말은 실례긴 해!”

좀 후들거리면서도, 어찌어찌 몸을 일으켰다.

“으음, 그럼 일단 이 상태에서 움직여볼까요.”

일단 이 상태에서 전진, 후퇴, 횡 이동 등을 해봤다.

처음에는 발걸음을 맞추는 것도 힘들었지만, 선두에 선 마사치카가 말로 지시를 해주자 점점 호흡이 맞았다.

“좋아. 그럼 다음으로 넘어가자. 아랴, 이 상태에서 일어설 수 있겠어?”

“어…… 괜찮겠어?”

“그래. 이동 중에는 몰라도, 머리띠를 빼앗을 때는 일어서야만 하잖아.”

“알았어……. 그럼, 해볼게.”

그렇게 말한 아리사가 몸을 들면서 세 사람의 손 위에 선— 순간, 에레나가 비명을 질렀다.

“자, 잠깐만! 이건 진짜 버겁거든?! 손이, 손이 빠지겠어어어어!"

그 말을 들은 아리사가 급히 마사치카의 어깨에 기댔고, 세 사람은 일단 그녀를 기마에서 내렸다.

"후유, 아야야……. 일어섰을 때의 부담이 엄청나네."

"그야 아랴의 모든 체중이 손에 실리니까요……."

"응……. 절반 정도는 쿠제 탓이라고 생각하거든~?"

"……에레나 선배가 성희롱 발언을 하는 탓이라고 생각해요."

원망 섞인 눈길로 쳐다보며 손을 흔드는 에레나에게서 시선을 돌리자, 이번에는 체육복이 말려 올라가면서 드러난 마리야의 배가 눈에 들어와 마사치카는 또 시선을 돌리며 말했다.

"……마샤 씨, 또 배가 드러났어요."

"아, 정말~."

마리야가 서둘러 옷자락을 내리자, 에레나는 깨달음을 얻은 듯한 표정을 지으며 고개를 끄덕였다.

"마리야는 찌찌가 큼지막~하잖아. 그 바람에 어쩔 수 없이 옷이 말려 올라가는 거야."

"푸웁."

그 직설적인 지적을 들은 순간, 마사치카는 태클을 날리지도 못하며 사레가 들렸다. 그러자, 말릴 사람이 없어진 에레나가 이어서 아리사를 쳐다봤다.

"그러고 보니 아리사도 꽤나 큼지막하네……. 나도 꽤 큰 편이라고 생각했는데, 자신감 잃을 것 같아……."

"저기! 남자가 있는 자리에서 그런 말 좀 자제해주지 않을래요?!"

참다못한 마사치카가 고개를 돌린 채 그렇게 외치자, 에레나는 능글맞은 미소를 지으면서 마사치카의 얼굴을 들여다봤다.

"어라~? 그런 소리 해도 괜찮겠어~? 관악부는 항상 이런 분위기거든~?"

"……부장의 성희롱이 횡행하는 멋진 직장이군요."

"미소가 끊이지 않는 멋진 하렘이에요~!"

에레나가 불만을 드러내듯 입술을 삐죽 내밀자, 마사치카는 그녀를 향해 원망 섞인 시선을 보냈다. 그리고 앙갚음을 하려는 듯이 가라앉은 목소리로 말했다.

"하렘, 이라……."

"네. 하렘인데 무슨 문제 있나요?"

"……관악부 합숙에서 여자부원에게 『같이 목욕하자~』 하고 그렇게 졸라놓고, 목욕 시간이 되자 혼자만 방에 딸린 욕실에서 후딱 씻었다는 밀고를 받았는데 말이죠."

"그만해."

"『오늘 밤에는 안 재울 거야~』 라는 식으로 떠들어놓고, 자정이 되기도 전에 곯아떨어졌다는 밀고도 받은 적 있거든요?"

"그만해! 영업 방해 작작 하라고!!"

에레나는 두 손을 내저으면서 「오해 마세요~. 밤에 너무 힘썼다가 다음 날에 피곤하지 않도록 배려했을 뿐이에요~」 하고 변명했다. 그 말을 무시한 마리야가 마사치카에게 슬쩍 물었다.

"(어, 에레나 선배는 그런 사람이야?)"

"(저래 봬도 수줍음 많고 순진한 사람이에요. 게다가 입으로는 저렇게 떠들지만 신체 접촉은 거의 안 한다니까요. 천성이 성실해서 그런가 봐요.)"

"거기! 다 들리거든~?!"

"일부러 들으라고 말한 거예요."

"마치 일부러 중요 부위를 대고 있다는 듯한……."

"그럴 작정은 없었는데요."

"아~무~튼~! 근거 없는 헛소문을 멋대로 퍼뜨리지 마~!"

"걱정하지 마세요. 선배가 천성적으로 성실하다는 건 주위 사람들도 알고 있거든요."

「그 덕분에 당선된 거잖아요」란 말은 삼킨 마사치카가 다른 두 사람과 함께 뜨뜻미지근한 눈길로 쳐다보자, 에레나는 얼굴을 붉힌 채 부들부들 떨기 시작했다. 그리고 오른손으로 눈가를 가리더니, 뒤돌아서서 내달리기 시작했다.

"우에에에에엥! 명예훼손으로 고소할 거야~!"

"녹음기가 없으면 무리일 텐데요~."

마사치카가 냉철한 태클을 날렸지만, 에레나는 돌아보지 않으면서 그대로 건물 귀퉁이 너머로 모습을 감췄다.

"어? 아직 연습이 안 끝났는데……."

마사치카가 그 뒷모습을 어처구니없다는 듯이 쳐다보고 있을 때, 아리사가 당혹스러운 표정으로 그를 쳐다봤다. 그러자 마사치카는 걱정하지 말라는 듯이 어깨를 으쓱했다.

"괜찮아. 맡은 일을 도중에 내팽개칠 사람이 아니거든."

마사치카가 그렇게 말하고, 몇 초 후…….

"아, 돌아왔어……."

"어때? 천성적으로 성실한 사람이라니깐."

◇

"용사여, 여기까지 오느라 수고했다네."

"그냥 평범하게 어서 와, 하고 말할 수는 없는 거냐?"

방과 후의 비밀 연습을 마치고 귀가한 마사치카는 거실 의자에 당당히 앉아있는 유키를 향해 눈을 부라렸다. 그리고 주위를 둘러보면서, 배경에 녹아들어 있는 메이드가 없다는 사실을 확인했다.

"……오늘은 혼자야?"

"응? 나 혼자만으로는 부족하다는 거야?"

"아니, 이미 배가 터질 것 같아."

"디저트 삼아 아야노(푸딩)도 데려오라는 거야?"

"아야노라고 쓰고 푸딩이라고 읽지 마."

마사치카의 날카로운 태클을 들은 유키가 깔깔 웃더니, 곧 평소 같은 말투로 말했다.

"그건 그렇고, 벌써 배가 터질 것 같다니…… 피곤한 사람을 상대하기라도 한 거야? 예를 들자면…… 에레나 선배라든가?"

"……!"

유키가 아무렇지 않게 입에 담은 이름을 듣고 볼이 살짝 꿈틀거린 마사치카는 자기 실수를 눈치챘다. 기마 멤버가 사전에 노출되지 않도록 일부러 방과 후에 건물 뒤편에서 몰래 연습한 건데…… 유키는, 모든 것을 내다보고 있는 듯이 자신만만한 미소를 머금었다.

"기마전 연습은 잘 되어가고 있어? 오라버니여."

"……남의 속을 떠보는 게 능숙해졌는걸, 동생이여."

"남의 속을 떠봐? 아니, 확신했어. 이 타이밍에 늦게 돌아온다면, 그게 틀림없을 거라고 말이지."

유키가 씨익 웃으며 그렇게 말하자, 완전히 한 방 먹은 마사치카는 비아냥거리듯 웃었다.

"그래서? 오늘은 적진 정찰이라도 온 거야?"

"응? 그냥 겸사겸사 온 것뿐인데? 상대가 누구라도 질리가 없거든. 그러니 미리 알아둘 필요도 없어."

"……호오, 세게 나오는걸. 처음 보는 상대한테도 대응할 자신이 있나 보네."

"얕보지 말아줄래? 나 정도 되면 딱 보기만 해도 상대의 역량을 간파할 수 있어……. 1화만 보면 어느 정도까지 에로 노선으로 나가는 만화인지 간파할 수 있듯이 말이지!"

"그건 나도 할 수 있거든? 솔직히 말해 앞쪽의 컬러 페이지 몇 장만 봐도 간파할 수 있어."

"컬러 페이지의 살색 비율. 그것이 바로, 그 만화에 허락된 노출도의 한계치인 것이다……!"

마치 달인이라도 된 듯한 목소리로 그렇게 떠드는 여동생을, 마사치카는 가만히 쳐다봤다.

"그래서? 결국 뭐 하러 온 거야?"

"응? 그야 물론……."

그리고 천천히 몸을 일으킨 유키는 테이블을 두 손으로 내려쳤다. 그리고 눈을 치켜뜨더니, 오빠를 노려보면서 말했다.

"시험 전에 약속했던 밀린 애니 몰아보기를 하러 온 거야!"

"……아하."

"새까맣게 잊었던 거냐! **새까맣게 잊었던 거냔 말이다!**"

"아, 방금은 버퍼링 걸렸을 뿐이야."

"메모리 부족한 거 아냐? 용량 큰 거로 바꿔. 겸사겸사

외장 하드 디스크로 기억 용량도 늘리라고."
"USB 1.0이니까 바꿔봤자 로딩에 시간 걸려."
"그러면 기기 변경을 하라고."
"그 말은 다시 태어나라는 거야?"
"그때는 나도 같이 전생해줄게."
"부담스러워."
"전생한 후의 히로인은 전생의 여동생이었습니다."
"그런 작품 있을 것 같네."
"그리고 전생한 후의 여동생은 전생의 히로인이었습니다."
"갑자기 상황이 복잡해지네."
"참고로 이세계 전생이 아니라 역행 전생입니다."
"……뭐?"
"그리고 지금, 현생의 여동생이 히로인에게 『돌려줘~! 내 몸~!』 하고 외치며 달려들려 합니다."
"대뜸 호러 전개하지 마! 섬뜩하다고!!"
"제목 『내 여동생은 여동생이 아닐지도 모른다』."
"의붓동생과의 러브 코미디를 기대한 독자가 아비규환에 빠지겠네."
"이런 식의, 제목에 담긴 진짜 의미를 나중에 알게 되는 작품. 저는 좋아해요."
"나도 좋아하거든? 하지만 내가 바라던 것과 달라."
"이야기를 돌리자면, 밀린 애니 몰아보기는 이유 중 하나에 지나지 않아.”

“뭐야. 다른 이유가 있는 거야?”

“그야, 시험 전에 오빠 컨디션을 해친 걸 사과하러 온 게 뻔하잖아.”

유키가 진지한 표정으로 그렇게 말하자, 마사치카는 말문이 막혔다. 그리고 동생의 진지한 얼굴을 쳐다보며, 쓴웃음을 머금었다.

(뭐. 아랴가 눈치챘을 정도니까, 네가 눈치 못 챘을 리가 없나…….)

마사치카가 마음속으로 자조하듯 그렇게 중얼거리고 있을 때, 쪼르르 다가온 유키가 그를 올려다보며 말했다.

“이제, 괜찮아?”

“그래. 너도 다리는 이제 아프지 않은 거야?”

“응.”

“그렇구나. 다행이야.”

“이야, 그럼 기마전에서는 서로가 핸디캡 없이 정정당당히 싸울 수 있겠는걸?”

“그거 다행이네.”

서로가 자신만만한 미소를 머금은 후, 유키는 슬며시 심술궂게 웃으면서 두 팔을 벌렸다.

“그럼 사과 삼아, 오늘은 나를 마음껏 귀여워해 주도록.”

“……그게 평소와 어떻게 다른데?”

“기분이 달라. 아, 맞다. 기왕이면 한 번 더 해줘. 공주님 안기 말이야.”

“게다가 요구사항까지 있는 거냐……. 그건 긴급 상황에서 발휘된 괴력 같은 거랄까…….”

“호오? 불가능하다는 거야? 방금까지 아랴 양을 들었으면서, 나는 못 든다는 거네?”

“하아~ 그래그래. 자, 영차!”

마사치카는 기합을 지르면서 유키의 등과 무릎 뒤편에 팔을 두르더니, 그녀의 몸을 단숨에 들어 올렸다.

“우왓하~! 오오~ 끝내줘! 아하하, 되게 높네~!”

“인마, 발 버둥거리지 마!”

“좋아, 밀린 애니 다 볼 때까지 공주님 안기 해줘!”

“내 팔 떨어진다고!”

“출마전을 치르기 전에 팔을 망가뜨리겠어. 이 또한 선거전…….”

“정정당당은 대체 어디 간 거냐!”

평소와 다름없는 두 사람.

일상 속의 별것 아닌 에피소드.

그 안에서, 서로를 향한 근심을 걷어내며…… 남매는, 정정당당히 싸우기로 마음먹었다.

그리고, 대결의 날이 밝았다.

제 7 화 큰 공 굴리기였으면 아마 사고

10월 하순. 가을이라기에는 고개를 갸웃거리게 되지만 운동을 하기에는 최적의 기온인 이날, 세이레이 학원 운동회가 열렸다.

"……뭐랄까, 재미있는 광경이네."

마사치카는 학생회용 텐트에서 운동장을 쳐다보며 중얼거렸다.

『홍팀, 빠릅니다! 하지만 이 타이밍에 외각에서 찔러 들어온 녹팀의 히가시야마 선수! 멋진 질주입니다. 히가시야마 선수, 쑥쑥 나아갑니다. 그리고, 추월―! 1등은 녹팀의 히가시야마 선수!』

"아니, 경마 실황이냐고."

"경마……? 마사치카, 설마……."

"오해를 하나 본데, 아니거든? 경마 게임을 하기는 하지만, 실제 경마는 안 한다고."

명백하게 이상한 방향으로 흥분한 방송부 부원에게 태클을 날린 순간, 옆에 있던 아리사에게 의심의 눈초리를 받고 만 마사치카는 허둥지둥 변명했다.

"그것보다 저 방송부 부원도 내가 하는 게임의 영향을 받은 것 같네……. 뭐, 관객에게는 반응이 좋은 것 같지만 말이야."

교사진과 방송부 부원이 있는 실황석 텐트를 도끼눈으로 쳐다보고 있을 때, 방금까지 마사치카가 관전하던 경기에서 움직임이 있었다.

『어이쿠~! 이 타이밍에 유도부 3학년인 사사키 선수, 모래포대를 떨어뜨렸습니다! 사사키 선수, 탈락! 기록은 8분 27초입니다!』

그 중계를 듣고 고개를 돌려보니, 거구의 남학생이 아쉬워하며 관객석으로 돌아가는 광경이 눈에 들어왔다. 또한, 탈락자가 퇴장한 후에도 미동조차 하지 않으며 서 있는 건장한 남자들도 보였다. 게다가 줄지어 서 있는 건장한 남자들의 뒤편에, 전속력으로 달리고 있는 여학생들이 눈에 들어왔다.

"으음~, 괴상한 광경이네."

시간 무제한의 모래포대 들고 있기가 얼마나 걸릴지 모르기에, 다른 경기와 병행해서 진행하고 있는데…… 그 결과, 우락부락한 남자들이 트랙 가장자리에 줄지어 서 있었다. 그 뒤편에서 발랄한 여자애들이 상큼한 땀을 흘리고 있는, 참 언밸런스한 광경이 펼쳐지고 있었다.

『자! 10분이 경과한 현재, 남은 이는 열세 명! 마지막까지 버티는 건 누구일까요!』

"……회장님, 힘내고 있네."

유도부와 럭비부처럼 근력과 체력이 절대적으로 자신 있는 운동부가 힘자랑 중인 가운데, 토우야는 그들 사이에 섞여서 아직 버티고 있었다. 하지만 이미 악력이 한계에 도달한 건지, 포대를 가장자리를 쥔 손에서 모래포대가 서서히 흘러내리고 있었다.

"우와아, 힘들겠다……. 손가락 끝으로 겨우 버티고 있어……."

"고쳐 들고 싶겠지만…… 손을 조금이라도 움직이면 떨어뜨리고 말 거야."

"그래……."

곧 탈락할 거라고 생각한 바로 그때였다. 운동회 실행위원회를 돕고 있는 치사키가 토우야의 앞을 지나갔다. 그리고, 토우야 쪽을 쳐다보며 무슨 말을 했다. 그러자…….

"오, 오오?"

연인에게 성원을 받은 듯한 토우야가 탄력을 붙여서 오른손을 포대에서 떼나 싶더니, 재빨리 모래포대 아래로 옮겼다. 그와 동시에 왼손도 포대 아래로 옮기더니, 손바닥으로 포대를 지탱하듯 두 손을 쑥 내밀었다.

『오오~, 켄자키 회장님! 이제 와서 자세를 바꿨습니다! 꽤 불안정해 보입니다만, 괜찮을까요?!』

실황 중계자의 말을 들은 아리사가 어려운 표정을 지으며 말했다.

"저러면 움켜쥘 필요가 없기는 하지만……."

"그래. 포대 안의 모래가 움직일 테니까…… 앞뒤 어느 쪽으로 기울어지면 그대로 아웃이야."

"맞아……."

마사치카와 아리사는 토우야가 승산이 나쁜 도박을 했다고 생각하며 걱정했다. 하지만 후배들의 비관적인 예상과 달리, 토우야는 그 상태에서 모래포대를 계속 들고 있더니—.

『아앗~! 카미이즈미 선수가 탈락했습니다~! 우승은 켄자키 회장님! 학생회장의 의지를 보여줬습니다~!!』

""""오오오오오~~!!""""

관객석에서 커다란 환성과 박수가 터져나오는 가운데, 모래포대를 지면으로 내던진 토우야가 승리의 함성을 질렀다. 그런 토우야에게 치사키가 뛰어가더니, 그와 하이파이브를 했다.

『사라시나 부회장님과 축복의 하이파이브! 켄자키 회장님의 팔에 결정타가 꽂혔습니다!』

실황 중계자의 그 말에 사람들이 웃음을 터뜨리자, 치사키는 실황 중계석을 향해 위압감을 뿜었다. 하지만 상황을 고려한 듯한 치사키는 다시 실행위원회를 도우러 갔고, 토우야도 학생회의 텐트로 돌아왔다.

"축하해요, 회장님. 멋졌어요."

"축하드려요."

"그래, 고마워."

마사치카와 아리사가 박수로 맞이해주자, 토우야는 피로가 묻어나는 표정으로 미소를 지으며 대답했다.

"자세를 바꾼 순간 이제 틀렸다고 생각했는데…… 용케 버텨냈네요."

"이야, 마지막에는 정말 기력 승부였어. 뭐, 우승할 수 있었던 건 카가미와 사이죠 선배가 나오지 않은 덕분이겠지만 말이지."

토우야가 약간 의아한 표정을 지으며 언급한 이는, 이 학교 운동부에서 최고 수준의 지명도를 지닌 두 사람이었다. 이 두 사람은 기획 단계에서부터 모래포대 들기의 우승 후보였다.

카가미는 럭비부에서 절대적 에이스라 불리는 시원한 인상의 미남 럭비맨이다. 사이죠는 유도부 주장을 맡고 있는 전국 레벨의 선수이며, 말수가 적지만 신사적인 학생으로 알려져 있다. 두 사람 다 여자에게 인기가 있으며, 학교에서의 지명도는 유쇼에게 밀리지 않는 학생이었다. ……솔직히 말해, 남자 사이에서의 호감도로 보면 유쇼보다 훨씬 뛰어나다.

"……뭐, 솔직히 저도 그 두 사람이 나오지 않은 게 의외

이긴 한데…… 단순한 근력 승부에 흥미가 없는 것 아닐까요? 아무튼, 운동부와 정정당당히 승부해서 우승한 건 정말 대단한 일이라고 생각해요."

"고마워. 치사키의 연인으로서 부끄럽지 않은 결과를 남겼다고 할 수 있으려나."

그렇게 말하며 만족스러운 미소를 짓고 있는 토우야의 뒤편으로…….

모래포대를 7단으로 쌓아서 옮기고 있는 치사키의 모습이 보였지만, 마사치카는 못 본 척하기로 했다.

"그, 그래요. 사라시나 선배와도 하이파이브를 했잖아요. 선배도 회장님을 믿음직하게 생각하는 게 틀림없어요!"

"그래? 그렇다면 노력한 보람이 있는걸. 하하하."

못 봤다. 실행위원이 수레를 내밀었지만, 괜찮다는 듯이 한 손을 내저으며 웃는 얼굴로 사양하는 치사키의 모습은 못 봤다! 실황 중계자도 그 광경은 언급하지 않았다!

"(저기, 마사치카…….)"

"(나는 아무것도 못 봤어.)"

"(……그래.)"

아리사 또한, 마사치카와 마찬가지로 못 본 척을 했다. 토우야가 근력 면에서 연인에게 믿음직한 남자가 되려면 아직 한참 먼 것 같았다.

『자~ 다음은 교직원 릴레이! 각 팀의 각 학년 각 반의 담임 교사가 배턴을 들고 달립니다! 홍팀의 첫 번째 주자는 1학년 A반의 센다가와 선생님! 여름 방학부터 시작한 금연은 효과가 있을까요! 청팀의 첫 번째 주자는 1학년 C반의 타바타 선생님! 최근 연하 남친이 생겼다고 합니다! 녹팀의 첫 번째 주자는 1학년 E반의 코히나타 선생님! 겨울에도 찬물만 마신다고 합니다! 황팀의 첫 번째 주자는—.』

선수 소개와 함께 폭로된 교사들의 소소한 정보에, 관객석에 웃음꽃이 피었다.

마사치카도 같이 웃고 있을 때, 프로그램을 확인한 아리사가 자리에서 일어났다.

"다음다음이 변장 경주니까, 나는 이만 가볼게."

"아, 그렇구나. 다녀와."

"아, 힘내라."

아리사가 그렇게 밖으로 나간 직후, 운동회 실행위원 한 사람이 말을 걸어왔다.

"저기~, 공 넣기 준비 좀 도와주지 않겠어요~?"

"어, 알았어."

"아, 제가 가볼 테니 회장님은 쉬고 계세요."

토우야를 자리에 앉힌 후, 마사치카는 실행위원을 도우러 갔다.

"……어? 공 넣기?"

그 경기 명칭에 대해, 제대로 생각해보지 않고 말이다.

◇

“진짜 혼쭐났네…….”

공 넣기 준비를 마친 후, 그대로 남아서 경기를 돕기로 한 마사치카는…… 아니나 다를까, 끔찍한 일을 겪었다.

마사치카가 맡은 것은 공 넣기용 바구니가 달린 폴대를 잡고 있다가, 경기가 끝나고 나서 바구니 안에 들어 있는 공의 숫자를 세는 역할이었다. 폴대를 잡고 있다는 건, 바구니 바로 밑에 들어가야 한다는 의미였다. 그랬더니 이야~ 하늘에서 공이 우수수 떨어져 내린 것이다. 얼굴을 숙였더니 뒤통수에 공이 명중했고, 고개를 들었더니 옆에서 날아온 공이 볼에 꽂혔다. 누가 실수로 공을 걷어차서 날렸다고 생각했는데, 그 후에도 몇 번이나 공이 옆에서 날아온 건 어째서일까. 누가 고의로 한 짓이 아니라 믿고 싶다.

“뭐, 바구니가 찢어져서 공이 쏟아지지 않은 것만으로도 다행일 거야!”

마사치카가 그런 안타까운 말로 자기 자신을 위로하고 있을 때, 실황 중계자가 다음 경기의 시작을 알렸다.

『다음 경기는 변장 경주입니다.』

그 안내 방송을 들은 순간, 관객석이 한층 더 달아오르는 게 느껴졌다.

변장 경주. 각 반에서 남녀 한 명씩 출전하는, 일종의 코스프레 대회다. 그리고 어느 반에서나 이런 경기에는 외모가 뛰어난 학생을 주로 추천하며…… 출발점 앞의 선수 대기 장소에는 마사치카가 아는 얼굴이 몇 명이나 있었다. 아니, 1학년 여학생의 절반은 선거전 관계자였다.

(뭐, 이런 경기의 승패는 그다지 의미가 없지만…… 유키도 나오는 만큼, 아랴는 이기려고 들 거야. 부탁이니까 넘어져서 다치지는 말라고~.)

실행위원 도우미로서 골 지점에서 대기하게 된 마사치카는 멀리서 아리사를 쳐다보며 마음속으로 그렇게 빌었다. 그러는 사이, 출발점에 선 1학년 여자애들이 신호총 소리에 맞춰 일제히 달리기 시작했다.

『자! 변장 의상이 놓인 장소에 도착했습니다! 여기서의 선택이 운명을 가릅니다!』

당연히 의상에 따라서 입는 데 걸리는 시간과 얼마나 달리기 편한지가 명백하게 다르다. 승부는 여기서 갈린다고 해도 과언이 아니기에, 마사치카로서는 아리사가 달리기 편한 의상을 고르기를 빌 뿐이었다.

마사치카가 지켜보는 가운데, 비닐봉투를 하나씩 집어 든 그녀들은 코스 도중에 설치되어 있는 거대한 암막 안으로 들어갔다.

『전원이 탈의 존으로 들어갔습니다! 자, 가장 먼저 나오는 사람은 누구일까요!』

참고로 저 암막 안에는 의상을 준비한 수예부 부원 몇 명이 대기하고 있기에, 혼자서 입기 힘든 의상이라도 안심……이라고 한다. 애초에 그런 의상을 준비하지 말라는 소리를 하고 싶지만, 일단 도우미를 배치해서 옷 갈아입는데 걸리는 시간이 크게 차이 나지 않도록 했다고 한다.

그리고 몇 분 후, 암막 안에서 한 사람이 뛰쳐나왔다.

『오오! 가장 먼저 나온 사람은…….』

햇빛을 받아 빛나는 은발이, 바람에 나부꼈다.

『쿠죠 선수입니다!』

"좋았어!"

관객들이 환성을 지르는 가운데, 마사치카도 주먹을 말아쥐며 기뻐했다. 그리고…….

"어라?"

다시 아리사를 쳐다본 순간, 미간을 찌푸리며 딱딱하게 굳어버렸다.

청춘 향기를 물씬 풍기는, 흰색 세일러복. 어깨에 걸친 파란색 학생용 가방. 그리고……. 입에 물고 있는 식빵 한 장…….

『오오, 이건……! 세일러복, 아니! 고전 순정만화 주인공 코스프레입니다아아—!!』

실황 중계자가 그렇게 외치자, 관객석에서 웃음이 터져 나왔다. 한편, 그 말을 이해하지 못한 듯한 아리사는 성실하게도 식빵을 계속 입에 문 채 달리고 있었다.

바람에 나부끼는 은발, 펄럭이는 치마, 흐느적거리는 식빵. 또한 끝자락이 명백하게 짧아 보이는 세일러복의 끝자락 아래로 새하얀 배를 드러내면서 아리사가 코너로 돌입하자, 일부 관객이 영문 모를 흥분에 사로잡혔다.

"모퉁이야! 모퉁이라고!"

"대체 누구와 부딪칠까……?!"

뭔가를 기대하는 듯한 시선이 집중된 가운데, 아리사는 별다른 사고 없이 트랙을 내달렸다. 바로 그때, 드디어 두 번째 주자가 암막에서 뛰쳐나왔다.

『어이쿠, 이번에 나온 사람은…… 어어?』

한순간 들끓던 실황 중계자의 목소리가 갑자기 당혹스러움에 물들었다. 무리도 아니다. 왜냐하면 모습을 보인 이는…… 변장을 한 게 아니라, 탈 인형을 쓰고 있었던 것이다.

종이와 비닐로 만든 듯한, 딱 봐도 얼간…… 애교 넘치는 얼굴을 지닌, 공룡 형태의 탈 인형. 그 탈 인형의 머리 부분에, 무표정한 아야노의 얼굴이 드러나 있었다.

『으음, 키미시마 선수……군요. 이건 티라노사우루스? 일까요? 아무래도 꽝에 가까운 복장을 고른 것 같습니다!』

명확한 판단을 내리지 못하면서도, 실황 중계자를 열심히 분위기를 띄우려 했다. 바로 그때…….

"아! 윽!"

아야노사우루스가 짧은 발로 열심히 달렸다. 탈 인형의 머리를 붕붕 흔들어대고, 꼬리를 휙휙 휘저으면서 말이다. 그런데도 속도가 전혀 나지 않았지만, 아장아장 걷는 그 모습 덕분에 관객석에서 웃음소리와 여자애들의 새된 비명이 터져 나왔다.

"아야노 양, 귀여워어어어어—!!"

"확 집에 가져가고 싶네~!!"

"이쪽 좀 봐줘어어—!!"

완전히 마스코트 취급을 받고 있다.

그런 그녀를 쫓듯, 분홍색의 누군가가 암막에서 뛰쳐나왔다.

"우~와~, 저건 심하네."

이번에 나온 이를 본 마사치카는 질색과 동정이 반반씩 섞인 듯한 목소리를 냈다. 왜냐하면, 그 분홍색 인물은…… 진짜로 온몸이 분홍색이었던 것이다. 분홍색 보디수트로 온몸을 감싼 그 인물은 뿔 같은 것이 달린 헬멧을 쓰고 있었다.

『오오?! 저건…… 무슨 전대의 무슨 핑크일까요? 모르겠습니다! 아니, 선수가 누구인지도 모르겠군요!』

실황 중계자가 그렇게 말하자, 관객석에서도 웃음기와 경악이 반반씩 섞인 소리가 터져 나왔다. 하지만 그 분홍색 전대 히어로(히로인?)가 아야노사우루스를 맹렬하게 추격하기 시작하자, 그 우스꽝스러운 추격극에 관객석이 폭소에 휩싸였다.

"히어로, 되게 빨라~!"

"도망쳐! 공룡 씨, 빨리 도망쳐!"

환성과 성원이 들려오는 가운데, 마사치카도 쓴웃음을 머금으며 중얼거렸다.

"아니, 저건 대체 누구냐고. 유키……는 아닌 것 같은데, 설마 노노—."

그 우려는 곧 부정당했다.

『아, 이어서 나온 선수는…… 오오?!』

개그 담당이 연달아 등장한 후에 정상적인 코스프레를 한 선수가 등장하자, 실황 중계자의 목소리 톤이 올라갔다.

『아니…… 미니스커트 폴리스?!』

풍선껌을 씹을 듯한 인상의 불량 경관 같은 금발 미소녀가 등장하자, 관객석은 흥분의 도가니가 됐다.

"부탁이야! 나 좀 체포해줘~!"

"경찰 아가씨, 범인은 저예요~!"

변태 신사들이 굵직한 목소리로 환성을 지르는 가운데, 수갑을 손에 쥔 노노아가 망사 타이츠에 감싸인 아름다운 다리를 놀리며 약동감 넘치게 달려갔다.

공룡을 쫓는 전대 히어로, 그 뒤를 쫓는 미니스커트 폴리스…… 정말 어마어마한 광경이었다. 그리고, 그러는 사

이에…….

『오오! 쿠죠 선수가 골인했습니다! 갈아입기도 쉽고 달리기도 쉬운 옷을 운 좋게 뽑았을 뿐만 아니라, 달리기도 정말 잘하는군요!』

마사치카는 결승 테이프를 끊은 아리사를 맞이하러 갔다.

“수고했어, 아리사. 1등한 걸 축하해.”

“고마워.”

“옷은 맞은편 건물에서 갈아입으면 되는데…… 아직 체육복이 안 왔네.”

탈의 존 쪽을 쳐다보니, 마침 유키가 암막 안에서 모습을 드러냈다.

“오오, 저건 참……”

“잘, 어울리네…….”

유키의 복장을 본 두 사람은 솔직하게 감탄을 터뜨렸다.

청정한 느낌이 감도는, 붉은색과 흰색으로 된 의상이었다. 긴 흑발을 머리 뒤편으로 모아 묶은 머리에는 정교하게 금세공이 된 관이 놓여 있었으며, 손에는 신사에서 볼 법한 신방울을 쥐고 있었다.

『오오! 스오우 선수, 무녀복…… 그것도 신께 춤을 봉납할 때의 의상입니다!』

일본인이라면 당연히 신성함과 고아함을 느낄 그 의상이, 입만 다물고 있으면 청초한 인상의 미소녀인 유키에게 참 잘 어울렸다. 하지만…….

"엄청나게 걷기 힘들어 보이네."

유키는 덩치가 작기에, 옷자락이 질질 끌렸다. 게다가 신고 있는 건 버선과 짚신이다. 저래서는 달리기 어려울 것이다……라는 마사치카의 예상과 달리, 유키는 의상이 더러워지지 않도록 신경 쓰면서도 종종걸음으로 예상보다 빠른 속도로 달렸다.

"우와아, 용케 저걸 입고 뛰네."

"하지만…… 저 속도로는 꼴찌를 하지 않을까? 아야노 양은 제칠 수 있을지도 모르지만……."

"그것보다, 2학년 여학생이 벌써 출발했는데…… 저래서는 아야노를 따라잡을지 모르지만, 2학년한테도 추월당할 거야."

두 번째로 옷을 갈아입었으면서도 후발주자에게 계속 추월을 당하며 아직 코스 중반에서 아장아장 걷는 아야노를 보며, 아리사와 마사치카는 복잡한 표정을 지었다. 처음에는 훈훈하게 바라보던 관객도, 지금은 언제 쓰러져도 이상하지 않은 아야노를 걱정하며 응원하고 있었다. 그리고 유키가 코스의 4분의 1 정도 남겨둔 지점에서 아야노를 따라잡고…… 무슨 말을 건넸다. 그리고 탈 인형의 손을 잡더니, 페이스를 맞추며 함께 걷기 시작했다.

"그래, 머리 좀 썼는걸……."

손을 맞잡고 골로 향하는 선거전 페어에게, 관객석에서 따뜻한 박수와 성원을 보냈다. 이미 꼴찌는 확정됐지만, 관객에게 미소를 지어 보이면서 실로 당당히 걷는 모습은, 불가사의하게도 승리 세리머니처럼 보였다.

(으음~, 시합에서 이기고 승부에서 졌다고 봐야 할까……? 유키가 한 수 위였군.)

아리사 앞에서는 말하지 않았지만, 그녀도 같은 생각을 하는 건지 분한 듯한 표정으로 유키를 쳐다보고 있었다.

"아랴, 얼굴."

"아—."

마사치카가 지적하자, 자기가 유키를 노려보듯 쳐다보고 있었다는 것을 깨달은 아리사가 약간 멋쩍은 표정을 지었다. 그 모습을 본 마사치카는 기분 전환 삼아 이야기를 돌렸다.

"소소한 의문이 하나 있는데, 아야노의 저건 대체 어떻게 비닐봉투 안에 들어 있었던 거야?"

"그게…… 탈 인형 자체는 원래 암막 안에 있었고, 비닐봉투 안에는 『공룡』이라고 적힌 종이와 안에 뭔가 든 것처럼 보이기 위한 완충재? 같은 게 들어 있었어."

"아하~ 그랬구나."

"그러고 보니 나도 궁금한 게 있는데…… 순정만화 주인공 코스프레, 라는 게 뭐야? 관객들이 나를 보고 흥분하던

데…….”

“아…… 나도 자세하기는 모르지만, 식빵을 물고 『지각하겠어~』 하며 달리는 여자애라는 건 순정만화 주인공의 유명한 클리셰야. 그리고 모퉁이에서 남자애와 부딪치는데, 알고 보니 그 남자애가 운명의 상대인 거지…….”

“흐음? 그래서 식빵을…….”

아리사가 이빨 자국이 남은 식빵을 난처한 듯이 쳐다보자, 마사치카도 쓴웃음을 머금었다.

“뭣하면 그걸 점심 삼아 먹어도— 아.”

바로 그때, 손을 맞잡고 함께 골인한 유키와 아야노에게 한층 더 커다란 박수가 쏟아졌다. 마사치카 또한 실행위원 도우미로서, 두 사람을 맞이하러 갔다.

“수고했어~. 이야. 진짜로 수고 많았어, 아야노.”

“감, 사합, 니다…….”

무표정한 얼굴로 꽤 지친 기색을 보이는 아야노에게, 마사치카는 진심을 담아 그렇게 말했다.

“어떻게 할래? 탈의실은 저쪽인데…… 이동하기 힘들면, 도와줄게. 뭣하면 수레로 옮겨줄 수도 있어.”

“아뇨…… 괜찮습니다. 괜히 뛰려고 하지 않고, 천천히 걷는 편이 안정된다는 걸 깨달았으니까요.”

“그래? 하지만, 너무 힘들면 괜히 무리하지 말고…….”

또 환성이 들려와서 고개를 돌려보니, 네 번째 2학년 여학생이 암막에서 나오고 있었다. 그리고 그 사람은…… 장난감 주사기와 서류철을 든, 간호사 복장을 한 마리야였다.

『오오오?! 쿠죠 선수! 간호사입니다! 그야말로 정석 코스프레! 게다가 너무나도 잘 어울리는군요!』

실황 중계자의 열기도 폭발했지만, 관객석은 그것을 능가했다. 딱히 노출도가 엄청난 것도 아닌데, 관객석은 비정상적인 열기에 휩싸였다.

"앗, 왠지 배가 아파! 간호사 씨~!"

"가슴이, 괴로워……이건, 상사병……?!"

……아무래도 꾀병 환자가 속출하고 있는 것 같았다. 앞서 달리고 있던 세 선수가 불쌍하게 여겨질 정도로 열렬한 반응이었다.

"(차, 참으로 육덕하구나……!)"

유키가 작은 목소리로 솔직한 감상을 입에 담자, 마사치카는 반사적으로 뒤통수를 때려주려다…… 그녀가 코스프레를 하고 있다는 걸 떠올리고 참았다. 그러는 사이에 옷을 갈아입은 주자들이 차례차례 모습을 보였고…… 약간 뒤늦게, 어마어마한 게 튀어나왔다.

『우오오오오?! 키류인 선수! 드레스! 엄청난 드레스를 입고 나왔습니다!』

중세 귀족을 연상케 하는 치마가 한껏 부푼 드레스, 챙이 넓은 모자, 그리고 손에는 화려한 부채, 마지막으로 바람에 흩날리는 세로 롤 머리카락……. 평소보다 더 특징적인 모습을 한 스미레 선배께서 등장했다.

""아니, 너무 잘 어울리는 거 아냐?""

남매는 의도치 않게 한목소리로 태클을 날렸다. 하지만 그것도 무리는 아니라는 생각이 들 만큼, 잘 어울렸다. 게다가…… 어마어마하게 빨랐다.

『오오?! 키류인 선수, 빠릅니다! 무시무시하게 빨라요! 드레스 차림으로 이렇게 빠르다니, 믿기지 않습니다—!!』

부채로 입가를 가리고, 한 손으로 치마를 살짝 들어 올린 스미레는 엄청난 속도로 내달렸다. 그리고 앞에서 달리는 주자들을 차례차례 추월하더니, 단숨에 선두 집단을 따라잡았다.

"치마를 입었는데 어째서 저렇게 빠른 거지……?"

"으음, 잘못 본 거라고 믿고 싶지만……. 키류인 선배, 하이힐을 신지 않았나요?"

남매가 아연실색하며 쳐다보는 가운데, 곧 코앞에서 선두에 선 스미레는 그대로 결승 테이프를 끊었다. 그리고, 가슴을 한껏 펴면서 웃음을 터뜨렸다.

"오~호호호호! 제 승리랍니다~!"

"……뭘 좀 아는 사람이라니깐."

팬 서비스도 잊지 않는 선배에게 경의를 품으면서, 마사치카는 골인한 2학년 여학생을 안내하러 갔다.

"탈의실은 저 건물 1층이에요! 갈아입을 체육복을 받은 후, 저쪽으로 향해 주세요!"

그런 말을 하고 있을 때, 마리야도 4등으로 골인했다.

"아. 수고하셨어요, 마샤 씨."

"고마워~ 쿠제. 아아~ 아쉽네. 조금만 더 빨랐으면 3등을 했을 텐데~."

"정말 유감이에요. 주사기와 서류철을 양손에 들고 있어서 뛰기 힘들어 보였어요."

그렇게 말하며 마리야에게 다가간 마사치카는 진심으로 생각했다.

(이거 너무 육덕해서…… 폭발 직전인 수준 아냐?)

가까이에서 보니, 특정 부분이 졸려 보이는 핑크색 간호사복이 금방이라도 찢어질 것처럼 비명을 지르고 있었기에 눈 둘 곳이 없었다. 바로 그때…….

"윽?!"

등에 뭔가가 부딪치자, 마사치카는 살짝 휘청거렸다. 허둥지둥 뒤를 돌아보니, 어찌 된 건지 식빵을 다시 입에 문 아리사가 숄더 태클을 날리는 자세를 취하며 자신을 노려보고 있었다.

"아랴? 왜 그래? 어라, 아직 옷 갈아입으러 안 간 거야?"

"……."

마사치카가 그렇게 물었지만, 아리사는 대답하지 않았

다. 왠지 마리야를 가지고 엉큼한 생각을 한 자신을 아리사가 말없이 비난하는 것 같았기에, 마사치카는 식은땀을 삐질삐질 흘렸다.

"하아……. 가자, 마샤."

"어? 하지만 나는 아직 체육복을 못 받았는데…… 아, 맞아! 쿠제, 혹시 스마트폰 들고 있어?"

"네? 일단 가지고 있는데요……."

"그럼 사진 찍어줄래? 자, 아랴도 같이 찍자."

"어."

마사치카가 체육복 호주머니에서 스마트폰을 꺼낸 순간, 마리야가 그의 팔을 잡아당겼다. 마리야는 아리사의 팔도 잡아당기더니, 자신을 중심으로 세 사람이 나란히 서게 했다.

"자. 쿠제, 찍어줄래?"

"으음, 괜찮겠어요?"

"뭐, 신경 쓰이는 거라도 있어? 아, 역광이야?"

"그런 게 아니라고요."

푼수 발언을 하는 마리야에게 태클을 날린 마사치카는 「뭐, 본인이 괜찮다잖아」 하고 생각하며 스마트폰을 들었다.

"자, 아랴도 이쪽으로 더 붙어."

"으음……."

"그럼 웃어봐? 자, 치즈~."

"아, 그럼 찍을게요~."

마사치카는 시키는 대로 스마트폰을 셀카 모드로 해서 사진을 몇 장 찍었다. 또한 아리사와 마리야의 투샷도 몇 장 찍었다.

"고마워~ 쿠제. 나중에 사진 보내줄래?"

"아, 네."

의도치 않게 두 사람의 코스프레 사진을 입수한 마사치카는 기쁨과 꺼림칙함을 동시에 느끼며 고개를 끄덕였다.

바로 그때…….

"마사치카 씨. 기왕이면 저희도 찍어주지 않겠어요?"

"아, 그럼 나도 부탁해~."

"저도 찍어줬으면 좋겠군요."

유키와 노노아와 스미레도 차례차례 손을 들면서, 갑자기 코스프레 촬영 행사(카메라맨 한 명)가 개막됐다. 이렇게 희망하는 이들의 사진을 얼추 다 찍었을 때, 옆에서 목소리가 들려왔다.

"자~ 2학년 여러분의 체육복을 가져왔어요~! 각자의 이름이 적혀 있는 걸 가져가세요~!"

그쪽을 쳐다본 마사치카는 검은색 비닐 봉투를 들고 있는 수예부 부원 한 명을 보더니, 눈을 살짝 치켜떴다.

"옆트임 선배잖아."

"네~. 쿠제 씨, 수고 많아~. 어머나, 뭐야? 촬영하고 있어~?"

"응. 부탁을 받았거든……."

"흐음~. 그렇구나~."

방긋방긋 웃으면서 고개를 끄덕인 옆트임 선붸는 마사치카에게 다가왔다. 그리고 갑자기 진지한 표정을 지으며 말했다.

"사진 넘겨."

"싫어."

"왜!"

"초상권이 있다고!"

"그렇게 치면, 우리 애들한테도 초상권이 있거든?!"

"혹시 의상 말하는 거야?"

"그래!"

"옆선붸……. 잘 들어."

"나는 옆선붸가 아니거든? 아무튼, 왜?"

"옷에는 말이지……. 초상권이 없어."

"법률상으로만 그렇거든?"

"그건 또 무슨 소리야??"

"쿠제 씨……. 우리 부에선, 인간은 옷의 부속품에 지나지 않아."

"어……. 우와, 무서워라~. 갑자기 대화가 불가능한 인간이 됐어."

"즉, 사진을 찍을 때도 메인 피사체는 옷이며, 그것을 입고 있는 인간은 그 과정에서 우연히 사진에 비쳤을 뿐인 존재에 지나지 않는다는 거야."

"미안한데, 네 말을 더 들었다간 내 인식이 삐뚤어질 거니까 일이나 하러 갈래."

마사치카의 일은 골인한 사람의 유도와 필요한 경우에 도움을 주는 것이기에, 레이스 중에는 딱히 할 일이 없다. 그래도 도망치듯 대화를 끝내며 골인 지점으로 향하자…… 어찌된 건지 옆트임 선배가 따라왔다.

"너도 일하러 가."

"너무 그러지 마~."

"아니, 뭘 말이야?"

마사치카가 그렇게 말한 순간, 3학년 여학생이 차례차례 암막에서 나왔다.

『오오! 나라하시 선수! 차이나 드레스 차림입니다아—!!』

두 번째로 나온 에레나는 주위를 향해 손을 흔들면서 트랙을 달렸다. 그 깊숙한…… 깊숙한 옆트임 사이로, 기나긴 다리를 아낌없이 드러내면서 말이다.

바로 그때였다. 누군가가 턱하고 어깨에 손을 얹어서 고개를 돌려보니, 의기양양한 표정을 짓고 있는 옆트임 선배의 얼굴이 눈에 들어왔다. 말없이 우쭐대며, 엄지로 자기 얼굴을 가리키고 있었다.

"……."

"아니, 네가 만든 거라는 건 말 안 해도 알겠거든? 그러니까 절묘하게 사람 열받게 하는 그 무언의 어필 좀 관둬."

이게 하고 싶었던 거냐고 생각하며 어처구니없다는 듯이 태클을 날린 후, 마사치카는 다시 에레나를 돌아봤다.

"그건 그렇고…… 옆트임이 너무 깊숙한 거 아냐? 에레나 선배가 입어서 저 정도라면, 다른 사람 입었다면 엉덩이까지 훤히 드러날 거라고."

"아, 그건 끈으로 조절이 가능해."

"아하……. 하지만 에레나 선배도 용케 저렇게 당당히…… 어라, 좀 부끄럽긴 한가 보네."

"나라하시 선배, 의외로 순진한 구석이 있다니깐~."

약간 발그레해진 볼을 수치심 탓에 살짝 굳힌 채, 에레나는 멋지게 1등으로 골인했다.

"예이~!"

"축하해요, 에레나 선배……. 옷은 저쪽에서 갈아입으면 돼요."

"어, 왜 바로 보내려고 하는 거야? 사진 촬영 안 해?"

"안 하는데요."

"아까는 찍었잖아~. 기왕이면 나도 찍어줘~."

"알았어요……."

"만세! 에잇에잇."

마사치카가 스마트폰을 들자, 에레나는 심술궂은 표정을

지으면서 차이나 드레스의 끝자락을 잡고 펄럭였다.

“살랑~, 살랑~.”

“아, 네~. 섹시하네요~.”

“잠깐만, 너무 건성 아냐?! 그거 말고 할 말 있을 거 아냐!!”

“얼굴 빨개졌으니까 무리하지 마요.”

“뭐어?! 달리기해서 빨개진 거야!!”

“가슴 답답함과 호흡 곤란에는 한약이 잘 듣는대요.”

“늙은이 취급하지 마! 아직 팔팔한 열여덟 살이거든?!”

“진짜 열여덟 살은 팔팔~ 같은 말 안 하거든요?”

“저기, 쿠제. 이 에레나 선배에게 너무 신랄한 거 아냐?”

“그래요? 저는 배려할 필요 없는 여자애에게는 보통 이렇게 대하거든요. 안 그래?”

“응, 맞아.”

옆트임 선뷁가 고개를 끄덕이자, 어찌 된 건지 아연실색한 표정을 지은 에레나가 손으로 입을 막으며 눈물을 참는 듯한 시늉을 했다.

“너무해! 나만 특별한 게 아니었던 거야?!”

“……뭐, 이렇게까지 배려할 필요가 없는 선배는 드물단 의미에선 특별할지도 모르겠네요.”

“뭐야~, 뭐야~. 역시 특별한 거잖아~. 쿠제는 정말 심술쟁이라니깐~.”

“심술쟁이라니……. 진짜, 툭하면 실제 나이가 의심되는 단어를 써댄다니깐."

"누가 할망구라는 거야?!"

"그런 말 안 했다고요. 자, 그럼 찍을게요~."

그렇게 말하며 스마트폰 화면을 들여다본 마사치카는…….

"끼어들지 말라고, 제작자."

자연스레 에레나의 옆에 선 옆트임 선배를 보더니, 눈을 부릅뜨며 태클을 날렸다.

제 8 화 어엿하게, 성장했군요

"물건 빌려오기 경쟁에 참가하는 학생 여러분은 이쪽으로 모여주세요~!"

"첫 번째 조인 분은 선두에! 두 번째 조인 분은 그 뒤에 서주세요!"

손을 흔들면서 큰 소리로 외치는 운동회 실행위원의 안내에 따라, 마사치카는 줄을 섰다.

『자, 다음 경기는 물건 빌려오기 경쟁입니다. 실황 중계는 방송부를 대신해 학생회 홍보인 저, 스오우 유키가 맡겠습니다.』

그 순간, 맑고 귀여운 목소리가 들려오자 관객석이 환성에 휩싸였다. 고개를 돌려보니, 실황석에 앉은 유키가 친근한 미소를 머금으며 손을 흔들고 있었다.

(쟤…… 이 타이밍에도 인기몰이를 하는 거냐. 역시 홍보는 치사한 직책이라니깐~. 뭐, 내가 만든 거지만 말이지.)

실제로 효과가 있는 건지, 함께 줄을 선 다른 학생들이 흥분한 목소리로 이렇게 말했다.

"어, 온실 속의 공주님이 실황을 맡는 거야? 우와, 내 이름을 불러줄지도 모르겠네."

"일부러 천천히 달리면 『힘내세요』 같은 말을 듣는 거 아냐?"

"저기, 듣고 계세요?! 설명에 귀 기울여 주세요!"

욕망에 휩싸인 사내자식들에게, 실행위원이 큰 소리로 고함을 질렀다.

"우선 빌려올 물건이 적힌 종이가 놓인 테이블까지 달려간 후, 종이를 하나 골라주세요! 거기에 적힌 내용에 맞는 물건을 찾으러 간 후, 발견하면 다시 테이블로 돌아와 주세요! 그리고 이쪽 담당자가 서 있는 곳부터 트랙을 따라 달린 후, 깃발을 들고 있는 저쪽 담당자가 있는 곳에 도착하면 골인이에요! 담당자가 적합한 물건을 빌려왔는지 확인할 거고, 틀렸다면 다시 하게 되니 조심하세요! 그리고 트랙을 따라서 달리지 않아도 출발점으로 돌아가게 돼요!"

실행위원은 열심히 자기 직무를 다했다. 하지만…….

"어라? 쿠죠 양이 깃발을 들고 있어."

"오, 진짜네. 역시 눈에 띄는걸."

"사람 말 좀 들어!!"

사내자식들의 시선이 이번에는 골인 지점에 서 있는 아리사를 향했다. 그런 사내자식들을 향해 고함을 지르는 실행위원을, 마사치카는 연민에 찬 눈길로 바라봤다.

(뭐, 반쯤 놀이에 가까운 경기니까……. 다들 진심으로

이기려고 하진 않을 거야. 뭐, 나도 꼴찌만 안 하면…….)

그렇게 생각하고 있을 때였다. 날카로운 시선이 느껴져서 고개를 돌려보니, 아리사가 마사치카를 똑바로 쳐다보고 있었다.

(……아, 이길 작정으로 하라는 거군요. 알았다고요.)

지기 싫어하는 파트너의 그런 의미가 담긴 강렬한 눈빛을 받자, 마사치카는 마음을 고쳐먹었다.

(뭐, 얼마 안 되기는 해도 3등까지는 점수를 딸 수 있으니까……. 그 안에 들어가도록, 최선을 다해볼까요.)

세이레이 학원의 운동회는 반별로 네 개의 팀으로 나뉘어서 총득점을 겨룬다. 이긴다고 해서 상을 받는 것도 아니고, A반인 유키와 B반인 마사치카와 아리사는 같은 홍팀이기에, 괜히 경쟁심을 불태울 필요는 없지만…… 아리사는 그런 것을 신경 쓰지 않으리라.

(그 어떤 일에도 전력투구. 승부라면 반드시 이긴다. 제 파트너님께서는 그런 분이시니까요~.)

어쩔 수 없다는 듯이 어깨를 풀면서…… 날카로운 숨을 내쉰 마사치카는 표정을 굳혔다. 무난하게 3등 입상을 노리자고 생각하면서도, 마사치카는 진심으로 임하기로 작정했다. 다른 이들은 놀이 삼아 이 경기에 임하는 가운데, 자기만 이른스럽지 못하게 승리를 노리려는 것이다.

"그럼 다음 조 여러분, 앞으로 나오세요!"

그 타이밍에 자기 차례가 되자, 마사치카는 줄 앞에서 서서 스타트 대시 자세를 취했다.

"준비!"

그리고 신호총이 탕하는 소리를 낸 순간, 마사치카는 전력으로 뛰어갔다. 역시 장난이나 놀이를 즐기는 학생이 모인 건지 발이 빠른 학생이 없었기에, 마사치카는 1등으로 테이블 앞에 도착했다.

(부탁이야……. 찾기 쉬운 거, 옮기기 쉬운 게 나와줘!)

그리고 한가운데에 있는 종이를 들더니, 힘껏 펼쳤다. 거기에 적힌 건—.

『남의 여친』.

"……."

눈을 딱 감고, 하늘을 우러러봤다. 그리고 1초 후, 다시 손에 쥔 종이를 내려다봤다.

『남의 여친』.

게다가 구석에 조그마하게 『※연인이 있는 여성(기혼자 제외)』이라는 주석도 적혀 있었다.

(허어어엇소리 말라고오오오—!! 그런 걸 어떻게 빌려오

냐아아아—!!)

두 번이나 읽어보고서야 현실을 받아들인 마사치카는 마음속으로 고함을 질렀다.

(『죄송한데요! 누가 여친 좀 빌려주세요!』 하고 어떻게 말하냐고! 생판 남한테는 무리일 테고, 지인한테 그래도 무지 거북할 거라고!!)

게다가 정중하게도 『기혼자 제외』라는 주석까지 적혀 있다. 이래서는 보호자석에 있는 자신이나 친구의 어머니를 고른다고 하는 수법도 쓸 수 없다.

(자기 누나나 여동생이 견학에 왔다면…… 아니, 보통은 형제자매의 운동회를 보러 올 리가 없잖아. 그렇다면 역시 학생 중에서 고를 수밖에—.)

마사치카는 이를 악물며 고민했다. 그런 그의 귀에, 유키의 실황 중계가 전해졌다.

『이게 대체 어떻게 된 것일까요? 테이블에 가장 먼저 도착한 홍팀의 쿠제 씨가 멈춰서고 말았습니다! 어려운 제비를 뽑은 걸까요? 이러는 사이에도 다른 선수들은 속속 물건을 빌리러 가고 있습니다!』

그 말대로, 나중에 테이블에 도착한 학생은 딱히 고민하지 않으며 사방으로 흩어졌다. 그러다 보니 테이블 앞에는 마사치카만 남겨지고 말았다.

(계속 이러고 있다간 다음 조에게 방해가 되겠지……. 젠

장, 어쩌지?! 여친이 있는 지인이라면 꽤 있지만, 그래도 지인의 여친을 빌리는 건…… 아니, 잠깐만 있어 봐.)

그 순간, 마사치카는 수십 분 전의 기억을 떠올렸다.

『청팀의 첫 번째 주자는 1학년 C반의 타바타 선생님! 최근 연하 남친이 생겼다고 합니다!』

(아! 그거야!)

마사치카는 그 생각이 떠오르자마자, 교직원이 모여 있는 텐트를 향해 뛰어갔다. 그리고 무슨 일인가 싶어 자신을 쳐다보는 교사들을 향해 큰 목소리로 물었다.

"저기! 1학년 C반 담임이신 타바타 선생님 계신가요?!"

대답을 기다리며 자기도 찾고 있을 때, 바로 앞에 있는 선생님이 한마디 했다.

"타바타 선생님이라면, 다른 애가 빌려 갔단다."

"뭐라고요오옷?!"

무심코 고함을 지르자, 교사들이 웃음을 터뜨렸다. 마사치카가 약간의 수치심을 느끼며 돌아보니, 골인 지점의 대기 줄에는 덩치가 큰 남학생과 손을 맞잡은 타바타 선생님이 있었다.

(맙소사, 어떻게 하지? 기다릴까? 아냐. 제비 내용에 맞는지 확인이 끝나길 기다린 후, 같이 코스로 돌아가서 골인하려면 시간이 너무 걸려! 그냥 다른 사람을―.)

그 순간, 마사치카는 떠올렸다. 많은 학생에게 남친이

있다고 알려져 있을 뿐만 아니라, 마사치카가 빌려 가도 전혀 지장이 없을 인물을 말이다.

거기까지 생각이 미친 마사치카는 3초가량 주저한 후, 자기가 원래 있던 텐트로 뛰어갔다. 그리고 결심을 마친 그는, 철제 의자에 앉아 있는 그 인물을 향해 손을 내밀었다.

"마샤 씨! 같이 가줬으면 해요!"

"뭐? 아, 응. 좋아."

마리야는 약간 당황한 듯이 눈을 깜빡이더니, 마사치카의 손을 잡으며 자리에서 일어났다. 그 손을 꼭 움켜쥔 마사치카는 운동장으로 뛰어갔다.

(아, 왠지…… 반갑네.)

옛날에 공원에서 마아와 놀던 추억이 떠오르자, 마사치카는 경기 중인데도 불구하고 미소를 머금었다.

그리고 마리야의 속도에 맞춰 약간 천천히 달리면서, 트랙을 쳐다봤다.

(다른 선수는…… 한 명뿐인가. 좋아, 해볼 만해!)

양산을 든 학생 한 명이 앞에서 뛰고 있지만, 다른 학생들은 아직 돌아오지 않았다. 어쩌면 마사치카가 뽑은 제비는 꽤 찾기 쉬운 편이었던 걸지도 모른다. 하지만 마사치카는 곧 그 생각을 부정했다.

(아니, 찾기 쉬운 편은 아니려나. 그래. ……하지만 물건에 따라선 가지고 있는 사람을 찾기 어려울 테고, 자칫하

면 건물 안까지 가지러 가야 할 수도 있으니까……. 그에 비하면, 상위 입상을 노릴 수 있는 편일지도 몰라.)

그런 생각을 하는 사이에 제비가 놓인 테이블에 도착한 마사치카는 다시 골을 향해 트랙을 달리려—.

『아, 홍팀의 쿠제 씨? 빌려온 물건을 「들고 옮겨」 주세요.』

그런 실황 음성이 들려오자, 마사치카는 그 자리에서 걸음을 멈췄다. 그리고 실황 중계석을 향해 고개를 돌려보니, 멀리서 봐도 알 수 있을 만큼 즐거운 표정을 지은 유키가 다시 입을 열었다.

『구체적으로 설명하자면, 빌려온 물건이 지면에 닿지 않도록 든 상태에서 트랙을 돌아주세요.』

유키의 그 말에 이어, 관객의 성원과 야유가 들려왔다.

"힘내~!"

"공주님 안기로 들어~!"

"남자다움을 보여달라고, 쿠제~!"

주위에서 그런 무책임한 발언이 들려오자, 마사치카는 표정이 굳었다.

(공주님 안기라니…… 아니, 무리잖아. 공주님 안기를 하고 이 거리를 뛰는 건 무리라고. 유키라면 몰라도, 마샤 씨를 안아 들고 뛰었다간 내 팔이 결딴날 거야. 애초에 남의 여친을 빌려와서 공주님 안기까지 하는 건 너무 쓰레기 같은 짓 아냐?!)

물론 저런 소리를 하는 학생들은 제비에 적힌 내용이 뭔지 모른다. 아마『교내 제일의 미녀』나『동경하는 선배』 같은 부끄러운 내용이라고 생각하고 있으리라. 그 증거로…….

"고, 공주님 안기? 으음, 꺄아~~."

양손으로 볼을 감싼 마리야가 곤란하다는 듯이 웃으며 몸을 흔들었다. 하지만 입가가 씰룩거려서 그런지, 전혀 곤란해 보이지 않았다. 게다가 마사치카를 힐끔힐끔 곁눈질하고 있었다.

(마샤 씨? 뭔가를 기대하는 것처럼 보이는 건 제 착각이죠~? 아니, 분명 착각이 아닐 거야.)

금방이라도「부끄럽지만, 쿠제가 하고 싶다면 해~」라는 마음의 목소리가 들려올 듯한 시선을 받자, 마사치카의 입가에 경련이 일어났다.

【공주님 안기로 골인하는 건, 마치…… 꺄아~♡】

아까 한 말은 취소하겠다. 아무래도 더 과격한 상상을 하고 계신 것 같다. 인생의 결승 테이프를 끊는 망상을 하고 계셨다. 그 말을 들은 마사치카 또한 경기 중인 걸 잊고 무심코 얼굴을 붉혔다. 바로 그때…….

『쿠제 씨가 머뭇거리는 사이, 다른 선수가 돌아왔습니다! 승부의 향방을 알 수 없군요!』

유키의 실황 중계가 들려오자, 마사치카는 퍼뜩 놀라며 얼굴을 들었다. 고개를 돌려보니, DSLR 카메라를 들고 있는 학생이 이쪽으로 뛰어오고 있었다. 또한 그 뒤편에는 곰 장식물을 들고 있는 학생이 있었다.

"대체 어디서 빌려온 거냐고!"

일단 나무로 된 곰 조각상을 든 학생을 향해 그렇게 외친 후, 마사치카는 이를 갈았다.

(큰일 났어……. 이러다간 3등 안에 드는 건 무리야. 크으~! 하아, 정말! 어쩔 수 없네!)

순식간에 각오를 다진 마사치카는 자기가 뽑은 제비를 호주머니에 넣더니, 마리야를 향해 등을 보였다. 그리고 주위의 놀림과 마리야의 기대에 찬 시선에서 눈을 돌리며, 등 뒤에 있는 그녀를 향해 말했다.

"업을게요. 업히세요, 마샤 씨."

"으, 응? 하지만 나, 땀 좀 흘렸는데……."

"괜찮아요! 빨리 업히세요!"

그렇게 재촉한 마사치카는 마음속으로 자기 자신에게 말했다.

(잘 들어. 지금 나한테 업히는 사람은 마아야. 활기차고 천사 같은 마아를, 업고 달리는 거야. 그러니, 전혀 부끄러워할 필요 없어! 흑심 같은 걸 품을 리가 없잖아!!)

마아를 업은 사아를 머릿속으로 상상하며, 마음을 다진 직후…… 마사치카의 등이, 말캉하면서 부드럽고 따뜻한 감촉에 휩싸였다.

(어머나아아아아아아~. 마아가 참 많이 컸구나아아아~??)

상상 속의 마아를 순식간에 덧칠해버리는, 압도적인 부드러움(리얼). 이미지 보정이 무자비한 물리력에 의해 박살나자, 마사치카는 그대로 경직 상태에 빠져들었다.

"괘, 괜찮아? 무겁진 않아?"

"괜찮아요. 꽉 잡아요……."

중량이 아니라 다른 요소 탓에 괜찮지 않았지만, 마사치카는 동요를 겉으로 드러내지 않기 위해 이성을 총동원하며 재촉했다. 그러자 마리야가 두 팔을 마사치카의 목에 두르더니, 자기 몸을 그에게 완전히 맡겼다. 중력에 이끌린 마리야의 몸은, 이제 제로 거리마저 능가하는 밀착도를 자랑하며 마사치카의 등과 맞닿았다.

(우오오오오오! 짓눌리고 있어! 구체적으로 언급하지는 않겠지만, 어깨뼈 근처가 커다란 물건에 짓눌리고 있다고!)

생전 처음 느껴보는 감촉에 휩싸인 채, 마사치카는 머릿속으로 비명인지 환성인지 알 수 없는 울부짖음을 토하면서 벌떡 섰다. 벌떡 섰다고 해도, 이상한 의미는 아니다. 엉거주춤하게 몸을 앞으로 숙인 것은 사람 한 명을 업고 있어서이며, 다른 의미는 없다. 결단코 없다.

(크아, 젠장! 적당히 좀 하라고, 이 지조 없는 자식아! 내 등에 업힌 사람은 마아야! 마아한테 더러운 욕망 품지 말라고! 죽고 싶냐!)

또 자기 자신을 향해 필사적으로 어조로 그렇게 말한 후, 마사치카는 등에서 느껴지는 감촉을 가능한 한 의식하지 않으려 하면서 마리야의 다리를 잡기 위해 손을 뻗었—.

말캉.

"……."

신경의 밀도가 낮은 등이 체육복 너머로 느낀 것과는 비교도 되지 않을 만큼 생생한 감촉이 손에서 느껴지자, 한 순간 머릿속의 모든 생각이 사라졌다. 게다가 다리를 잡힌 마리야가 부끄러하듯 몸을 살짝 흔들었다.

"으응, 꺄아, 저기, 부끄러워……. 나, 다리가 굵으니까……."

"그, 그렇지 않은데요……."

반사적으로 부정했지만, 마사치카의 의식은 마리야의 무릎 뒤편과 허벅지를 움켜쥐고 있는 자신의 두 손에 쏠려 있었다. 손에서 느껴지는 매끈한 피부와, 말랑한 살점의 감촉……. 아리사에 의해 열린 다리 페티시즘의 문이, 경첩이 떨어져 나갈 정도로 활짝 열리고 말았다.

(그래……. 허벅지는, 원래부터 두꺼운 것이었어.)

그뿐만 아니라, 요상한 깨달음마저 얻을 것 같았다. 하지만 바로 그때, 카메라를 쥔 학생이 옆을 스쳐 지나간 바람에 마사치카는 정신을 차렸다.

"으, 그럼 갈게요!"

"으, 응."

하다못해 3등 안에는 들자고 생각한 마사치카는 마리야를 업은 채 내달렸다.

『쿠제 씨, 빠릅니다! 사람 한 명을 업고 있다는 게 믿기지 않을 속도예요!』

유키와 생각이 같은 건지, 야유가 흘러나오던 관객석에서도 지금은 경탄과 환성이 터져나오고 있었다. 하지만 그렇게 빠르게 뛰기 위해선, 그에 걸맞은 대가를 치러야만 했다.

"윽!"

발이 지면에 닿을 때마다, 강렬한 충격이 다리와 팔에 가해졌다. 게다가 마리야의 몸이 더욱 밀착되면서, 말랑말랑한 감촉이 문질러지듯 등 전체에 전해졌다.

(으갸아아아—!! 내 등에 업힌 건 마아! 천사 같은 마아라고오오오오오오~~!!)

이성을 인정사정없이 두들겨 패는 감촉이 느껴지자, 마사치카는 이를 악물며 내달렸다. 모든 것을 추월하려는 듯이 질주했다.

그리고 앞에서 달리고 있는 학생 너머로, 골 지점에 선 아리사의 모습이 보였다.

(아, 큰일 났다.)

그 모습이 눈에 들어온 순간, 직감적으로 그렇게 생각했다.

그리고 그 직감이 옳다는 것을 증명하듯, 시퍼런 불꽃이 어린 아리사의 눈동자가 마사치카에게 업힌 마리야를 향했고, 마사치카를 꼭 잡고 있는 마리야의 두 팔을 향했으며, 마리야의 다리를 움켜쥔 마사치카의 손을 향했다. 그리고 마지막으로 마사치카의 얼굴로 향하더니, 지그시 응시했다. 지그시이~, 지그시이이~~~~ 응시했다.

(우와, 무서워라.)

등골이 오싹해지는 것과 동시에, 정체불명의 죄책감이 엄습했다. 또 바람을 피운 듯한 느낌에 사로잡혔다.

“후우~.”

“우히익?!”

갑자기 오른쪽 귀에 숨결이 닿자, 마사치카는 무심코 괴상한 소리를 냈다. 그러자, 등 뒤에서 웃음소리가 들려왔다.

“후훗, 반응 참 귀엽네.”

이어서 소악마 같은 느낌의 목소리가 들려오자, 마사치카는 목덜미가 오싹해지는 느낌을 받았다.

“마샤 씨? 이, 이 많은 사람들 앞에서 무슨 짓을…….”

“괜찮아~. 안 들키게 조심했어.”

귓가에서 그렇게 속삭인 마리야는 마사치카의 목덜미에 두른 팔에 힘을 꼭 줬다.

“(넘겨주고 싶지 않아…….)”

문뜩, 그런 작디작은 중얼거림이 들려왔다.

마사치카의 위치에서는 그 말을 입에 담는 마리야의 표정이 보이지 않았다. 그리고 그 의미를 묻기 전에, 마사치카는 골에 도착했다.

『쿠제 씨, 3등으로 골인했습니다!』

"골인이야, 쿠제. 자, 마샤를 내려놔."

"으, 응."

"제비 확인은 저쪽에서 해."

굳은 목소리로 통명하게 말한 아리사는 고개를 휙 돌렸다. 하지만 마사치카의 등에서 내린 마리야가 자연스럽게 마사치카와 손을 맞잡은 순간, 다시 두 사람을 돌아봤다.

"어? 아랴?"

마리야가 영문을 모르겠다는 듯이 고개를 갸웃거리자, 아리사는 눈가에 희미하게 경련이 일어난 상태에서 말했다.

"마샤…… 손을 잡을 필요는 없지 않아?"

"응? 하지만 나는 쿠제가 빌려온 물건이니까……."

"그, 그건, 그렇지만……."

"자~, 이쪽에서 제비를 확인할게요~!"

실행위원이 그렇게 말을 건네자, 마사치카는 아리사를 신경 쓰면서도 아주 약간 안도하며 그쪽으로 향했다. 그 와중에도 아리사의 날카로운 시선이 등을 마구 쑤셔대면서, 마사치카의 죄책감을 자극했다.

(아니, 딱히 나쁜 짓을 한 건 아닌데…….)

그래도 죄책감을 느끼는 건 남자의 본성 탓일까, 아니면 찔리는 구석이 있어서일까…….

(그것보다, 마샤 씨……?)

아까 일부러 아리사가 보는 앞에서 손을 맞잡은 마리야의 행동에서 위화감을 느낀 마사치카는 그녀의 얼굴을 쳐다봤다.

"어?"

그 시선을 느끼고 미소를 머금으며 고개를 갸웃거리는 마리야의 모습에서는, 딱히 타의가 느껴지지 않았다. 하지만…….

(『넘겨주고 싶지 않아』라…….)

"자, 그럼 제비를 확인하겠습니다."

"아, 네."

호주머니에서 꺼낸 제비를, 실행위원에게 건넸다.

"후훗, 어떤 내용일까~?"

그렇게 말하는 마리야는 평소보다 기분이 더 좋아 보였지만—.

◇

"으……."

1분 후, 학생회 임원용 텐트에서는 마리야가 그녀답지 않게 볼을 한껏 부풀리고 있었다.

"마샤 씨? 저기, 화났어요?"

"응, 화났어."

마사치카가 머뭇머뭇 건넨 질문에 마리야가 딱 잘라 답하자, 그는 목을 움츠렸다. 마침 다들 나간 바람에 텐트 안에는 두 사람뿐이었기에, 마사치카는 마리야에게 대놓고 혼쭐이 나고 있었다.

"저기, 쿠제."

"아, 네."

옆에 앉은 마리야에게 이름을 불린 마사치카는 어깨를 부르르 떨었다. 그러자 마리야는 고개를 앞으로 든 채, 곁눈질로 마사치카를 쳐다보며 말했다.

"나, 사아 말고는 아무하고도 사귄 적 없거든?"

"아…… 네."

마사치카가 그 갑작스러운 말을 듣고 약간 멋쩍어하고 있을 때, 마리야가 그를 향해 몸을 쑥 내밀었다.

"나, 쭈~~욱 쿠제만을 좋아해왔어."

"가, 감사해요?"

"그런 내가, 전교생 앞에서…… 쿠제가 아니라 다른 사람의 여친으로 여겨지면서, 어떤 기분이 들었을지 상상이 돼?"

"아—."

그 분노와 슬픔이 어린 표정을 보자, 마사치카는 맹렬히 후회했다.

"……용서해주세요. 제 생각이 짧았어요."

"아니, 절대 용서 못 해."

죄책감에 짓눌린 마사치카가 고개를 숙이며 사과했지만, 마리야는 딱 잘라 거절했다.

"데이트해줄 때까지, 절대 용서 안 할 거야."

"어, 데이트요?"

뜻밖의 말이었기에, 마사치카는 무심코 고개를 들었다.

"그래, 데이트. 다음에 나와 엄청 로맨틱한 데이트를 해줄 때까지, 용서해주지 않을 거야."

"엄청 로맨틱한 데이트, 인가요……."

"응. 무심코 내 가슴이 콩닥거릴 듯한 데이트야."

그것은 꽤 난이도가 높은 이야기였다.

그도 그럴 것이, 마사치카는 데이트 경험치가 매우 낮다.

게다가 아리사의 연심을 눈치챘으면서, 마리야와 데이트를 해도 될지…….

"알았어?"

"어, 아, 네."

마사치카는 머뭇거렸지만, 고개를 쑥 내미는 마리야의 기세에 눌린 바람에 무심코 고개를 끄덕이고 말았다.

"응. 그럼 좋아."

그러자 마리야는 기분이 풀린 것처럼 앞을 쳐다봤다.

의도치 않게 마리야와 데이트를 하게 된 마사치카는 마

음이 들떴지만…… 그보다 당황한 마음이 앞섰다. 약간 의아해하면서 마리야의 얼굴을 쳐다보자, 그 시선을 느낀 그녀가 고개를 갸웃거렸다.

“왜 그래?”

“아, 그게…….”

물어봐도 괜찮을까. 마사치카는 몇 초 동안 맹렬하게 고민하고, 망설인 끝에…… 머뭇머뭇 입을 열었다.

“저기, 지금 이 자리에서 이런 걸 물어도 될지 모르겠지만…….”

“왜?”

“마샤 씨는…… 제가, 아랴의 마음과 진지하게 마주해주기를 바라는 거, 맞죠?”

그것은 두 달 전에 공원에서 받았던 부탁이다.

그것을, 마사치카는 마리야의 진심이라고 여겼다. 그렇기에, 위화감을 느꼈다. 아까 아리사 앞에서 자신의 손을 잡은 마리야에게서, 그리고 갑작스러운 데이트 제안까지…….

“응, 그래.”

하지만 마사치카가 미심쩍어하면서 던진 질문에, 마리야는 태연하게 고개를 끄덕였다. 마사치카가 무심코 허탈한 심정이 들 정도로 순순히 말이다.

“쿠제가 아랴의 마음과 진지하게 마주해줬으면 해. 그건 내 진심이야.”

마리야가 진지한 태도로 그렇게 말했을 때, 텐트 밖에서 실행위원 한 명이 말을 걸어왔다.

"저기, 마샤! 미안한데 좀 도와주지 않을래?"

"아, 응~."

그 말에 답하며 자리에서 일어난 마리야는 몇 걸음 내디뎠다.

"하지만—."

그렇게 말하며 마사치카를 돌아본 마리야는 수줍은 듯이 볼을 붉히며 말했다.

【마지막엔, 나를 선택해줘.】

제 9 화 조우

"아랴, 슬슬 출마전 멤버를 모으지 않겠어……?"

"아직, 괜찮지 않을까?"

"아니, 그래도 인원이 많으니까……."

마사치카의 말이 옳다. 머릿속으로는 그렇게 생각하면서도, 아리사는 입술을 꼭 다물며 침묵으로 답했다. 바로 그때, 실행위원 중 한 명이 말을 걸어왔다.

"저기~ 미안한데, 뒷정리 좀 도와주지 않겠어?"

"제가 갈게요."

"아, 아랴……."

아리사가 마칠 잘됐다는 듯이 그 요청에 응하자, 마사치카는 말리려 했다. 하지만 아리사는 굳은 목소리로 딱 잘라 말했다.

"금방 돌아올게."

"……알았어. 그럼 내가 멤버를 모아두겠어."

"……잘 부탁해."

순순히 물러나는 마사치카를 보면서 약간의 죄책감을 느끼면서, 아리사는 빠른 걸음으로 실행위원을 도우러 갔다.

(정말…… 뭐 하는 거야.)

아리사는 비합리적인 행동을 취하는 자기 자신에게 그렇게 말했다. 하지만 지금은 마리야나 마사치카와 얼굴을 마주하고 싶지 않았다.

아까 전, 물건 빌려오기 경쟁 때의 광경이 머릿속에서 지워지지 않았다. 손을 맞잡고 달리는 두 사람. 몸을 맞댄 채 골로 향하는 두 사람.

그 광경을 떠올리기만 해도, 아리사의 가슴속에서는 분노인지 혐오인지 알 수 없는 감정이 소용돌이쳤다.

(정말, 왜 이러는 건데.)

이해는 한다. 우연히 그런 내용의 제비를 뽑은 바람에, 마사치카는 어쩔 수 없이 마리야를 고른 것이다. 이 건에 관해서는 마사치카와 마리야에게 아무런 잘못도 없다. 그것은 알고 있지만, 가슴속의 응어리가 사라지지 않았다.

마사치카와 손을 잡고 달리는 마리야의 모습을 보고, 아리사는 무심코「만지지 마!」하고 외칠 뻔했다. 작년 문화제에서 마사치카의 손을 잡고 포크 댄스를 췄던 추억을, 여름 축제 날 밤에 마사치카의 손을 잡고 경내를 뛰었던 추억을 마리야가 더럽히는 듯한 느낌이 들었다. 이제까지 느낀 적 없을 만큼 불합리하고 거무튀튀한 분노가 가슴속을 태웠다. 그리고 친언니에게 그런 감정을 품었다는 사실에, 이번에는 자기혐오에 빠졌다.

(이게 피해망상에 지나지 않는다는 건…… 알아. 마샤는, 아무 잘못 없어.)

마리야는 잘못이 없다. 잘못이, 없……?

(아니, 잘못이 없긴 한데! 마샤의 그 표정은 대체 뭐야! 그렇게 찰싹, 달라붙어서, 조신하지 못하게……!)

미소 지으며 마사에게 업혀 있던 마리야를 떠올리자, 이번에는 아리사의 정조 관념이 격렬한 경고음을 냈다.

(여자애는…… 함부로 남자애와 신체 접촉을 하면 안 되잖아?! 진짜로 마음을 허락한 상대에게만, 그래도 되는 건데…… 좋아하는 사람이 따로 있으면서, 그런 짓을 하다니…… 유키 양도 유키 양이야!)

생각하면 할수록 점점 화가 끓어오르더니, 그 불씨는 마리야를 업도록 유도한 유키에게로 튀었다.

(마샤한테 남친이 있다는 걸 알면서, 그런 지시를 내리다니…… 아무리 룰이 그래도, 그런…… 애초에 유키 양도 툭하면 마사치카와 몸을 찰싹…… 마사치카도 좀 거절하란 말이야!)

불길이 걷잡을 수 없이 타오르자, 아리사는 활활 타오르는 분노를 쏟아내듯이 단체 줄넘기용 줄을 체육 창고에 밀어 넣었다.

“고마워~. 쿠죠 양, 덕분에 살았어.”

“……아뇨. 저도 학생회 멤버니까요.”

"그렇구나……. 출마전, 힘내! 나도 응원할게!"

"가, 감사해요……."

실행위원인 선배에게 뜻밖의 성원을 받자, 아리사는 당황하면서도 웃는 얼굴로 감사 인사를 건넸다. 그리고 체육창고에서 교정으로 돌아가려…… 했지만, 역시 걸음이 무거웠다. 아까 단체 줄넘기용 줄에 화풀이하면서 불길은 잦아들었지만, 이번에는 그 반동으로 자기혐오가 고개를 들기 시작했다.

(하아…… 손 씻으러 갈까.)

약간 더러워진 손을 내려다본 아리사는 마음속으로 그런 변명을 늘어놓으며 인근에 있는 화장실로 향했다.

그리고, 볼일을 마치고 화장실을 나와서 어쩔 수 없이 교정으로 돌아가던…… 도중에, 보호자석에서 한참 떨어진 곳에서 혼자 길을 헤매고 있는 고령의 여성을 발견했다.

(어? 왜, 이런 곳에…….)

고개를 갸웃거리면서 주위에 다른 사람이 없는지 확인한 후, 결심을 굳힌 아리사는 그 여성에게 걸어갔다.

"저기, 혹시 찾으시는 물건이라도 있나요?"

아리사가 조심스레 말을 건네자, 그 여성은 아리사를 돌아보며 눈을 살짝 치켜떴다.

나이는 60대 정도일까. 밝은색 블라우스와 품이 낙낙한 꽃무늬 롱 재킷이라는 약간 화려하면서도 세련된 복장을 했고, 거기에 온화하면서 상냥한 분위기가 더해지니 기품 있는 귀부인 같은 인상이 감돌았다.

(어느 기업의 회장 부인, 일까……?)

이 학교의 특색을 고려해 그렇게 추측하고 있을 때, 그 여성은 약간 놀란 표정으로 입을 열었다.

"어머, 너는……."

"네?"

"아, 실례했구나. 실은 자판기를 찾고 있는데……."

"아, 그거라면 저쪽에…… 안내해드릴게요."

"그래 주겠니? 고마워."

아직 마사치카의 곁으로 돌아가고 싶지 않았던 아리사는 자기 제안을 순수한 친절로 받아들인 이 여성을 보며 양심의 가책을 느끼면서, 근처에 있는 자판기로 향했다.

"오늘은 생각보다 햇살이 세고 덥네. 차가운 음료수가 마시고 싶어."

"그런가요. 확실히, 가을 날씨는 아닌 것 같아요."

"맞아. 이것도 지구온난화 탓일까?"

수다를 좋아하는 건지, 이 여성은 센스 있는 대답을 못 하는 아리사를 개의치 않으며 온화한 미소를 머금은 채 이야기를 이어갔다.

"내 손자도 말이지? 새 여름 교복과 옛날 여름 교복을 번갈아 입나 봐."

"아…… 저희 반도 비슷해요. 지금은 여름 교복이 두 종류라서, 날짜에 따라 바꿔 입는 사람도 많죠."

"그렇구나……. 하지만 11월부터는 겨울 교복을 입어야 하지? 그 전에 날이 좀 쌀쌀해졌으면 좋겠네."

"맞아요."

그 온화한 분위기 덕분인지, 아리사는 딱히 대화를 이어가기 어렵다는 느낌을 받지 않으며 자판기에 도착했다.

"고맙구나. 답례 삼아 음료수를 사줄게."

"아, 괜찮아요."

"사양하지 말렴. 자, 좋아하는 걸 골라도 돼."

"아뇨, 정말 괜찮아요."

권유와 사양이 몇 번 오간 후, 결국 지고 만 아리사는 가장 싼 생수를 골랐다.

"그럼, 이걸……."

"어머, 그걸로 되겠니? 주스를 마시지 그래?"

"아뇨. 곧 경기를 치러야 해서요."

"아, 그것도 그렇구나. 그러면 스포츠음료가 낫지 않을까?"

"그건 목에 단맛이 남는 느낌이라, 그다지 좋아하지 않아서……."

"그렇구나. 하긴 친절을 강요하는 것도 좋진 않겠지. 알았단다."

그렇게 말한 여성은 돈을 넣고 버튼을 누르기 시작했다.

"으음, 우리 남편은 콜라를……."

"이건가요?"

"아, 고맙구나."

노년의 남성이 콜라를 골라 마신다는 말에 고개를 갸웃하면서도, 아리사는 가장 윗줄에 있는 버튼을 대신 눌러줬다. 그리고 생수 페트병을 넘겨받은 후, 손으로 만지작거렸다.

(으음, 이 자리에서 마시는 편이 좋을까…….)

그런 생각을 하는 사이에 헤어질 타이밍을 놓친 아리사는 여성과 함께 왔던 길을 되돌아갔다.

"정말 고마워. 참 친절하구나."

"아뇨……. 보호자의 안내도 학생…… 실행위원이 할 일이니까요."

"참 상냥한 아가씨네……. 게다가 참 예뻐. 우리 손자한테 시집와줬으면 좋겠는걸."

"아하하……."

"어머, 미안해. 농담이란다."

"아뇨……."

"게다가, 너라면 호감을 표하는 이성이 많지? 좋아하는 사람이 있니?"

"그런 사람은 딱히 없어요……."

"그렇구나……. 하긴, 조바심을 낼 필요는 없긴 해."

여성이 가볍게 한 말에, 아리사는 약간 구원받은 듯한 느낌이 들었다.

유원지에서 느꼈던 고독감과 소외감. 자기만 뒤처지고 있는 듯한, 그런 초조함. 그런 감정들을 시원한 바람이 씻어내는 듯한 느낌이 들었다.

(이 사람이라면…… 내 고민에, 답해줄지도 몰라.)

그런 직감에 사로잡힌 아리사는 자기도 모르게, 이름도 모르는 여성에게 고민을 털어놨다.

"저…… 모르겠어요. 사랑…… 같은 게, 단순한 호의와 어떻게, 다른지를요."

아리사가 머뭇머뭇 그렇게 말하자, 여성은 그녀의 얼굴을 쳐다봤다. 그리고 아리사의 얼굴을 보며 뭔가를 눈치챈 것처럼, 앞을 바라보며 활기찬 어조로 말했다.

"어렵긴 해. 나도 이 나이가 되어서까지, 정확한 답을 찾지 못했단다."

"어, 그런, 가요……?"

결혼하고, 손자까지 있는데? 아리사가 그런 의문이 담긴 시선을 보내자, 여성은 앞을 쳐다보며 웃음을 흘렸다.

"물론, 나는 사랑을 안단다. 하지만 사랑을 정의하지는 못하겠어. 그건, 사람에 따라 다르다고 생각하거든."

"……."

결국, 그런 원론적인 대답에 그칠 뿐인 건가. 아리사가 약간의 실망감에 휩싸였을 때, 여성은 느긋한 어조로 말했다.

"애초에, 사랑은 하나의 감정을 가리키는 말이 아니라고 생각한단다."

"네? 사랑은, 어디까지나 사랑 아닌가요?"

"맞아. 하지만 사랑 안에는 다양한 감정이 담겨 있잖니?"

"……네?"

아리사가 영문을 모르겠다는 표정을 짓자, 여성은 천천히 이야기를 시작했다.

"동경과 존경, 혹은 우정. 물론 아까 네가 말한, 타인을 향한 호의. 그리고 사람에 따라서는 집착이나 증오. 좀 저속하게 들리겠지만, 단순한 성욕도 그 안에는 담겨 있단다."

"서, 성욕……."

"하지만, 그것도 사랑의 일부란 사실에는 변함이 없잖니? 그런 다양한 감정을 전~부 뭉뚱그려서 사랑이라고 부른다고 생각해……. 나는 말이지."

"……."

솔직히 말해, 아리사가 순순히 고개를 끄덕일 수 있는 이야기는 아니었다.

아리사에게 우정과 존경은 사랑과 전혀 다른 감정이며, 집착과 증오까지 사랑에 포함된다는 이야기에는 고개를 갸웃거릴 수밖에 없었다.

(사랑이란 것은, 좀 더, 순수하고…… 눈부시며, 아름다

운 것 아니었어?)

자연스레, 머릿속에 막연한 반론이 떠올랐다. 하지만…… 사랑이라고 하는 자기가 모르는 감정을 찾고 있는 아리사에게, 이 여성의 해석은 매우 참신했다.

아리사도 알고 있는, 우정이나 존경이라는 감정. 그것들을 모아서 더 끌어올린 끝에 생겨나는 감정이 사랑이라면…… 언젠가, 아리사도 그것을 이해하는 날이 올지도 모른다.

"……정말, 참고가 됐어요."

"후훗, 그러니? 다행이네. 방금 그건 내 생각이니까, 너무 깊이 생각하지는 말고 반쯤 흘려 들어주렴."

여성이 그렇게 말하며 웃자, 아리사도 마주 웃었고…… 그러는 사이, 두 사람은 보호자석 근처에 도착했다.

"으음, 그럼 저는 이만……."

그렇게 말하면서 여성에게 작별 인사를 하려던 바로 그 때였다.

"어라, 아사에! 왜 쿠죠 양과 함께 있는 거야?!"

뒤편에서 귀에 익은 목소리로 이름을 불리자, 아리사는 움찔하며 뒤돌아보았다. 그리고…… 비닐 돗자리 위에 서서 이쪽을 쳐다보고 있는 말쑥한 노인이 눈에 들어오자, 아리사는 표정이 완전히 굳어버렸다.

"어, 아, 부, 분명…… 마사, 아니, 쿠제의……."

"이야~ 기억하고 있구나. 일전에는 자기소개도 제대로

못 해 미안했단다. 나는 마사치카의 할아비 되는 쿠제 토모히사라고 해."

"아, 쿠죠 아리사예요. 어……."

그럼…… 하며 고개를 돌리자, 여성은 입가에 손을 대며 웃음을 흘렸다.

"어머, 나도 참. 만나서 반가워. 나는 쿠제 아사에라고 한단다."

"쿠……."

뒤늦게 상황을 파악한 아리사는 마음속으로 당황하고 말았다.

(마사치카의, 하, 할머니이이이임—?! 어, 잠깐만. 나, 마사치카의 할머님께 연애 상담을 한 거야?!)

반쯤 패닉에 빠진 상황에서 뇌가 현실도피를 감행한 건지, 아리사는 괜한 사실을 눈치채고 말았다.

(그, 것보다! 커플룩! 저! 나이에! 커플룩!!)

밝은 셔츠에 화려한 꽃무늬 재킷을 걸친 토모히사를 본 아리사는 머릿속으로 목청껏 외쳤다.

아니, 문제될 건 없다. 세련되고 화목해 보여서 참 좋다고 생각한다. 하지만…… 만약 자기 조부모님이 이런 복장을 하고 있다면, 아리사는 같이 돌아다니고 싶지 않을 것이다.

바로 그때, 여성— 아사에의 얼굴을 쳐다본 아리사는 눈치챘다.

(맞아. 그때…… 내가, 말을 건넸을 때……!)

눈을 치켜뜨며, 「어머, 너는……」 이라고 말한 바로 그 반응. 그때는 자신의 은발과 푸른 눈이 신기해서 그런 거라고 생각하며 넘어갔지만…….

(설마, 그 순간에 나를 알아본 거야?!)

그것을 직감하며 아사에를 응시하자, 그녀는 약간 미안하다는 듯이 웃었다. 그 반응을 보고 모든 것을 눈치챈 직후, 아리사의 내면에서는 적반하장격의 분노와 그것을 아득히 능가하는 수치심이 터져 나왔다.

"……!!"

소리 없는 비명을 지르며 몸을 부르르 떨던 아리사는 이어서, 토모히사의 옆에 한 여성이 앉아 있다는 사실을 눈치챘다.

(설마, 마사치카의 어머님—?!)

아리사는 머릿속을 스친 직감에 흠칫했지만, 곧 위화감을 느꼈다.

(어머? 하지만 마사치카의 부모님은……?)

아리사는 몇 번이나 가봤던, 마사치카 말고는 아무도 없던 맨션을 떠올렸다. 그리고 감기에 걸려 쓰러진 마사치카에게 들었던 이야기를 떠올리며, 미간을 찌푸렸을 때…… 아리사는 그 여성과 눈이 마주쳤다.

"……어?"

문뜩, 여성의 얼굴을 보며 데자뷔를 느낀 아리사는 미간을 더욱 찌푸렸다.

"어? 아, 이쪽은—."

그런 아리사의 시선을 눈치챈 토모히사가 옆에 있는 여성을 보며 무슨 말을 하려던 순간— 그 말을 끊듯이 자리에서 일어난 여성이 인사를 건네왔다.

"만나서 반가워요. 저는 스오우 유키의 엄마 되는 스오우 유미라고 해요."

"아, 유키 양의…… 처음 뵙겠습니다. 유키 양과 마찬가지로 학생회에 속해 있는, 아리사 미하일로브나 쿠죠라고 해요."

"네. 딸한테서 이야기 많이 들었어요……."

시선을 피하며 머뭇머뭇 대답하는 유미를 보자, 아리사는 아까 느낀 데자뷔의 정체를 눈치챘다.

(아, 그래…… 유키 양과 닮은 거구나.)

패기가 없달까, 자신감이 없어 보이는 표정은 유키와 딴판이지만…… 외모 자체는 많이 닮았다. 그렇게 납득하자, 이어서 다른 의문이 샘솟았다.

(왜, 마사치카의 할아버님과 할머님이, 유키 양의 어머님과……?)

그 당연한 의문에, 토모히사는 껄껄 웃으며 답했다.

“혼자 온 유미 양을 발견해서 말이지. 같이 보지 않겠냐고 말을 건넨 거란다.”

“아…… 그런 거군요.”

아리사는 그 말을 듣고도, 왠지 석연치 않았다.

(아무리 소꿉친구라고 해도…… 각자의 부모님과 조부모님이 친할 수 있을까……?)

아리사는 마음속으로 고개를 갸웃거리면서, 아무 말 없는 유미에게 무슨 말을 건네면 좋을지 몰라 입을 다물고 있었다. 바로 그때, 귀에 익은 목소리가 들려왔다.

“아랴~. 슬슬…….”

고개를 들어보니, 마사치카가 멀찍이서 손을 흔들며 이쪽으로 걸어오고 있었다. 아리사의 눈에 띄는 은발을 보고 찾은 것이리라. 그리고 아리사의 곁에 있는 두 사람을 알아본 마사치카는 인상을 찡그렸다.

“으윽, 왜 할아버지와 할머니가 아랴와 같이…….”

그리고, 마사치카의 시선이 옆에 있는 여성을 향한 순간—공기가, 얼어붙었다.

“마, 마사치카?”

눈을 치켜뜬 마사치카가 금이라도 간 듯한 표정을 짓자, 아리사는 화들짝 놀랐다. 그의 시선을 쫓아가보자, 유미 또한 비슷한 표정으로 마사치카를 바라보고 있었다.

(어, 뭐야? 대체 왜…….)

아리사는 영문도 모른 채 두 사람을 번갈아 쳐다봤지만, 두 사람의 대치는 마사치카가 시선을 돌리면서 끝났다. 기묘한 분위기라 길게 느껴졌지만, 실제로는 약 5초 정도밖에 흐르지 않았다.

"……다들 저쪽에 모이기 시작했으니까, 가자."

"어…… 아, 응……. 그럼, 저기, 이만 가보겠습니다."

"응. 잘 가렴."

"음. 기회가 있으면 또 보자…… 앗, 마사치카! 나중에 같이 밥 먹자!"

"친구들과 먹을 거니까 됐어."

토모히사의 말에 돌아보지도 않으며 퉁명하게 답한 마사치카는 그대로 걸음을 옮겼다. 그답지 않은 태도였기에, 아리사는 허둥지둥 그를 쫓아갔다.

"마사치카, 왜 그—."

그리고 마사치카의 옆에 서서 그의 얼굴을 쳐다본 순간, 아리사는 숨을 삼켰다.

분노와 증오, 그리고 슬픔. 다양한 감정이 뒤섞여서 얼굴 가죽 아래에서 소용돌이치고 있는 듯한 처절한 표정이었다. 항상 가벼운 태도로 자신의 감정을 숨기는 평소의 마사치카와는 동떨어진, 그 표정을 본 아리사는 말문이 막혔다.

"……."

아리사가 시선을 보내도, 마사치카는 태도를 감출 여유가 없는 건지 아무 말도 하지 않았다. 그 모습 또한 평소의 마사치카답지 않았기에, 아리사는 말문이 막혔다.

(뭔가, 뭐라도…… 나는, 아무것도…….)

말이 머릿속과 목 안에서 맴돌기만 했다. 무슨 말을 해야 한다. 하지만 무슨 말을…… 아무 말도, 떠오르지 않았다. 그렇기에…….

"……!"

아리사는 말없이, 들고 있던 페트병을 마사치카의 볼에 댔다.

"차갑잖아."

산 지 얼마 안 된 페트병이라 아직 차가운 건지, 마사치카는 움찔하며 몸을 젖혔다. 그리고 미간을 찌푸리며 쳐다보는 마사치카에게, 아리사는 불쑥 생각난 말을 건넸다.

"할아버지에게, 그런 식으로 말하면…… 안 된다고, 생각해."

더듬거리면서 그렇게 말한 후, 스스로도 「무슨 소리를 하는 거야」 싶어서 부끄러워졌다. 그렇게, 아리사에게 있어 거북한 침묵이 몇 초 동안 흐른 후…… 마사치카는 작게 웃었다.

"그래. 뭐, 때로는 같이 밥 먹을까."

평소처럼 농담하듯 그렇게 말한 마사치카는 표정을 풀었

다. 그 모습을 보고 안심하면서도…… 아리사의 가슴속에는 이번에도 아무것도 묻지 못했다는 사실에서 비롯된 창피함이 소용돌이치고 있었다.

실은 물어보고 싶은 게 있었다. 왜 유키의 어머니와 얼굴을 마주하고, 그런 반응을 보인 것인가. 그녀와 대체, 무슨 일이 있었던 건가.

알고 싶다. 알고 난 후, 무슨 말이라도 해주고 싶다. 하지만…… 기다리기로, 결심했다.

(언젠가…… 가르쳐주기로, 약속했는걸…….)

그러니, 기다리겠다. 언젠가, 마사치카가 이야기해주는 순간을 말이다. 그때까지…… 마사치카가 더 의지할 수 있는 파트너가 되겠다. 마사치카가, 자신의 고통을 털어놓아도 되겠다고 생각할 만큼, 믿음직한 파트너가 말이다.

(그러기 위해서라도…… 질 수 없어.)

게다가…… 그것 외에도, 아리사는 오늘 출마전에서 이기고 마사치카에게 전하고 싶은 것이 있다.

잠시 후—.

"어. 아릿사 왔네~."

"늦었군요."

"수고 많네, 아랴 양."

"수고 많습다."

함께 싸워주는, 동료들. 사야카, 노노아, 타케시, 히카루.

"아, 미안해~. 내가 좀 늦었지~?"

"어, 늦은 거야? 이 정도면 세이프 아냐?"

마리야, 에레나. 그리고…….

"어머, 저희가 마지막인 것 같군요."

여유롭고 당당하게, 자랑거리인 세로 롤 머리카락을 휘날리면서 등장한…….

그녀를, 아리사는 미소를 지으며 맞이했다. 아리사가 미소 짓자, 그녀 또한 우아하면서 힘찬 미소로 답했—.

"수고 많으세요, 바이올렛 선배."

"스미레예요!"

마사치카가 인사를 건네자, 날카롭게 답했다.

◇

2주 전, 방과 후의 교실에서 누구에게 협력을 부탁할지 논의할 때의 일이다.

"……키류인 선배에게, 부탁해보면 어떨까?"

아리사가 그렇게 말하자, 마사치카도 천천히 고개를 끄덕였다.

"괜찮……은, 생각이야. 바이올렛 선배도 아랴가 마음에 든 것 같으니까……."

"내가 마음에 들어? 언제?"

"그게, 문화제 막바지에 키류인을 데리고 사과하러 왔을 때……."

추령제 종료 직전. 유쇼를 데리고 문화제 실행위원회 본부를 찾아온 스미레는 실행위원장과 부위원장, 그리고 학생회 멤버들에게 자초지종을 설명한 후에 고개를 숙였다. 그리고 그 자리에서 스미레는 아리사에게도 개별적으로 사과를 했지만…….

『사과할 필요 없어요. 키류인 선배는 그 소동과 연관이 없고, 애초에 저는 방해공작을 이겨내고 라이브에 성공했으니까요. 그것보다, 소동 진압을 도와주셔서 정말 감사해요.』

아리사가 그렇게 말하며 오히려 고개를 숙이자, 스미레는 만족한 듯이 웃으며 「만약 곤란한 일이 생기면 힘이 되어드리겠어요」 하고 말했다.

"……확실히 힘이 되어주겠다는 말을 들었고, 그 말을 믿고 제안을 해볼 생각이긴 한데…… 내가 키류인 선배의 마음에 들었다고는 보기 어렵지 않아?"

"아니, 꽤 마음에 든 것 같거든? 애초에 자기 발언에 책임감을 가지는 바이올렛 선배는 함부로 「힘이 되어주겠다」 같은 말은 안 할 거라고."

"그렇, 구나."

아리사는 기쁨과 의심이 반씩 섞인 표정을 지으며 고개를 갸웃거렸다. 마사치카는 그런 아리사를 향해 쓴웃음을 지어보인 후, 턱에 손을 댔다.

"그래……. 만약 바이올렛 선배의 전면적인 협력을 얻을 수 있다면, 사계 자매도 동원할 수 있을지도 몰라……."

"사계 자매?"

"응. 선도위원회…… 정확하게는 여자 검도부의 명물 자매인데, 그렇다고 진짜 자매는 아닌…… 아무튼 그런 4인조가 있어. 간단히 말해 대장인 사라시나 선배를 제외한 여자 검도부의 선봉, 차봉, 중견, 부장인데……."

"뭐……?"

"바이올렛 선배는 부장이자 그 4인조의 장녀 포지션이니까, 어쩌면 협력해줄지도 몰라. 그 네 사람이면 딱 기마 하나를 짤 수 있잖아. 그렇게 되면 지명도 면에서도 전력 면에서도 나무랄 데가 없긴 한데……. 아, 그러고 보니 너도 만난 적 있거든? 예의 폭죽 소동 때, 범인을 제압한―."

◇

그리하여…… 아리사에게 있어 베스트 멤버라 할 수 있는 이들이, 이 자리에 모였다.

스미레의 뒤를 이어서, 세 명의 여학생이 모습을 드러냈다. 그리고, 스미레의 양옆에 한 줄로 섰다. ……그것도 비스듬히 말이다.

스미레 또한 비스듬히 서더니, 손가락을 딱 소리 나게 튕겼다. 그러자 가장 오른편에 서 있는 활발한 인상의 트윈테일 소녀가 가슴을 펴며 힘차게 말했다.

"신바시 아야메!"

이어서, 오른편에 선 보이시한 느낌의 여학생이 한쪽 눈을 손으로 가리며 입을 열었다.

"오오모리 키쿄."

게다가, 반대편 끝에 서 있던 안경 소녀가 안경을 고쳐 쓰며 말했다.

"쿠라사와 히이라기."

그리고 마지막으로, 한가운데에 서 있는 아가씨가 세로롤 머리카락을 쓸어 넘기며 이름을 밝혔다.

"키류인 스미레."

마지막으로, 네 사람이 한목소리로…….

""""사계 자매, 등장!!""""

금방이라도 등 뒤에서 펑 하며 폭발이 일어날 듯한, 당당한 등장이었다. 그 모습을 본 사야카는 감동한 것처럼 고개를 끄덕이며 박수를 쳤다. 그 모습을 본 타케시는 고개를 갸웃거리면서도 사야카를 따라서 박수를 쳤다.

"이야, 노노아. 여전히 끝내주는 엉덩이네~. 만져도 돼?"

"5만 엔."

"비싸! 참고로 몇 분 만질 수 있는데?"

"2초."

"초라고~?! 어, 음, 카드도 되나요?"

"진짜로 낼 건가요."

그런 네 사람을 깔끔하게 무시한 에레나는 노노아를 성희롱했고, 히카루는 그런 그녀에게 무심코 태클을 날렸다.

"저기, 마샤 씨. 또 배가 드러났어요……."

"아, 정말~."

마사치카가 슬쩍 고개를 돌린 채 지적하자, 마리야는 옷자락을 내렸다.

모인 동료들을 다시 둘러보며…… 아리사는 중얼거렸다.

【사람을 잘못 뽑은 걸까.】

第10화 출마전

"그럼 여러분, 잘 부탁드려요."

아리사가 그렇게 말하자, 이 자리에 있는 전원이 고개를 끄덕였다.

사전연습을 하러 모여서 모의전을 했을 때, 예상되는 상대방의 전술과 거기에 대비한 작전을 전원과 공유했다. 지금 이 자리에서는 그것을 간략히 재확인하기만 했다.

하지만…… 아리사가 이 인원을 직접 이끄는 모습을 보니, 마사치카는 왠지 감개무량한 느낌이 들었다.

(정말, 성장했는걸…….)

기쁨과 쓸쓸함이 반씩 섞인, 보호자 같은 눈길로 아리사를 쳐다보고 있을 때였다.

"그런데, 저기……."

타케시가 에레나를 쳐다보며 머뭇머뭇 입을 열었다.

"나라하시 선배는…… 정말 그 복장으로 나갈 건가요?"

타케시가 그렇게 말하자, 이 자리에 있는 이들의 시선이 에레나에게 집중됐다. 그러자 에레나는 자신의 볼에 손을 대더니, 자신만만하면서 뻔뻔한 웃음을 흘렸다.

“나라하시 선배……? 아니, 틀렸어. 지금의 나는 정체불명의 도우미 선수, 섹시 가면이야!”

눈을 치켜뜨며 그렇게 말한 에레나는 가면무도회에서 쓸 듯한 레이스가 달린 베네치아 마스크로 눈가를 가리고 있었다. 그렇다. 가면으로 정체를 감춘 것이다. 이것이 바로 에레나를 출마전 멤버로 영입할 때, 마사치카가 제안한 양보다. 참고로 사용한 가면과 가명은 에레나가 직접 선택한 것이다.

“완벽해요, 에레나 선배. 아니, 섹시, 풉, 가면.”

“방금 살짝 웃었지?”

“아닌데요?”

마사치카는 정색을 하며 고개를 좌우로 젓더니, 이어서 힘차게 고개를 끄덕였다.

“뭐, 그렇게 하면 다른 학생에게 누구인지 들키진 않겠죠……. 만에 하나 들키더라도, 에레나 선배가 저와 아랴를 전면적으로 지지한다는 의사 표명을 한 게 아니란 점은 충분히 전해질 거예요.”

“흐흥, 그래?”

에레나는 그 말을 듣고 기분이 좋아졌는지, 포니테일 스타일로 바꾼 머리카락을 멋들어지게 쓸어 넘겼다. 바로 그때, 히카루가 머뭇거리며 회의적인 목소리로 말했다.

“아니, 당연히 들킬 것 같은데…….”

“무슨 소리를 하는 거야, 히카루. 눈가만 숨기면 절대로 정체를 들키지 않는다는 클리셰를 모르는 거야? 이번에는 만전을 기하기 위해서, 머리 모양까지 바꿨다고. 들킬 리가 없어.”

“아니, 그건 만화나 특촬에서만 통하는 클리셰인데…… 게다가 머리 모양을 바꿨다고 해봤자 묶는 위치를 바꿨을 뿐이니까, 단순히 잘못 맨 것처럼 보일 테고…….”

그렇게 말한 히카루는 동의를 구하듯 주위를 둘러봤지만…….

“에레나 선배, 최고~. 정말 멋지네.”

마리야는 순진한 반응을 보였다.

“참 괜찮아 보이는군요.”

오타쿠인 사야카는 마음에 쏙 든 것 같았다.

“저런 가면, 촬영 때 말고는 처음 봐.”

노노아는 남 일처럼 여겼다.

“상상했던 것보다 더 세련됐네요. 저희도 다음에 한번 써볼까요.”

스미레를 필두로 한 사계 자매가 관심을 보였다. 이 사람들은 대체 무슨 전대가 되려는 걸까.

결국, 히카루와 마찬가지로 회의적인 반응을 보이는 건 아리사와 타케시뿐이었다. 압도적 소수파라고 하는 믿기지 않는 현실에 직면하자…….

"……뭐, 나라하시 선배가 괜찮다면 됐어요."

히카루는 과반수의 논리에 굴복했다. 그러자, 안내 방송이 들려왔다.

『여러분, 점심시간이 되었으니…… 특별 프로그램「출마전」을 시작하겠습니다!』

그 말이 들려온 순간, 관객석이 흥분으로 가득 찼다.

『그럼 선수 입장을 시작하겠습니다! 우선 입장문을 통해 쿠죠 쿠제 페어, 입장!』

환성과 기대에 찬 시선이 쏟아지는 가운데, 마사치카 일행은 입장문을 통해 운동장으로 들어섰다.

『대장 기마! 기수, 아리사 미하일로브나 쿠죠! 기마는 쿠제 마사치카, 마리야 미하일로브나 쿠죠, 그리고…… 으음.』

실황 중계자는 마지막 한 사람을 언급하려다 잠시 머뭇거리더니, 곧 부끄러운 듯한 어조로 말했다.

『저, 정체불명의 도우미 선수, 섹시 가면입니다.』

그 이질적인 소개에 맞춰서 에레나, 아니, 섹시 가면이「예이」하면서 피스 사인을 날렸다. 그러자 관객석에서 당혹감으로 가득 찬 목소리가 들려왔다.

"대, 대체, 무슨하시 선배일까……."

"저건, 누굴레나…… 누구지?"

"파이팅~, 뭐시기시 선배~."

그런 목소리가 들려오자, 마사치카는 천천히 고개를 끄

덕였다.

“역시 섹시 가면이네요. 아무도 정체를 눈치채지 못했어요.”

“정말이야?! 하지만 왠지 꽤 신경 쓰이는 발언이 연이어 들려오고 있거든?!”

“부장님~! 힘내세요~!”

“아, 응~♡ 아냐……! 부장 아니거든?!”

관악부 부원으로 보이는 여학생을 향해 손을 흔들어주던 에레나가 그 직후에 바로 부정한다고 하는 멋진 콩트를 선보였다. 그리고 좀 불안한 건지, 앞에 있는 마사치카에게 작은 목소리로 물었다.

“저, 저기, 진짜로 괜찮은 거 맞아?”

“괜찮아요. 아까도 말했다시피, 변장을 한 의미 정도는 다들 알 테니까요.”

“그럴까…….”

“틀림없어요.”

에레나가 고개를 갸웃거리자, 마사치카는 자신만만한 태도로 그녀를 구슬렸다.

(변장 자체를 에레나 선배의 장난으로 여기는 사람이 있을 테고, 변장했더라도 에레나 선배가 참가했다는 것만으로도 충분히 큰 영향을 끼치겠지만 말이지.)

그런 음흉한 생각은 일부러 입에 담지 않았다.

그러는 사이에도, 실황 중계자의 선수 소개를 들은 관객석의 학생들이 흥분한 목소리를 내고 있었다.

“오오?! 키류인 선배?! 게다가 저 사람들은 선도위원 멤버 아냐?!”

“여자 검도부의 사계 자매야! 맙소사, 저 네 사람이 참가한 거야?!”

“기마는 쿠죠 선배와 나라하시…… 무슨하시 선배이고, 그 외에는 밴드 멤버인가……. 뭐, 무슨하시 선배 말고는 적절하긴 하네.”

“아니, 엄청난 멤버라고! 예전 대립 후보인 타니야마 양에다 키류인 선배도 있잖아! 진짜 드림팀으로 학생회를 꾸릴 생각이구나…….”

“아, 그러네요. 1학기의 학생회 임원 인사에서 한 말이 진짜라면…… 설마 키류인 선배도 학생회에 영입할 생각인 걸까요? 정말 그렇다면, 저는 쿠죠 양을 응원하고 싶군요!”

주위의 학생들이 호의적인 시선을 보내왔다. 다들 아리사가 모은 멤버를 보며 눈을 반짝였고, 내년에 결성될 새로운 학생회를 상상하며 가슴이 벅차오르는 것 같았다.

(협력자에 대한 반응은 매우 좋아……. 역시 『대립 후보도 동료로 받아들인다』는 아랴의 신념에 따라, 학생회 관계자로 짜기 잘했는걸.)

주위 학생의 반응을 보며, 마사치카도 만족했다.

"……어라? 그렇게 되면 쿠제의 하렘이 만들어지는 거 아냐?"

……일부 학생이 쓸데없는 점을 눈치챘지만, 마사치카는 눈치채지 못한 척했다.

『그리고 퇴장문을 통해 스오우 키미시마 페어, 입장!』

마사치카 측의 선수 소개가 끝난 타이밍에, 이번에는 유키와 아야노가 입장했다. 그 멤버를 본 마사치카는 눈을 치켜떴다.

"……맙소사, 저게 뭐야."

"우와~, 어른스럽지 못하네."

"이거 참…… 쟁쟁한 멤버를 모았군요."

에레나가 질린 듯한 목소리로, 스미레가 감탄과 경계심이 반씩 섞인 목소리로 그렇게 말했다. 그 사이에서 사야카가 천천히 안경을 고쳐 쓰며 냉철한 목소리로 말했다.

"아마 기수인 카지 선배와 아사마 선배 이외에는, 운동부의 에이스급 부원만으로 여덟 명을 모았겠죠. ……마치 『내가 생각하는 최강의 팀』이군요."

"그것을 실현할 인맥이 있다……는 거겠지. 넓은 인맥을 어필하기에는, 더할 나위 없는 방법이야……."

"게다가 정중~하게도 대장 기마 말고는 남녀 네 명씩…… 남녀 구별 없이 자기를 지지하고 있다는 어필이려나~?"

히카루와 노노아가 말한 것처럼, 관객석에서는 유키의

인맥에 감탄하는 목소리가 들려왔다.

그 목소리를 건성으로 들으면서, 마사치카는 유키와 아야노의 뒤편에 있는 두 사람을 경계심에 찬 눈길로 주시했다. 그들은 바로, 모래포대 들기가 끝난 후에 토우야가 언급한 바로 그 두 사람이었다.

"카가미 선배와 사이죠 선배…… 왜 모래포대 들기에 출전하지 않은 건가 했더니…… 그래. 출마전을 위해 체력과 근력을 온존해둔 거구나. 이거…… 만만치 않은걸."

"저 두 사람이, 바로 그…… 그러고 보니 여학생들이 소란스럽긴 하네."

"뭐, 여자들한테 인기가 많거든……. 특히 카가미 선배는 말이야. 지명도와 신체 능력을 겸비한 남자라는 기준으로 본다면, 저 두 사람은 최정상급 아니려나? 후배의 선거전에 관여할 마음은 없어 보여서, 나도 저 둘이 나올 줄은 예상 못 했는데…… 용케 설득했는걸."

"이유야 뻔하지 않아?"

마사치카와 아리사의 대화에, 노노아가 별생각 없는 투로 끼어들었다.

"저 두 사람, 윳키~를 좋아하는 거야."

"뭐……?"

전혀 예상치 못했던 이유였기에, 마사치카는 정색하며 노노아를 돌아봤다. 노노아는 그런 마사치카를 무덤덤한 눈길로 응시하며 담담히 말을 이었다.

"왜 그렇게 놀라는 거야~? 윳키~는 꽤 인기 있으니까, 딱히 놀랄 일은 아니지 않아?"

"……."

마사치카는 말없이 앞쪽으로 시선을 돌렸다. 웃는 얼굴로 유키와 이야기를 나누고 있는 두 선배가 눈에 들어왔다. 그와 동시에, 일전에 아리사에게 들었던 말이 뇌리를 스쳤다.

『기마전에서 4인 기마는 뒤편에 있는 두 사람의 팔이나 어깨 위에, 기수가 앉아야 하는 거지? 그, 그건 즉…… 뒤편에 있는 두 사람이, 내, 어, 엉덩이를 만지는……. 싫어! 저어어얼대로 싫어!!』

그 말을 들은 순간, 마사치카는 마음속으로 어처구니없어했다. 결벽증이냐고 생각하면서 말이다. 하지만…….

(미안해, 아랴. 내 생각이 틀렸어.)

저 두 사람의 손이, 유키의 몸에 닿았다. 유키에게 흑심을 품고 있는, 사내자식의 손이 말이다.

(죽여버리겠어.)

순수하게, 살의가 끓어올랐다.

(저 자식들…… 누구 허락을 받고, 음흉한 손길로 내 여동생을 만지는 거냐……. 확 발경을 먹여주겠어.)

"오오~. 쿠젯찌, 살기등등하네~."

"마사치카……?"

아리사의 의아한 목소리가 들려오자, 마사치카는 정신을 차렸다. 그리고 일단 살의를 가슴 깊은 곳에 묻은 후, 선배들과는 나중에 만나서 제대로 이야기 좀 나누자고 생각하며 생각을 전환했다.

"아, 괜찮아. 확실히 만만치 않은 상대이기는 해도, 선두가 아야노니까 키나 기동력으로 뒤지지는 않을 거야. 격돌하면서 기수가 앞쪽으로 몸을 기울였을 때, 그 부담을 견뎌내야 하는 건 선두거든."

"그렇, 구나."

"그것보다…… 사야카와 스미레 선배는 괜찮겠어요?"

"스미……! 저 두 사람을 상대하는 것, 말이죠? 괜찮답니다."

"……방금, 반사적으로 태클을 날리려고 했죠?"

"무슨 소리인지 모르겠군요."

고개를 돌리는 스미레를 흘겨보고 있을 때, 사야카가 안경을 고쳐 쓰면서 말했다.

"저도, 괜찮아요. 맞붙게 되면 봐줄 생각은 없어요."

"그래."

두 사람의 믿음직한 말을 듣고 안심하면서도, 마사치카는 마음속이 쓰디쓴 감정으로 가득 찼다.

(예상은 했지만…… 역시 저 두 사람이 기수인가.)

사야카와 스미레에게 있어, 카지 타이키와 아사마 키리카는 중등부 시절에 회장과 부회장으로 모셨던 인물이다.

두 사람은 괜찮다고 말했지만, 상대하기 힘든 인물이기는 할 것이다. 어디까지 노린 건지는 모르겠지만, 아마 단체전을 제안한 시점에서 사야카가 나올 것은 예상했으리라. 스미레는 뜻밖일지도 모르지만…… 에레나가 나온 것은 읽혔다. 그리고 에레나에게 있어서도, 저 두 사람은 학생회 시절의 후배다. 그러니 그녀에게 있어서도 상대하기 힘든 인물일 게 틀림없다. 거기까지 생각한 마사치카는 문뜩 어떤 점을 눈치챘다.

(어라? 하지만 그건 상대방도 마찬가지 아냐?)

타이키와 키리카 또한, 후배 상대로 어른스럽지 못하게 이기려 들고 싶지는 않을 것이다. 그런 불안 요소를 고려하면서까지, 저 두 사람을 기수로 삼은 것에 어떤 의도가…… 하고 마사치카가 생각하고 있을 때, 선수 소개가 끝났다.

『실격 조건은 머리띠를 빼앗기는 것, 그리고 기수가 낙마해서 지면에 닿는 것입니다! 대장이 실격한 시점에 승패가 결정됩니다! 머리카락을 잡거나 때리거나 걷어차는 등의 폭력 행위는 금지! 단, 태클은 괜찮습니다! 이상입니다!』

잠시 뜸을 들인 후, 실황 중계자가 힘차게 외쳤다.

『그럼 양 팀은 기마를 만들어 주십시오!』

실황 중계자의 지시를 듣고 일단 생각을 멈춘 마사치카

는 아리사와 시선을 마주하며 고개를 끄덕였다.

"아무튼, 작전대로 하자."

"응."

짤막한 대화를 나눈 마사치카 일행은 각자 기마를 짰다. 세 명이 만든 기마 위에 기수가 올라탄 후, 몸을 웅크린 상태에서 대기했다. 그사이, 아리사가 전원에게 말을 건넸다.

"사전에 논의한 대로, 상대는 난전을 노릴 거라고 생각해요. 가능한 한 일대일로 싸울 수 있도록, 키류인 선배는 저쪽의……."

"남자 기마와 여자 기마라고 부르는 게 어때?"

"좋아. 남자 기마 쪽을 맡아주세요. 사야카 양은 여자 기마 쪽을 부탁해."

"알았답니다."

"좋아요."

"그럼…… 꼭 이기죠."

아리사가 마지막으로 그렇게 말하자, 이 자리에 있는 이들이 힘차게 고개를 끄덕였다. 그리고…….

『양 팀, 일어서주십시오!』

실황 중계자의 지시에 따라 여섯 개의 기마가 일제히 일어섰다. 대치한 두 팀을 보자, 관객들의 열기는 최고조에 도달했고—.

『특별 프로그램「출마전」, 시작!』

결전의 막이 올랐다. 그리고 마사치카 일행에게 있어 예상 밖의 사태가 벌어졌다.

"어?!"

적 팀의 세 기마 중, 대장 기마를 제외한 두 기마가 이쪽으로 쇄도했다. 완전히 예상을 벗어난 전개이기에, 마사치카는 일단 후퇴를 지시하려다…… 입을 다물었다.

(안 돼, 기수는 아랴잖아. 내가 지시를 내릴 수는 없어.)

자신의 어깨에 놓인 아리사의 두 손을 통해, 그녀가 느끼는 동요가 전해져 왔다. 아리사와 손을 맞잡고 있는 마리야와 에레나에게도 그것이 전해졌으리라. 하지만 마사치카 일행은 리더를 믿으며 말없이 기다렸다.

"……."

그렇게 초조함 속에서 몇 초가 흐른 후…… 아리사가 입을 열었다.

"키류인 선배, 사야카 양. 앞으로 나서 주세요. 저 두 기마가 다가오지 못하도록, 최대한 떨어져서 요격해주셨으면 해요."

"좋아요."

"알았어요. 가죠."

"저희는 일단 물러나겠어요. 싸움에 휘말리지 않는 위치에서…… 잠시 상황을 살피죠."

"알았어. 두 사람, 열 걸음 물러나죠."

뒤편에 있는 마리야와 에레나에게 말을 건넨 후, 열 걸음을 세면서 호흡을 맞춰 후퇴했다. 그리고 다시 전황을 살피며, 마음속으로 고개를 갸웃거렸다.

이쪽으로 돌격한 적의 두 기마는 스미레와 사야카가 요격을 하러 나서자, 속도를 줄이기 시작했다. 그리고 서로 간의 거리가 어느 정도 좁혀지자, 아니나 다를까 완전히 멈춰서고 말았다.

"뭐 하는 거야~. 눈싸움이라도 하자는 걸까?"

"멈춰 서버렸네……?"

이 뜻밖의 움직임을 본 에레나와 마리야 또한 당혹스러워했다.

적극적으로 공세를 펼치나 싶더니, 신중한 방식으로 나왔다. 상대방의 남자 기마는 건장한 남자로 기마를 짰으며 키 차이도 있으니, 스미레 일행과도 대등하게 붙어볼 수 있을 분위기였다. 여자 기마 쪽은 기수인 키리카가 탁구부인 만큼, 사야카 일행이 불리해 보였다.

냉정하게 전력 분석을 해볼 때, 상대방이 소극적으로 나올 이유가 없다. 굳이 따지자면, 아까 생각한 「학생회의 선후배 관계 였으니까」라는 심리적 이유뿐인데…….

(그런 건 이미 각오한 것 아니었어?)

각오했다고 생각했지만, 이렇게 대치하니 싸우기 어려운 건가? 가능성이 없지는 않지만, 두 사람이 동시에 그런다는 건…… 생각하기 어렵다.

(만약 그런 게 아니라면, 이 교착 상태 자체가 유키의 노림수……?)

알 수 없다. 하지만 어떤 이유든 간에 협력자인 두 기마만이 대치하고 있는 상황이 펼쳐지고 있었다.

(이래선 분위기가 식을 거라고…….)

당사자가 어떻게 생각하든, 이 출마전은 어디까지나 여흥이다. 즉, 승패를 떠나, 『보여주기 위한 플레이』를 해야 한다.

대장이 뒤에 숨어서 동료만 싸우게 하는 것은 현명한 전략이지만, 관객들은 누구도 원하지 않을 것이다. 이런 방식으로 이겨봤자, 호감도가 추락하기만 한다. 그래서는 본말전도다. 그리고 그런 점은 아까 변장 경주에서 그렇게 보여주기 위한 플레이에 치중했던 유키라면, 당연히 알고 있을 것이다.

(그러니, 난전을 노릴 거라고 생각했는데…….)

「대장이 전혀 싸우지 않고 동료만으로 적장을 해치운다」로는 평판이 나빠지겠지만, 「대장이 스스로 미끼가 되면서 동료에게 적장을 해치우게 한다」라면 구색이 갖춰진다.

3 대 3의 단체전을 제안했을 때, 유키가 그것을 노린다고 예상했다. 그래서, 사야카와 스미레 일행에게는 대장기마 이외의 두 기마를 막으라고 지시했다. 그리고 그 지

시에 따라, 스미레와 사야카는 남자 기마와 여자 기마를 포위하듯 외곽 방향으로 슬금슬금 이동하고 있었다.

"측면에서…… 협공을 노리는 걸까……. 만약 상대가 그걸 피하려고 이동한다면, 대장과 떼어놓을 수 있어……."

마사치카가 그런 예상을 입에 담았을 때, 상대 팀의 두 기마가 움직였다. 상대가 외곽 방향으로 이동하지 못하도록, 각자 반대 방향으로 이동하기 시작했다. 그 결과…… 서로의 대장 기마를 잇는, 일직선으로 된 길이 생겨났다.

"저기~ 이러면…… 작전대로, 된 거지?"

"으음~, 뭐? 예상과 다르긴 한데…… 지금이라면 일대일로 붙을 수도 있지…… 않겠어?"

마리야와 에레나는 당황한 어조로 의견을 구하듯 그렇게 말했다. 아리사와 마사치카 또한 두 사람과 당혹감을 공유하고 있었다.

그렇다. 작전대로다. 상대방이 난전을 노린다면, 이쪽은 일대일 대결을 노린다. 상대가 단체전을 희망한다면, 그것은 일대일로 싸워서는 승산이 없기 때문이다. 그렇다면, 상대방으로서는 일대일 대결을 펼치게 되는 것이 최악의 전개…….

(그럴 텐데…… 무슨 속셈인 거지?)

마치 올 테면 와보라는 듯이, 길이 생겨났다. 그것은 마사치카 일행으로서는 바라 마지않던 상황이지만…… 그렇기에, 불길한 느낌을 받았다.

"함정……인가? 우리가 다른 기마들 사이로 들어선 순간, 좌우에서 단숨에 협공을 해서 난전으로 몰아넣으려는 속셈……?"

일부러 의문을 입밖으로 토하면서, 동료들과 생각을 공유했다.

"아니면, 공성계? 실은 아무것도 없으면서, 함정이 있는 척해서 우리 체력이 소모될 때까지 기다리는 걸까……?"

이쪽은 기마 두 명이 여자인 데다, 기수도 상대방에 비해 무겁다. 지구전이 된다면, 명백하게 불리하다.

(젠장, 불길한 느낌이 들어.)

출마전이 시작된 후로…… 아니, 유키가 단체전을 제안한 순간부터 상대방에게 주도권을 빼앗긴 느낌이 들었다. 상황 자체는 나쁘지 않은데, 어째선지 서서히 궁지에 몰리고 있는 듯한 느낌이 들었다. 이 상황에서 마사치카가 딱 하나 알고 있는 건…….

(이 상황은, 유키가 의도한 것이야.)

……라는 점이다. 그렇다면, 이 상황을 바꾸기 위해 주도권을 쥐기 위해서는 어떻게 해야 할까…….

"가죠."

생각의 바다에 잠겨 있던 마사치카를 아리사의 목소리가 건져 올렸다.

“동료를 믿으며 나아가는 거예요. 제가 유키 양을 쓰러뜨리겠어요.”

그 힘찬 목소리는 신뢰로 가득 차 있었다. 자기 자신도 불안에 사로잡혀 있겠지만, 그것을 전혀 느끼게 하지 않는 목소리로 동료들의 불안을 걷어냈다. 그것은, 틀림없이…… 남을 인도하며 이끄는 자의 목소리다.

(그래, 대단해……. 아랴, 너는…… 어느새, 뛰어난 리더십을 발휘하게 됐구나…….)

가슴속에서, 감탄이 샘솟았다. 그렇게 아리사의 목소리에 이끌리듯, 마사치카는 강렬한 의지가 샘솟는 것을 느꼈다.

“알았어, 대장.”

마사치카가 자신만만한 웃음을 흘리며 그렇게 말하자, 찰싹 소리가 나게 머리를 두들겨 맞았다. 그 덕분에 완전히 긴장이 풀린 마사치카는 힘차게 웃었다.

“가죠, 마샤 씨. 에레나 선배.”

“응.”

“어디 한 판 벌여볼깝쇼~.”

“어라, 똘마니 같은 애가 있네.”

“너무함다! 내 어디가 똘마니 같다는 검까?!”

“1인칭과 말투.”

마사치카와 에레나의 개그에 다 같이 웃음을 흘린 후, 아리사가 큰 목소리로 지시를 내렸다.

"전속력 전진! 단숨에 대장을 노리겠어요! 만약 대장이 후퇴한다면 동료와 협공해서 우선 여자 기마를, 이어서 남자 기마를 공격하는 거예요!"

""""오케이!""""

한목소리로 아리사의 지시에 답한 후, 마사치카 일행은 돌격했다. 호흡을 맞추며, 연습을 통해 이뤄낸 최고 속도로 말이다.

그러자 유키 일행도 전진을 시작했다.

"큭!"

결전이 코앞까지 다가온 것을 느낀 아리사는 마사치카의 어깨를 쥔 손에 힘을 줬다.

그렇게 서로의 거리가 절반으로 줄어든 순간…… 적 팀이 움직였다.

자기 입속으로 뛰어든 사냥감을 물어뜯으려 하는 이빨처럼, 좌우로 갈라져 있던 두 기마가 돌아서면서 쇄도했다.

협공에서 이어지는 난전. 우려하고 있던 전개가 펼쳐졌지만, 마사치카도, 마리야도, 그리고 에레나도 멈춰 서지 않았다.

아리사가 말했다. 동료를 믿겠다고 말이다. 그 말을 가슴에 품으며, 세 사람은 앞만 보며 나아갔다.

『아앗! 이건 협공— 앗, 키류인 선수, 빠릅니다! 어떻게 될까요? 아, 앗! 빼앗았습니다! 키류인 선수가 머리띠를……

어, 어엇?! 엄청난 태클입니다! 미야마에 선수! 돌아선 상대에게 몸통 박치기— 아앗! 양쪽 다 비틀거리고…… 아앗! 양쪽 다 낙마! 무승부입니다!』

실황 중계자가 동료의 분전을 알려줬다. 한순간, 억지로 적을 막아준 친구들에 대한 걱정이 마음속을 스쳤다. 하지만…….

"전진!"

그 또한, 아리사의 힘찬 목소리에 사라졌다. 그 목소리에 힘을 얻으며, 마사치카는 앞만 노려보았다.

(스미레 선배와 협력해서 협공…… 같은 현명한 전략을 펼치지 않겠어. 자, 승부다!)

솔직하게 말하자면, 마사치카는 마음 한편으로 정면 승부를 피해야 한다고 생각했다.

아직 유키의 손바닥에서 벗어나지 못했다. 여전히 상대방이 주도권을 쥐고 있다는 예감이 들었다. 하지만…… 그런 것은 아무래도 상관없다.

우리 리더가, 정면 돌파를 선택했다. 게다가, 이편이 훨씬 **즐겁다**.

(잔재주 안 부르는 정면 돌파, 그야말로 주인공의 정석이잖아.)

고양감으로 가득 찬 용맹한 미소를 머금으며, 마사치카는 내달렸다.

서로의 거리가 좁혀졌다. 10미터, 5미터, 3미터……까지 다가갔을 때, 상대방이 갑자기 멈춰 섰다. 그리고 유키는 기마 위에서 움직였다.

(우회하려는 건가—?)

어느 쪽으로 올까. 지그시 주시해보니…… 어찌 된 건지 유키는 기마 뒤편으로 자리를 옮기고 남자 두 명의 어깨에 손을 얹고 있었다. 저 자세는…….

(단체 체조의 3단 인간 피라미드……?)

그것을 직감한 순간, 마사치카의 몸에 충격이 가해졌다.

"앗……?!"

정면에서 충격을 받은 마사치카가 시선을 내려보니, 아야노가 자신을 꼭 끌어안고 있었다. 그 바람에 선두인 마사치카가 갑자기 멈춰서자, 기마인 세 사람의 움직임이 흐트러졌다.

(잠깐만, 그럼 유키는—.)

허둥지둥 자세를 고치며 앞을 쳐다보니, 남자 둘의 양손에 발을 얹은 유키가 눈에 들어왔다. 그리고 몸을 앞으로 쑥 숙이더니—.

""하나, 둘, 셋!""

호흡을 맞춰서, 완력이 뛰어난 두 남자가 단숨에 팔을 치켜들자— 유키의 몸이, 허공에서 춤췄다.

(말도, 안 돼!)

서둘러 피하려 했지만, 아야노가 끌어안고 있는 탓에 움직일 수가 없었다. 결국 마사치카는—.

"버텨!"

그렇게 외치며, 마리야와 에레나의 손을 꽉 움켜쥘 수밖에 없었다. 그런 마사치카의 머리 위에서…….

(아, 니—?!)

아리사는 자신을 향해 몸을 날린 유키를 보자, 머릿속이 새하얗게 변했다.

그리고…… 무심코 **받아주는 자세**를 취하고 말았다.

승부마저 잊고, 몸에 힘을 주며, 양손을 펼쳐서 유키를 받아주려 했다. 그리고 결사의 각오로 몸을 날린 친구를, 필사적으로 받아냈다.

눈을 감고, 이를 앙다물며 충격을 버텼다. 그리고…….

"고마워. 그리고 미안해."

장난기 섞인 속삭임이 귓가에서 들려온 직후— 머리카락이 당겨지는 감촉과 함께, 매고 있던 머리띠를 빼앗기고 말았다.

"해냈어!"

유키가 그렇게 외치며 머리띠를 확 들어 보이자, 관객석에서는 당황스러운 목소리와 환성이 동시에 터져 나왔다.

『오오?! 스오우 선수가 머리띠를 빼앗았습니다! 하지만, 이건…… 아! 유효! 스오우 선수는 아직 지면에 떨어지지 않았고, 기수의 태클은 룰로 허락되어 있으니, 이건 유효 입니다!』

그리고 잠시 뜸을 들인 후, 실황 중계자는 선언했다.

『출마전은, 스오우 키미시마 페어의 승리입니다!!』

그 선언을 들은 관객이 커다란 환성과 박수를 보냈고—

아리사는, 망연자실한 심정으로 그것을 듣고 있었다.

에필로그 이게 바로

출마전이 끝난 후, 아리사는 아무도 없는 1학년 B반 교실에 홀로 있었다. 멤버들과 헤어진 후, 부모님을 찾아가서 같이 식사하자는 마리야에게 적당한 이유를 둘러대고 도망치듯 이곳에 온 것이다.

아리사는 자기 자리에 앉아, 운동장에서 들려오는 시끌벅적한 소리를 배경음 삼으며, 멍하니 교실을 쳐다봤다.

『죄송해요.』

아리사가 그렇게 말하며 고개를 숙였지만, 모여 있던 동료 중 누구도 그녀를 비난하지 않았다. 하지만 아리사는 그런 동료들의 상냥함 탓에 더 괴로웠다.

"……."

몰랐다. 동료의 기대를 짊어지고, 그 기대를 저버리는 게 이렇게 괴로운 일이란 것을…….

이제까지는, 쭉 혼자였다. 원하는 결과를 이루지 못할지라도 그 원인은 전부 자신에게 있으며, 그 결과 또한 홀로 짊어지면 됐다. 하지만, 지금은…….

"……."

아리사를 믿고, 협력해준 친구들. 새롭게 동료가 되어준 선배들. 웃으며 아리사의 버팀목이 되어준 언니. 그리고…….

“으~~!”

그의 얼굴이 뇌리에 떠오르자, 아리사는 책상에 엎드렸다. 이를 악물며, 주먹을 치켜들더니, 힘없이 책상을 내려쳤다.

들떠 있었다. 자만에 빠져 있었다. 많은 동료가 생겼고, 그들에게 리더로 인정받았다. 그것을 해낸 자기 자신에게, 취해 있었다. 전지전능한 존재가 된 것처럼, 뭐든 해낼 수 있을 거란 느낌에 사로잡힌 나머지…… 판단 미스를 범했다.

차분하게 생각해봤다면 알 수 있었을 것이다. 자신이 지략으로는 유키의 상대가 못 된다는 것 정도는 말이다. 그 상황에서는, 마사치카에게 순순히 의지했어야 했다. 그랬으면, 유키의 책략에 걸려들지 않았으리라.

하지만 승리를 서두르면서, 자기 능력을 과신했고…… 얄팍한 지혜로 승부를 벌이려다, 꼴사납게 지고 말았다. 그것만으로도 한심한데…… 더 구제 불능인 것은, 사심 탓에 승리를 서둘렀다는 점이다.

“최악이야…….”

입에서 흘러나온 그 자조적인 목소리는, 약간 젖어 있었다. 분명, 다들 어처구니없어 할 것이다. 화낼지도 모른다. 아리사가 자기 힘으로 출마전에서 이기려 한 이유가, 그저…… 친구들을, 생일 파티에 초대하고 싶었기 때문이라는 사실을 알면 말이다.

11월 7일. 2주 후로 다가온, 아리사의 생일.

바보 같다. 그런 건, 출마전과 상관없이 그냥 알려줬으면 됐다. 그런 잡념에 사로잡혔으니까, 이런 비참한 패배를 맞이한 것이다.

정말 그렇다. 지당한 정론이다. 하지만…… 그래도……!

【오늘 이겨서…… 모두를 초대하고 싶었어……!!】

이 출마전에서, 자기 힘으로 승리를 쟁취한다. 그래서 동료들과 관객석에 있는 부모님에게, 어엿한 모습을 보여준다. 그리고 당당히, 친구들을 생일 파티에 초대하고 싶었다.

매년, 가족끼리만 조촐하게 생일 파티를 했다. 말은 하지 않았지만, 부모님은 그런 자신을 분명 걱정하고 있을 것이다. 그런 부모님에게 당당히, 고등학교에서 생긴 친구들을 소개하고 싶었다.

이제 외톨이가 아니다. 멋진 친구가, 이렇게 잔뜩 생겼다. 그렇게 말하면, 부모님도 기뻐하며 환하게 웃어주실 게 틀림없다.

【모두와 함께, 생일 파티를 하고 싶었어……!!】

미소 짓고 있는 부모님과, 미소 짓고 있는 친구들에게, 생일 축하를 받는다면……. 얼마나 기쁜 하루가 됐을까.

분명 상상조차 안 될 만큼 행복하고, 즐거우며, 기쁠 것이다. 하지만, 이제 와서는…….

(나, 는…….)

비참하고, 한심하며, 모두의 기대를 저버린 패배자. 생일을 축하해달라는 말을 할 수 있을 리가 없다.

"으, 흑……."

어차피 사심에 지나지 않는다. 그러니 이 결과도 원인도, 전부 자신의 책임이다. 다른 누군가가 잘못한 게 아니다. 출마전에 사심을 가지고 임해서, 바보처럼 행복한 미래를 꿈꾸며 들뜬 끝에 지고 만 자신의 잘못이다.

차라리 생일이 찾아오지 않았으면 좋겠다. 이제 와서 가족끼리 생일 파티를 해봤자, 허무하고 비참할 뿐이다. 그런 마음이 들 바에야, 차라리—.

"수고했어."

그 순간 들려온 목소리에, 아리사는 화들짝 놀랐다.

왜, 여기에 있는 것일까. 아리사는 그와 헤어진 후에 이곳에 왔으니, 그는 아리사가 마리야와 같이 있는 줄 알 텐데 말이다.

아리사가 그런 의문에 사로잡혀 있을 때, 목소리의 주인은 의자를 당기면서 평소처럼 자기 자리에 앉았다. 그리고, 책상에 엎드린 아리사를 향해 평소 같은 어조로 말을 건넸다.

"이번에는 완전히 당했는걸. 설마 기수를 내던질 줄이야……. 미리 연습을 꽤나 했을 게 분명해."

아리사의 반응은 개의치 않으며, 그는 가벼운 어조로 아까 시합에 관해 이야기했다.

"뭐, 그래도 내년부터는 룰이 수정될 거야. 기마가 분리되는 게 허용된다면, 까놓고 말해 한 사람이 기수를 업고 다른 두 사람이 멋대로 날뛴다~ 같은 것도 가능하거든……. 이번에는 룰에 허점이 있었으니, 다들 거기까진 생각 안 한 것 같아. 하긴~, 그렇게 화려한 짓을 벌였으니 다들 거기에 신경이 쏠리는 것도 당연해~."

그 밉살스러울 만큼 평소와 다름없는 태도가…… 지금만큼은, 너무나도 거슬렸다.

"……저기."

"응?"

"부탁이니까, 나 좀 내버려둘래?"

억누를 수 없는 분노 탓에 떨리는 목소리로, 아리사는 거절의 말을 입에 담았다. 하지만…….

"어, 싫은데?"

그 말은, 그 자리에서 바로 거부당했다. 그 바람에 더욱 화났지만, 아리사는 고개를 숙인 채 감정을 억누르며 말했다.

"보다시피 낙심하고 있거든? ……그러니까, 날 좀 내버려둬."

"낙심했다니, 너답지 않아. 전에 사야카도 말했지? 낙심 같은 건 누구나 할 수 있다고 말이야. 그러니 패배를 인정하고, 오후에 유키를 능가하는 활약을—."

"하지만……!"

결국 참다못한 아리사가 책상을 주먹으로 내려치며 얼굴을 약간 들더니, 고개를 숙인 채 피를 토하듯 외쳤다.

"나 때문에 진 거잖아?! 다들 최선을 다해 자기 역할을 수행했는데……! 내 판단 미스로, 그걸 전부 부질없게……!"

아리사가 책상을 노려보며 필사적으로 눈물을 참고 있을 때, 옆에서 차가운 목소리가 들려왔다.

"자만하지 마, 아랴."

마사치카답지 않은 말이었기에, 아리사는 무심코 그를 쳐다보았다. 그리고 마사치카의 날카로운 시선을 보자, 무심코 숨을 삼켰다. 눈을 치켜든 아리사를 응시하며, 마사치카는 담담히 말했다.

"나는…… 우리는, 네가 이길 거라고 생각해서 협력한 게 아냐. 너를 이기게 해주려고 협력한 거라고."

그 말이, 아리사의 가슴에 깊숙이 박혔다.

"그 패배는 네 패배이자, 우리의 패배야. 다들 그걸 아니까, 아무도 너를 탓하지 않았어. 그러니, 네가 멋대로 혼자 패배를 짊어지려 하지 마. 그건 네 오만이자, 우리를 모욕하는 짓이야."

담담히 이야기하는 그 냉정한 말이, 아리사의 가슴을 아플 정도로 뒤흔들었다. 정신을 차리고 보니, 필사적으로 참고 있던 눈물이 볼을 타고 줄줄 흘러내리고 있었다.

뿌연 시야 너머에서, 마사치카가 몸을 일으켰다. 그리고 머리 뒤편에 팔이 둘러지더니, 시야가 가려졌다.

"분할 거야……. 이해해."

"응……."

"나도…… 다들, 마찬가지야."

"응……."

마사치카의 체육복이, 눈물에 젖었다. 눈물과 함께 가슴 속의 고통이 흘러나가는 느낌을 받으며, 아리사는 마사치카의 품속에서 울었다.

(아아, 그래……. 맞아.)

소리 내지 않고 조용히 울면서, 아리사는 눈치챘다.

확실히, 동료들의 기대를 저버린 것은 괴롭다. 하지만 그 괴로움을, 동료들과 함께 나눌 수도 있는 것이다.

동료니까. 그 원인도, 결과도, 동료와 함께 나눠야 하는 법이다.

그래도 출마전에 사심을 개입시킨 건, 아리사 한 명의 죄다. 그러니, 그 죄는 홀로 짊어지겠다. 그걸로 됐다.

"……이제, 괜찮아."

아리사가 그렇게 말하자, 마사치카는 말없이 그녀에게서

떨어졌다. 그의 체육복에 생긴 얼룩을 본 아리사는 갑자기 수치심에 사로잡혔다.

"아, 저기……."

고개를 숙인 채 다시 눈가를 손으로 훔치려 하는 아리사에게, 마사치카는 손수건에 감싸인 페트병을 내밀었다.

"자, 유원지 때의 답례야. 참, 안심해. 이건 깨끗한 손수건이야."

마사치카가 퉁명하게 한 말에 담긴 의도를 눈치챈 아리사는 작게 웃으며 그것을 넘겨받더니, 자기 눈에 댔다.

방금 산 차가운 페트병이, 눈가의 열기를 빨아들였다. 그러고 있을 때, 마사치카가 다시 의자에 앉는 것을 기척으로 알 수 있었다.

"이건 다른 이야기인데 말이야."

"응?"

마사치가 왠지 불만이 섞인 듯한 목소리로 그렇게 말하자, 아리사는 약간 긴장했다. 눈가를 가린 채 영문을 모르겠다는 반응을 보이는 아리사에게, 마사치카는 별것 아니라는 투로 말했다.

"생일 파티 초대는, 대체 언제 해줄 거야?"

"……뭐?"

"뭐, 는 무슨. 러시아에서는 생일을 맞이한 당사자가 파티를 주최한다고 말한 건 너거든? 타케시와 히카루는 항상 한가하니 괜찮지만 사야카, 노노아랑 유키는 일찌감치 초대해두는 편이 좋을걸?"

마사치카가 정말 별일 아니라는 투로 그렇게 말하자, 아리사는 고개를 들어서 그와 시선을 맞춘 후에 다시 고개를 숙였다.

"하지만, 나는—."

"참고삼아 말해두겠는데, 러시아에서 생일 파티에 초대하지 않는 건『당신과는 올해 친하게 지내지 않을 거예요』라는 의사 표시였던가? 그거, 잡학을 이야기해주듯이 유키와 타케시한테도 슬쩍 말해뒀거든. 그러니까 초대하지 않았다간 우정에 금이 갈걸?"

그것은 몇 달 전에 아리사가 둘러대려고 마사치카에게 했던 말이다. 아리사 본인도 이제까지 완전히 망각하고 있었던 말이다.

(그런 말을, 너는 기억하고—.)

아리사는 자신도 모르게 웃음을 터뜨렸다. 기뻐서 웃는 건지, 우스워서 웃는 건지, 자기 자신도 알 수 없었다. 그저 어느새, 가슴속을 가득 채우고 있던 슬픔과 자기혐오가 사라졌다.

아아, 맙소사. 이 마법사는 아리사가 홀로 짊어지려 하던 고통도, 벌도, 별것 아니라는 듯이 없애줬다. 아리사의 독선적인 각오 따위, 거론할 가치도 없다는 듯이 말이다.

"……어쨌든, 초대할 마음은 있는 거야? 뭣하면 내가 대신 말해둘게."

"……아냐. 내가 초대할래."

"그래."

그렇게 짤막한 대답이 들린 후, 마사치카가 자리에서 일어나는 소리가 들렸다. 그리고 아직 고개를 숙이고 있는 아리사에게, 거친 어조로 말했다.

"그럼 그만 돌아가서 밥 먹어둬. 오후에도 또 열심히 해야 하니까…… 그리고 나보고 할아버지, 할머니와 같이 밥 먹으라고 말한 사람은 바로 너잖아? 그러니까~, 너도 가족과 같이 밥 먹으라고~."

그런 말이 들려온 후, 마사치카가 교실 밖으로 나가려 하는 기척이 느껴졌다. 그것을 느낀 아리사는 다급하게 페트병을 내려놓더니, 교실을 나서려 하는 마사치카의 등을 끌어안았다. 그리고, 마사치카의 어깨에 얼굴을 묻으며 물었다.

"내, 생일 파티에…… 와줄 거야?"

"……그래."

"내 생일을…… 축하해줄 거야?"

"당연하잖아?"

당연하다는 투로 마사치카가 한 말에, 아리사의 마음은 기쁨으로 가득 찼다. 또 눈시울이 뜨거워지자, 아리사는 눈을 꼭 감았다.

"……고마워."

겨우겨우 그 말을 한 아리사는 몸을 뗐다. 그리고 입술을 깨물면서, 필사적으로 눈물을 참았다. 그런 아리사를, 돌아보지도 않으며…….

"응."

마사치카는 짤막하게 대답하며 어깨 너머로 손을 흔들더니, 그대로 교실을 나섰다. 어디까지나 평소와 다름없지만…… 밉살스러울 정도로 배려에 찬 그 태도를 접하자, 아리사는 울면서 웃음을 흘렸다.

"정말, 너란 애는……."

종잡을 수 없고 매사에 별일 아니란 표정을 지으면서도, 항상 자신보다 한 수 위다.

그래서 정말 화나고, 밉살스럽지만…… 그런데도 아리사의 슬픔과 괴로움을, 마법처럼 녹여서 없애준다. 그런 마사치카가, 정말…… 믿음, 직……?

(어, 라……?)

두근두근하며, 심장이 격렬하게 뛰었다. 눈가만이 아니라, 온몸이 찌릿한 열기에 감싸였다. 믿음직하다. 그렇다. 마사치카는 누구보다 믿음직하고, 존경할 수 있는 사람……이지만, 실은 사람을 열받게 하는 구석도 있다. 그런, 마사치카를…….

(나는…….)

심장이 아프다. 몸이 아프다. 머릿속에, 마리야와 아사에가 한 말이 떠올랐다.

『부끄러워서 우와~ 하고 외치고 싶어지겠지만, 싫지는 않겠지. 왠지 행복한 기분에 사로잡혀서—.』

『동경과 존경, 혹은 우정. 물론 아까 네가 말한, 타인을 향한 호의. 그리고 사람에 따라서는 집착이나 증오. 그런 다양한 감정을 전~부 뭉뚱그려서 사랑이라고 부른다고 생각해…….』

이제까지 쌓인 마음이, 이제까지 받은 가르침이, 열매를 맺으며 하나의 답을—.

(아냐.)

마음속에 떠오른 답을, 즉시 머리가 부정했다. 하지만 그 목소리를, 이번에는 마음이 즉시 부정했다.

부정, 부정, 부정, 부정, 그런 게 아냐, 하지만, 그런 게 아니라, 그건, 착각, 거짓말, 하지만, 아아, 이게 바로……,

любовь....

후기 분량 못 채웠으니까 SS 이건 아직 소녀가 평범한 소꿉친구였던 시절의 이야기

"유키 님, 잠시 실례하겠습니다."

『무슨 일이죠?』

"혹시 아야노가 여기 있습니까?"

『네, 있어요.』

"그렇습니까. 잠시 안으로 들어가겠습니다."

스오우가의 하인인 키미시마 나츠는 문을 열었다. 그리고 유키가 있는 침대 너머에 앉아 있는 여성을 보더니, 공손히 인사를 올렸다.

"실례했습니다. 유미 님도 계셨군요."

"네……. 댄스 지도 시간인가요?"

"네. 곧 강사 선생님께서 오실 시간인지라……."

나츠가 그렇게 말하자 유미, 유키와 함께 트럼프를 하던 아야노가 침대 옆에 놓인 의자에서 내려왔다.

"그럼 나중에 또 놀자, 유키."

"응. 댄스 열심히 해, 아야노."

침대 위의 유키를 향해 손을 흔들며 인사를 나눈 아야노는 유미를 향해 돌아서며 고개를 숙였다.

"그럼 실례하겠습니다, 유미 님."

"응…… 힘내렴."

"으음, 과분? 과분한 말씀입니다?"

어색한 말투로 그렇게 말한 아야노가 자신을 향해 쪼르르 다가오자, 나츠는 미소를 머금었다.

이 손녀는 요즘 들어 나츠 부부의 흉내를 내는 건지, 유미와 쿄타로와 겐세이에게 공손한 태도를 취하려 했다. 나츠는 그런 아야노가 정말 귀여웠다. 하지만, 그런 한편으로…….

"기다리게 해서 죄송합니다, 할머님."

마사치카와 유키를 흉내내는 건지, 아야노가 나츠 부부에게도 존댓말을 쓰게 되자…… 그 점이 약간 쓸쓸하게 느껴졌다.

(이 또래 아이들은 주위의 영향을 쉽게 받는다니, 어쩔 수 없으려나……?)

몇 번「예전처럼 할머니라고 불러도 된단다」하고 말해봤지만, 얌전하고 소극적인 성격을 지닌 이 소녀에게는 뜻밖에도 고집스러운 일면도 있는 것 같았다. 존댓말을 쓰기 시작한 후로는 한사코 관두지 않았기에, 나츠도 요즘 들어서는 아무 말도 하지 않았다.

(그래도 이 어린 나이에 존댓말을 쓰는 건 참 대단해! 장래에 어엿한 하인이 될 거야! 어머, 요즘 애들은 하인이 되는 걸 싫어하지 않으려나?)

마음속으로 딸바보가 아니라 손녀바보다운 면을 발휘하면서, 나츠는 무심코 플래그를 세웠다. 그 플래그가 회수되는 날이 그리 멀지 않다는 것을 모른 채…….

◇

"자, 자세가 좋습니다! 그럼 한 번 더 처음부터 해보죠!"

스오우가의 홀에서, 댄스 강사가 시원시원하게 지시를 내리고 있었다. 그리고 그 지시에 따라, 마사치카와 아야노는 손을 맞잡았다.

원래 이 댄스 지도는 스오우가의 후계자인 마사치카를 위한 것이다. 하지만 아야노 또한 파트너 역할로서, 마사치카와 함께 지도를 받고 있었다.

호흡을 맞추며 함께 춤추는 두 사람을 보며, 나츠는 감탄의 한숨을 토했다. 방해만 되지 않는다면, 마음껏 박수를 보내고 싶은 심정이었다.

(아아…… 정말 멋져. 신동이란 말은 마사치카 님 같은 아이를 위해 존재하는 말일 거야…….)

댄스를 배운 지 얼마 안 됐지만, 왈츠를 추는 마사치카에게서는 여유마저 느껴졌다. 업계에서도 지도가 혹독한 것으로 널리 알려진 댄스 강사도 마사치카를 보며 만족스러운 듯이 고개를 끄덕였다.

"마사치카 씨, 정말 대단하군요! 하지만 턴을 하면서 하반신이 먼저 움직일 때가 있으니, 그 점을 조금 주의하세요!"

지도를 받자, 마사치카는 즉시 대응했다. 신동이라는 말에 걸맞게, 마사치카는 경이적일 만큼 빠른 흡수력을 선보이고 있지만…… 그런 그에게 맞춰야 하는 파트너는 정말 큰일이었다.

"아야노 양, 바닥을 쳐다보지 마세요! 자세가 나빠진답니다! 실수를 하더라도, 시선은 앞을 향하세요!"

실수로 마사치카의 발을 밟고 무심결에 아래편을 쳐다본 순간, 주의를 받았다. 그 말을 듣고 허둥지둥 고개를 들었지만, 점점 스텝이 꼬였다. 그 바람에 또 발을 밟았고…… 그런 악순환에 돌입했다.

"자, 그만! 10분만 휴식을 취하죠!"

결국 그 말을 들을 때까지, 아야노는 여섯 번이나 마사치카의 발을 밟았다. 그 바람에 풀이 죽고 만 아야노는 의자에 앉아서 고개를 푹 숙였다.

"미안해, 치카……. 나, 댄스가 서툴러서…… 치카의 발, 엄청 밟았어."

"아냐. 나도 한 번 밟았잖아……. 미안해. 아프진 않아?"

"그건 내가 스텝을 헷갈린 바람에…… 정말 미안해."

나츠가 의기소침하며 고개를 숙인 손녀에게 말을 건네려던 순간…… 아야노가 불쑥 중얼거렸다.

"유키라면 더 잘 출 텐데……. 나는 정말 못난 애야……."

그 말에는 아야노가 소꿉친구인 남매와 함께 지내며 느낀, 열등감이 담겨 있었다. 그 중얼거림에는 뜻밖에도 심각한 감정이 어려 있었기에, 나츠는 말문이 막히고 말았다. 하지만 바로 그때, 마사치카가 의아하다는 투로 말했다.

"아야노는 못난 애가 아냐. 아야노는 이렇게 상냥한걸."

"……상냥해?"

"응. 내 댄스 연습을 항상 도와주고, 침대에서 나오지 못하는 유키와도 놀아주잖아. 나는 그런 아야노를 항상 고맙게 생각해."

고개를 든 아야노가 눈을 치켜뜨자, 마사치카는 빙긋 웃어보이며 「그리고」 하고 말했다.

"나는 아야노의 댄스를 좋아해. 호흡이 딱 맞으면서, 기분 좋을 때가 늘어나는 게…… 참 즐거워. 그러니까……."

그렇게 말하며 의자에서 내려온 마사치카는 아야노를 향해 손을 뻗었다.

"앞으로도, 내 파트너가 되어주지 않겠어?"

마사치카가 순진무구한 미소를 머금으며 그렇게 말하자, 눈을 몇 번 깜빡인 아야노는 빙그레 웃었다. 그리고 의자에서 내려와서 마사치카의 손을 잡았다.

"응!"

"고마워."

두 사람이 웃으면서 손을 맞잡자, 나츠는 손수건으로 눈가를 훔쳤다.

(마사치카 님…… 정말 멋지십니다! 자기 재능에 빠져 우쭐하기는커녕, 타인을 향한 배려를 잊지 않다니…… 어르신, 스오우가의 미래는 밝습니다…….)

……하고 생각하며 감격하는 한편으로…….

(마사치카 님, 방금 그 말은 프러포즈예요!)

말한 본인에게 그런 생각이 전혀 없다는 것을 알면서도, 나츠는 무심코 마음속으로 태클을 날렸다.

(물론 마사치카 님이시라면 아야노의 상대로 더할 나위가…… 하지만 신분 차이가……. 아, 그래도 정말 멋진 일이긴 해! 유미 님과 쿄타로 님은 개의치 않으실 테고, 어르신 또한 사모님을 생각하면—.)

나츠는 주책맞게도, 손녀의 장래를 가지고 그런 순정만화 느낌의 망상을 했다. 그런 할머니의 생각과 달리…….

(역시 치카는 대단해! 나도 더 힘내야지!)

역시 어린애는 어린애인 걸까. 아야노는 마사치카의 프러포즈 같은 말을 전혀 개의치 않으며, 그저 순수하게 존경심만을 느꼈다. 하지만…….

실은 한 명의 소녀로서, 아무런 감정도 싹트지 않은 건 아니었다.

(아까 치카에게 밟혔을 때, 왠지 참 기분 좋았어…….)

……그 내용은, 할머니의 생각과는 거리가 멀었지만 말이다.

소녀가, 가슴속에 온갖 마음이 쌓이고 쌓인 끝에, 자신이 나아갈 길을 결정하게 되는 것은 그로부터 얼마 후의 이야기다…….

■ 작가 후기

안녕하십니까, SUN SUN SUN입니다. 4.5권에 이어 또 후기 제로 페이지가 된 바람에, 뒷일은 생각도 안 하며 마감 일주일 전에 16페이지를 더 써버려서 탈력 상태가 된 SUN SUN SUN입니다.

대체 왜, 저는 딱 적당하게 페이지가 남지 않는 걸까요? 3페이지나 8페이지 정도 남는다면 딱일 텐데 말이죠. 뭐, 페이지 관리를 제대로 안 한 제 잘못이 크겠지만 말이죠.

솔직히 말해, 쓸 게 없습니다. 표지 앞날개의 작가 코멘트를 보면 알 수 있지 않습니까? 정말 두서가 없어요. 제가 썼는데도, 무슨 소리를 하는 건지 모를 지경입니다. 이과 쪽 분이라면 그 이상한 숫자를 보고 「어라」 하고 생각했을지도 모릅니다만, 문과 쪽 분은 영문을 모를 겁니다. 아니, 꼭 문과가 아니더라도 영문을 모르려나요.

게다가 펜네임도 3과 비슷한 글자로 지었으면서, 사실 저는 3이란 숫자를 딱히 좋아하지 않습니다. 제가 좋아하는 숫자는 24죠. 그 다음은 12입니다.

24, 좋지 않습니까? 말로 형용 못할 세련됨이 느껴집니

다. 우선 그 울림이 좋아요. 그리고 생긴 것도 끝내주죠. 한 자리 숫자 중에서 5, 7, 9 이외의 모든 숫자로 나눌 수 있다는 것 또한 아름답습니다. 12도 좋습니다. 십이 사도, 십이 신장, 십이지, 관위 십이계, 십이지장……은, 좀 아니려나요. 아무튼 다양한 곳에서 등장하는 이 숫자는 역시 다른 숫자가 지니지 못한 아름다움을 내포하고 있습니다. 13도 좋아요. 중2병스러워서 멋지죠. 같은 이유로 14 또한 괜찮다고 생각합니다. 15에서는 전혀 낭만이 느껴지지 않아요. 딸기밖에 생각 안 나네요.

참, 중2병적인 매력으로 본다면 역시 0도 빠져선 안 되겠죠. 0을 숫자로 봐도 될지는 좀 미묘합니다만, 그런 점도 포함해서 멋집니다. 이 매력을 모르는 사람은 중2병이 아니죠. 중2병이 되고 싶으면, 1부터 다시 시작해. 1부터 시작해선 영원히 0에 도달하지 못하지만 말이다! 하하하!

……음. 작가 코멘트에서 이과 분들 어쩌고 같은 소리를 해놓고, 이과 분들도 이해 못 할 소리를 하고 말았군요. 어? 뭐? 더 떠들어대도 돼?

어쩔 수 없네~! 그럼 세 자리 숫자 이야기를 하자면, 역시 중2병으로선(이하 생략).

자, 여섯 자리 숫자까지 이야기했으니 다음 화제로 넘어갈까요. 왠지 끝머리에서 스마트폰의 비밀번호를 밝힌 듯한 느낌이 들지만, 기분 탓이겠죠? 으음~ 그럼 다음에는 무슨 이야기를— 앗. 그 이야기를 해야겠네요.

일전의 후기에 관한 이야기입니다. 저는 후기 대신 SS를 싣는 게 라이트노벨 사상 최초일 거라고 말했습니다만…… 지인 작가분에게 「뭐? 너 말고도 있는데?」란 말을 들었습니다.

……부끄럽습니다. 라이트노벨을 많이 읽지 않은 폐해가 이런 식으로 드러났습니다. 그래요. 저는 라이트노벨 작가지만 라이트노벨을 그다지 읽지 않아요. 5권 후기에서 언뜻 말했지만, 저는 새로운 것을 시작하는 걸 참 힘들어해서…… 라이트노벨도, 만화도, 애니도, 새로운 작품을 접하는 걸 귀찮아합니다. 권수가 많은 유명 작품일수록 더 그렇죠. 그런 제 성격 탓에, 제가 데뷔 전에 사서 읽은 라이트노벨 작품은…… 한 열 작품? 그 안에서 러브 코미디는…… 두 작품, 정도? 그것도 고등학생 때 이야기이며, 대학생이 된 후로는 편하게 읽을 수 있는 데다 신작도 부담 없이 접할 수 있는 온라인 소설에 빠지는 바람에 라이트노벨과는 더 멀어졌…… 그런 이야기는 할 필요 없으려나요.

아무튼, 저는 왠지 후기 대신 SS라는 업계에 획기적인 일을 했다고 생각했습니다만 실은 선구자가 계셨다고 합니다. 하지만 후기 앞뒤에 SS를 쓴 건 라이트노벨 업계 최초일 테니까, 완전히 틀린 말은 아니려나요.

이번에도 그 행동에 맛들여서, SS로 양을 불렸습니다. 한번 재미를 붙이니, 평범한 후기로는 만족할 수 없게 됐습니다. 페이지가 같더라도 문자량이 다르니까요. SS면 짤막한 대사로도 한 줄 때울 수 있고, 독백 부분도 글줄 바꾸기를 팍팍 할 수 있습니다. 하지만 지난번에는 페이지가 부족해져서 문장을 붙이거나 삭제해야 했죠. 옆트임 선뷔 SS를 쓰는 게 너무 재미있었어요…….

참, 옆트임 선뷔는 아직 원작에선 비주얼이 안 나왔습니다만(아직은 그럴 예정도 없습니다만) 사실 코미컬라이즈 쪽에서는 이미 비주얼이 나왔습니다. 제가 6권 원고를 쓰고 있을 때, 코미컬라이즈 쪽에서 원작 1권의 과거 편(중등부 문화제 에피소드)을 다뤘죠. 제가 받은 콘티에 수예부 부원이 등장해서 「마침 잘됐다」는 생각한 저는 코미컬라이즈를 담당해주시는 테나마치 사호 선생님에게 「얘를 옆트임 선뷔로 해주지 않겠어요?」 하고 제안하며 6권 원고를 보내드렸습니다. 그러니 테나마치 선생님도 찬동해주셔서, 코미컬라이즈에 등장시키게 된 겁니다.

재미있는 건, 사실 옆트임 선뷔가 등장하는 에피소드가 매거진 포켓에 갱신됐을 때는 아직 원작 6권이 발매되지 않았습니다. 즉, 옆트임 선뷔는 원작보다 코미컬라이즈에 먼저 등장한 거죠……. 코미컬라이즈가 갱신되자마자 바로 읽을수록, 그녀라는 존재를 흘려넘기게 된다는 함정이 만들어진 겁니다. 하지만 그 에피소드가 수록된 코미컬라이즈 제2권은 원작 6권 발매 후에 발매됐고, 옆트임 선배 이야기는 코미컬라이즈 제2권 후기에서 테나마치 선생님도 언급하셨으니……. 갱신 때마다 읽어주시는 독자 여러분이라면 당연~히 단행본도 구매해주셨을 테니, 그때 눈치채주셨을 겁니다. 그렇죠?

어험, 제가 하고 싶은 말이 뭐냐면 말이죠? 여러분! 코미컬라이즈 단행본도 꼭 사봐! 입니다. 그러면 제가 쬐끄마한 글씨로 쓴 후기도 읽어볼 수 있습니다. 「원작자 후기를 한 페이지로 부탁합니다」란 말을 듣고 「아하, 한 페이지 안에 다 들어가면 되는군요?」 하고 답한 원작자가 바로 접니다. 그러면서 페이지 수록 작업은 떠넘겼죠……. 페, 페이지가 아니라 문자 수로 지정하지 않은 상대방의 잘못이라고 생각해요. 금지하지 않았으니, 저질러도 된다고 생각했죠. 「상식적으로 생각해보라고」 같은 말은 나중에 해봤자 무의미합니다. 이 세상에는 저처럼 상식적으로 생각하지 않는 사람이 잔뜩 있으니까요.

이런 소리를 하면, 비상식적이라는 것을 자각하고 있으면서 왜 그렇게 우쭐대는 건데~ 하고 생각하시겠죠. 반대입니다. 비상식적이라는 것을 자각하고 있으니까, 우쭐대는 겁니다. 인간은 마음속으로 켕기는 부분이 있으면 괜히 우쭐대며 그 켕기는 부분을 지적하지 못하도록 주위를 압박하는 법이죠. 그런 사람을 보면「아아, 허세 안 부리면 살지 못하는 불쌍한 생물이구나」하며 불쌍하다는 듯이 쳐다봐주십시오. 하지만 이 세상에는 자기가 비상식적이라는 것을 자각조차 못 한 채, 영문 모를 자신감에 차서 우쭐대는 비상식적인 사람도 일정 숫자 존재합니다. 그런 인간을 보면「아아, 불우한 환경이 만들어낸 가련한 몬스터구나」하며 불쌍하다는 듯이 쳐다봐주십시오. 불쌍한 듯이 쳐다보며, 저먼 수플렉스를 날려주세요. 실제로 저먼 수플렉스 날리면 안 됩니다. 그런 건 머릿속으로만 하세요. 어? 왜 그런 눈으로 쳐다보는 거죠? 아, 맞다. 참고로 제 신작 SS도 읽을 수 있습니다. 코미컬라이즈의 단행본을 사면요. 그러니, 단행본을 사주십시오. 좋아, 부탁받은 선전 끝!

자, 코미컬라이즈 선전을 마쳤으니, 다음은…… 애니화 이야기인가?

……아, 딱히 할 이야기는 없네요. 어디까지 이야기해도 되는지 모르니까요. 아, 기획은 순조롭게 진행되고 있거든요? 이번 간행 간격이 다섯 달이 된 것도, 코미컬라이즈 작업에 애니화 작업이 더해져서니까요. 이게 겸업 작가의 한계입니다. 하지만 결국 마감 직전에 허둥지둥 원고를 완

성하는 여름 방학 중고등학생 같은 짓을 했으니, 저를 궁지에 몬다면 넉 달 페이스를 유지할 수 있을 듯한 느낌이 안 드는 것도 아닌 듯한 생각이 전혀 안 드는 건 아닌 듯한 기분에 사로잡히는 것을 부정할 수는 없군요. 대체 어느 쪽일까요? 저도 잘 모르겠습니다.

자, 애니 이야기를 못 한다면…… 차라리 문과 분들에게 인기 있을 듯한 창작론이라도 이야기해볼까요. 뭐, 안 하겠지만요. 창작론 이야기 같은 건 좋아하지 않거든요. 자의식 과잉 같아서요. 다른 사람의 이야기를 듣는 건 아무렇지 않지만, 제가 하려니 「야, 겨우 작품 하나가 서적화됐다고 이런 소리 늘어놓는 거냐」 하고 제 머릿속의 소악마가 푸푸푸풉~ 합니다. 애초에 제1화와 제3화와 제6화와 제8화를 병행 집필하는 식의 변태적인 집필을 하는 놈의 이야기 따위를 누가 참고하겠습니까. 네. 사실 저는 러시부끄를 쓸 때, 프롤로그부터 차례차례 쓰지 않습니다. 보통 여러 개의 에피소드를 병행해서 쓰죠. 심할 때는 거의 모든 에피소드를 병행 집필하기도 합니다.

사람마다 소설을 쓰는 법이 다른 만큼, 창작론 또한 사람마다 다르죠. 그러니 진지하게 들을 필요가 없다고 생각합니다. 반쯤, 아니 3분의 1 정도만 들어도 되지 않으려나요. 저도 프로 작가 분의 창작론을 들으면서 「정말 그런가?」 하며 생각하니까요. 오히려 「그건 맞아」 싶은 부분이

적습니다. 그러니 저는 소설을 쓰는 법을 공부하기보다는 자기가 좋아하는 작품 혹은 괜찮다고 여기는 작품을 꼼꼼히 읽으면서 「보고 훔쳐라」가 아닌 「읽고 훔쳐라」를 실천하는 편이 낫다고 생각합니다. 훔친다고 똑같이 베껴 쓰면 안 되지만요.

그리고 타인의 의견을 참고하고 싶다면, 작가 동료를 모으는 겁니다. 가능하면 다양한 타입의 작가가 있는 모임에 참가해서, 의견을 듣는 편이 좋죠. 물론 십인십색의 다양한 의견을 들을 것이며, 그중에서 진짜로 고쳐야 할 부분이 있다면 여러 사람이 지적해줄 겁니다. 그런 부분을 고쳐나가다 보면, 남들보다 더 잘 쓸 수 있게 되리라고 생각합니다. 이것도 넓은 의미에서는 창작론인 만큼, 진지하게 받아들일 필요는 없습니다. 3분의 1만 들어도 됩니다. 그러면 전체의 9분의 1만 듣는 것이니, 백분율로 환산하려면 딱 맞아떨어지지(이하 생략).

자~ 숫자 이야기만 실컷 한 것 같습니다만, 슬슬 페이지를 채운 것 같으니 신세진 분들께 감사 인사를 드릴까 합니다.

이번에도 느려터진 작업 진행으로 폐를 잔뜩 끼치고 만 미야카와 편집자님. 매번 마감 직전…… 아니, 어겨서 정말 송구합니다. 반성은 하고 있습니다. 진짜예요. 하고만 있을 뿐인지도 모릅니다. 이런 저를 용서해주시는 관대한 마음을 지녔을 뿐만 아니라, 미야카와 씨가 냉철한 시점에서 주시는 의견은 정말 많은 도움이 됩니다. 항상 진심으로 감사드립니다.

이번에도 멋진 일러스트를 잔뜩 그려주신 모모코 선생님. 바쁘신 와중에도 매번 장수를 줄이지 않고 신급 퀄리티의 일러스트를 그려주셔서 정말 감사하옵니다. 특히 이번에는 새로운 캐릭터 디자인에 여러 캐릭터가 나오는 삽화까지 몇 장이나…… 정말 감사합니다.

그리고 코미컬라이즈에서 아랴와 마샤에 이어, 여동생 모드의 유키까지 멋지고 귀엽게 그려주신 테나마치 선생님. 매번 멋진 코미컬라이즈를 그려주셔서 감사합니다. Twitter로 부탁하신 코미컬라이즈 선전은 멋지게 해냈습니다. 십중팔구 농담이셨겠지만, 푸하하. 사람을 잘못 보셨군요. 뭐, 선전효과가 있느냐에 대해서는 의견이 갈리겠지만 말이죠!

그리고 마지막으로, 코미컬라이즈 관련 업무를 새롭게 담당하게 되신 스즈키 편집자님을 비롯해, 러시부끄의 제작에 관여해주시는 많은 분, 그리고 러시부끄를 읽어주신 모든 독자 여러분에게, 숫자로 표현할 수 없을 정도로 감사드립니다. 정말 고맙습니다! 다음 권…… 전에, 코미컬라이즈 3권의 원작자 후기 코너로 찾아뵙겠습니다. 꼭 봐주세요!

#러시부끄
잘 부탁드립니다 :)

■ 역자 후기

안녕하십니까. 근로청년 번역가 이승원입니다.

이번에 『가끔씩 툭하고 러시아어로 부끄러워하는 옆자리의 아랴 양』 7권을 구매해주셔서 진심으로 감사드립니다.

뜬금없는 이야기입니다만, 들개 떼에게 습격당할 뻔했습니다.(-_-;;;)

설 전에 아버지 성묘를 가는데, 가장 가까운 버스 정류장에서 도보로 1시간 이상 산을 타야 합니다. 매번 자연 풍경을 감상하며 느긋하게 걸었는데, 문뜩 논두렁 길을 따라가면 지름길 아닐까? 란 생각이 들더군요. 그래서 별생각 없이 길을 가다 보니…… 들개 떼가 있더군요, AHAHA.

어머니가 개를 좋아하셔서 평생 개와 한집에서 살았습니다만, 목줄도 없는 개 수십 마리가 떼 지어서 저한테 으르렁거리니 엄청 무서웠습니다. 하지만 뒤돌아서서 도망치면 왠지 달려들 것 같아서, 저도 마주 노려봤죠. 그렇게 대치하면서 슬금슬금 뒷걸음질을 장장 5분이나 한 끝에……

겨우 들개 영역에서 빠져나왔습니다.^^

역시 지도 앱에서 추천하지 않는 길에는 이유가 있더군요. 앞으로는 사람 다니는 길로만 다녀야겠다는 생각과 함께, 『좋았어, 후기에 써먹자!』라고 생각한 저도 참 문제다 싶습니다.^^

그럼 『가끔씩 툭하고 러시아어로 부끄러워하는 옆자리의 아랴 양』 7권에 관해 이야기를 좀 해볼까 합니다.

스포일러가 포함되어 있을 수도 있으니 본편을 안 읽으신 분은 유의해주시길!

『가끔씩 툭하고 러시아어로 부끄러워하는 옆자리의 아랴 양』 7권은 운동회!

문화제에서 무사히 밴드 공연을 마친 아리사는 운동회에 임합니다. 운동회에서는 학생회장 후보끼리 기마전을 벌이는 『출마전』이 치러지며, 아리사는 문화제에서 가까워진 친구들과 함께 나가기로 하죠.

예전과 다르게 리더십을 보이며 사람들을 이끄는 아리사를 보며 대견함과 함께 쓸쓸함을 느끼던 마사치카는 자신의 연심을 깨닫게 됩니다. 자신이 아리사에게 끌리고 있다는 것을 재확인하는 것과 동시에, 첫사랑이었던 마리야에게도 마음이 있다는 것을 깨닫죠. 미인 자매와 사랑의 삼각관계가 형성되려 하는 가운데, 여기저기서 복병(?) 또한 모습을 드러내고 있습니다.

존재감을 마구마구 어필하는 친동생 유키와 메이드 아야노, 그리고 마사치카에게 호감을 표시하기 시작한 노노아……. 이러다 진짜로 마사치카 하렘이 만들어지는 거 아닌가 싶습니다. 캐릭터들의 매력이 워낙 좋아서, 개별 엔딩(^^)까지 나왔으면 좋겠다는 김칫국 망상을 벌써부터 하고 있습니다, AHAHA.

마지막의 반전, 그리고 에필로그의 충격적인 전개를 독자 여러분께서도 즐겨주시길!

그럼 이만 줄이겠습니다.

L노벨 편집부 여러분, 항상 재미있는 작품을 맡겨주셔서 감사합니다. 앞으로도 잘 부탁드립니다!

병원 다녀오는 길에 들른 악우여. 작업실에 찾아와준 건 좋은데, 왜 오는 길에 음식점 예약 앱으로 집 앞 유명 라멘 가게 예약을 한 건데? 나를 보러온 게 아니라 라멘 먹으러 왔다가 겸사겸사 얼굴 비춘 것 같거든? 게다가 왜 말 한마디 없이 내 자리까지 예약한 건데? 이 모든 게 네 치밀한 설계 아냐?

마지막으로 언제나 제게 버팀목이 되어주시는 어머니와 『가끔씩 툭하고 러시아어로 부끄러워하는 옆자리의 아랴 양』을 읽어주신 모든 분께 진심으로 감사 드립니다.

마법소녀(?)와 시스터(?)로 폭주하는 『가끔씩 툭하고 러시아어로 부끄러워하는 옆자리의 아랴 양』 8권 역자 후기 코너에서 다시 뵙겠습니다!

2024년 3월 초

역자 이승원 올림

가끔씩 툭하고 러시아어로 부끄러워하는 옆자리의 아랴 양 7

초판 1쇄 발행 2024년 8월 10일

지은이_ Sunsunsun
일러스트_ Momoco
옮긴이_ 이승원

발행인_ 최원영
본부장_ 장혜경
편집장_ 김승신
편집진행_ 권세라 · 최혁수 · 김경민 · 최정민
커버디자인_ 양우연
국제업무_ 박진해 · 남궁명일
관리 · 영업_ 김민원 · 조은걸

펴낸곳_ (주)디앤씨미디어
등록_ 2002년 4월 25일 제20-260호
주소_ 서울시 구로구 디지털로 32길 30, 코오롱디지털타워빌란트 1301-1308호
전화_ 02-333-2513(대표)
팩시밀리_ 02-333-2514
이메일_ lnovellove@naver.com
L노벨 공식 카페_ http://cafe.naver.com/lnovel11

TOKIDOKI BOSOTTO ROSHIAGO DE DERERU TONARI NO ARYA SAN Vol.7
©Sunsunsun, Momoco 2023
First published in Japan in 2023 by KADOKAWA CORPORATION, Tokyo.
Korean translation rights arranged with KADOKAWA CORPORATION, Tokyo.

ISBN 979-11-278-7709-5 04830
ISBN 979-11-278-6439-2 (세트)

값 8,500원

*이 책의 한국어판 저작권은 KADOKAWA CORPORATION과의 독점 계약으로
(주)디앤씨미디어에 있습니다.
저작권법에 의해 한국 내에서 보호를 받는 저작물이므로 무단전재와 복제를 금합니다.

*잘못된 책은 구매처에 문의하십시오.

©Piero Karasu, Yuri Kisaragi 2023
KADOKAWA CORPORATION

전생 왕녀와 천재 영애의 마법 혁명 1~7권

카라스 피에로 지음 | 키사라기 유리 일러스트 | 송재희 옮김

어릴 때 전생의 기억을 되찾은 왕녀, 아니스피아.
마법을 쓰지 못하기에 귀족들에게는 낮은 평가를 받지만
독자적인 마법 이론을 만들어 혼자서 연구를 계속하고 있었다.
그녀는 어느 날 천재 공작 영애, 유필리아가
차기 왕비 자리에서 밀려나는 장면과 맞닥뜨린다.
그녀의 명예를 회복하기 위해
아니스피아는 유필리아와 함께 살며 마법을 연구하기로 하는데?!
“유피, 나랑 같이 가 줄래?”
“바라신다면 어디까지라도 함께하겠어요, 아니스 님.”
기상천외한 전생 왕녀와 쿨한 천재 영애의 만남이
나라를, 세계를, 두 사람의 미래를 바꿔 나간다!

사랑스런 두 사람의 왕궁 백합 판타지 개막!

라이트노벨의 새로운 빛! L노벨의 신간은 매월 10일에 발매됩니다. http://cafe.naver.com/lnovel11

NOVEL

L NOVEL

©Udon Kamono/OVERLAP
Illustration Hitomi Shizuki

매핑

꽝 스킬【지도화】를 손에 넣은 소년은 최강 파티와 함께 던전에 도전한다 1~6권

카모노 우동 지음 | 시즈키 히토미 일러스트 | 이경인 옮김

매핑

15세 노트가『증여 의식』에서 받은 스킬은【지도화】.
레어도는 높지만 다른 스킬보다 쓸모가 없는, 이른바 꽝 스킬이었다.
소꿉친구에게 버림받고 실의의 바닥에 빠진 노트는
모험가 생활로 번 돈을 술에 쏟아붓는 나날을 보내지만—
그런 나날은 느닷없이 끝을 고했다.
"우리는 그 스킬을 가진 너를 필요로 하고 있어."
최강 파티『어라이버즈』에 소속된 진의 권유를 받게 된 노트.
그의 운명은 크게 변하기 시작한다.
이번에야말로 노력을 포기하지 않고, 발버둥 치겠다는 결의와 함께.

최강 파티에 들어간 소년이
이윽고 최강에 도달하는 판타지 성장담, 개막!

라이트노벨의 새로운 빛! L노벨의 신간은 매월 10일에 발매됩니다. http://cafe.naver.com/lnovel11

NOVEL

©Kotobuki Yasukiyo 2021
Illustration : JohnDee
KADOKAWA CORPORATION

아라포 현자의 이세계 생활 일기 1~14권

코토부키 야스키요 지음 | JohnDee 일러스트 | 김장준 옮김

정리해고 당한 후, 매일 밭을 돌보며 『제로스 멀린』으로서
게임에 빠져 살던 백수 아저씨, 오사코 사토시(40세).
오리지널 마법을 만들어 명실상부 톱 플레이어가 된 그는
최종 보스를 무난하게 공략하지만
로그인 중 발생한 어떤 사고로 생을 마감한다.
그는 홀로 죽었다고 생각했지만,
정신을 차리고 보니 거대한 산림 지대의 한가운데에 서 있었다.
이세계 여신의 말에 따르면 그는 게임 속 능력을 이어받아 전생했다고 한다.
대산림 지대에서 서바이벌을 거치고 전(前) 공작 노인과 만난 제로스는
현자로서 능력을 인정받아 마법을 쓰지 못하는 소녀의
가정교사 일을 의뢰받는데―?!
"나는 평온한 일상이 인생의 모토인데……."

마흔 살 현자의 이세계 생활 일기 개시!

NOVEL

라이트노벨의 새로운 빛! L노벨의 신간은 매월 10일에 발매됩니다. http://cafe.naver.com/lnovel11

©Ghost Mikawa 2022 Illustration : Hiten
KADOKAWA CORPORATION

의매생활 1~7권

미카와 고스트 지음 | Hiten 일러스트 | 박경용 옮김

고교생 아사무라 유우타는 부모의 재혼을 계기로,
학년 제일의 미소녀 아야세 사키와 남매로서 한 지붕 아래 살게 됐다.
너무 다가가지 않고, 대립하지도 않으며, 적절한 거리감을 유지하자고 약속한 두 사람.
가족의 애정에 굶주린 고독 속에서 노력을 거듭해왔기에
다른 사람에게 어리광 부리는 방법을 모르는 사키와,
그녀의 오빠로서 어떻게 대해야 할지 몰라 당황하는 유우타.
어쩐지 닮은 구석이 있는 두 사람은,
같이 생활하면서 차츰 편안함을 느끼게 되는데…….
이것은 언젠가 사랑에 빠질지도 모르는 이야기.

완전한 남이었던 남녀의 관계가 조금씩 가까워지며
천천히 변해가는 나날을 적은, 연애 생활 소설.

라이트노벨의 새로운 빛! L노벨의 신간은 매월 10일에 발매됩니다. http://cafe.naver.com/lnovel11